纸上建筑

白纸行黑字

沙页翻长河

探险蔡迷

①遗迹

蔡春海　著

中央广播电视大学出版社
·北京·

图书在版编目（CIP）数据

探险蔡迷. 1, 遗迹 / 蔡春海著. —— 北京 : 中央广播电视大学出版社, 2012.12

ISBN 978-7-304-05780-0

Ⅰ. ①探… Ⅱ. ①蔡… Ⅲ. ①长篇小说–中国–当代
Ⅳ. ①I247.5

中国版本图书馆CIP数据核字(2012)第268919号

探险蔡迷1：遗迹

蔡春海　著

出版·发行：中央广播电视大学出版社

电话：营销中心 010–58840200　　总编室 010–68182524

网址：http://www.crtvup.com.cn

地址：北京市海淀区西四环中路 45 号　　邮编：100039

经销：新华书店北京发行所

策划编辑：侯　洁　　版式设计：周　洋

责任编辑：窦晓群　　责任印制：李　玲

印刷：北京汇林印务有限公司　　印数：1~5000册

版本：2012 年 12 月第 1 版　　2012 年 12 月第 1 次印刷

开本：787 × 1092　1/32　　印张：14

字数：242 千字

书号：ISBN 978-7-304-05780-0

定价：39.80元

（如有缺页或倒装，本社负责退换）

不可说者

非真不可说

是名不可说

三千大千无量世界之事

岂能被吾辈说尽道明哉

目录

有一些东西始终存在于我们的身边

它们悄悄诞生，

又悄悄地一直在进行着某些特殊的变化

这些变化开始渐渐对这个世界产生巨大的影响

没有人知道它们到底是什么时候出现的

这，就是这个故事的起源……

序

烈日下，一支部队正浩浩荡荡地在一条山间小路上绵延而进，沿途所扬起的灰尘遮天蔽日，队伍规模之大可见一斑。

走在最前方的是一名威风凛凛骑在一匹高头大马上的魁梧武将，他右手手持一柄赤天神枪，左手紧握缰绳，一身紫铜盔甲在烈日照耀下呈现出耀眼的赤金色，身体正伴随着高头大马走动的节奏前后摇摆着，犹如战神下凡英气逼人。跟在他身后的同样也是两名人高马大英气十足的跟班护卫，三人带领队伍一边向前走一边警觉地观察着周围的一切，以防任何可能出现的突然袭击。

半个时辰后部队来到了一处狭窄的山谷前方。将军一边走一边警惕地观察着周围，透过盔甲环视了一下周围后立刻伸出右手握拳示意队伍停止前进，然后招手叫过右侧跟班护卫来到跟前在他耳边轻轻言语了几句。

跟班护卫得令，立刻转身大声喝道：“传斥候（中国古代对探子的称呼）！”

斥候队长听得长官呼传，即刻跑到跟班护卫面前，跟班护卫大声命令道：

“此处地形狭窄，将军恐有伏兵，斥候即刻前去探查，不得有误。”

“得令！”

斥候队长返回后立刻从部队里挑选了两员精兵，令兵分两路向左右两侧山谷探查情况。斥候得令即刻出发而去，可过了许久却迟迟未见返回。

“再探！”

一声令下，又有两名斥候疾速往山上行去，只是和前面两人一样，过了很长时间也没有回来。

“再探！”

将军显得有些恼火，这次亲自点派出四名斥候前去探路，最后这四名斥候也失去了踪影。屡次派出的数批斥候有去无回，看来山谷之内一定有什么蹊跷，倘再久困于此，就算能够安全到达，贻误军机也是要受到军法处置的。可若是贸然进入山谷，如果里面藏有敌人埋伏，在这种地形下作战部队一定会吃大亏。军法当前令不等人，这该如何是好？

且听那将军一声令下命其余人等原地待命，自己只身挥马向前而去，他决定亲自去山谷内探个究竟。身后两名跟班护卫见将军单刀赴会哪里放心得下，也赶紧带着一支精锐小队挥马紧跟而去。最终，他们也和之前的那些斥候一样再也没了音讯，只留下一队无首士兵在山谷前。

不多时，跟在他们后面的另外一支规模更加庞大的部队也开进了大山，但因为前面的部队在山谷前等待着而后面的部队源源不断开来，两队约莫十数万人便被卡在了这并不宽阔的山路之中。由于人数太多而且服装相同，部队开始渐渐走混了，靠后的一些队伍因为现场混乱无法通过而开始喧闹起来。

“前方因何事聒噪？”后方队伍一轿中之人问道。

透过轿上轻薄纱帐能够隐约看到说话之人正端坐轿中紧闭双目，轻摇着手中那柄白色鹅毛羽扇，面目清秀气宇轩昂，眉宇间透露着一股非凡之气。适才因闻得外面喧闹，故而有此一问。

“禀丞相……乃我军先锋部队在前方山道停留挡住大军去路，部队主将下落不明。据士兵报，他们进入山谷探路，至今未归。”

轿中所坐之人正是蜀国丞相诸葛亮，此番奉命领兵东进经过此地。

他轻轻摇着手中白色鹅毛羽扇，问道：“我遣他在前做开路先锋，却为何擅离职守去探山谷？”

“启禀丞相，将军进山乃是担心前方有埋伏，之前遣斥候数人进山却未想悉数失踪。将军怕贻误军机这才亲自前去探查。”

"噢，有这等事情？"

听到如此回答，一股不祥的预感顿时涌上了他的心头。诸葛亮紧皱双眉睁开眼睛停下手中羽扇，伸出左手大拇指开始在食指中指无名指间快速掐算起来。一番占算后又用羽扇挑起轿边小窗上的薄纱，探头向前方天空望去。此刻虽是刚过午时但眼中所见天空却是阴霾阵阵，并不似头顶上方那般空明，深知此乃不祥之兆。

他赶紧放下帘子，唤过侍卫轻声吩咐道：

"将军恐怕已是凶多吉少，速唤五行斥候来阵前听令。"

"得令！"

侍卫收到命令后快速向队伍后方行去。

诸葛亮所言五行斥候是他的几个贴身斥候，由一胎五胞各具一种五行属性之青年男子所组成，这五人都同时各喂养一只老鹰，也是五卵同孵一窝五蛋的，孵化出来后每只鹰的眼睛都有红、绿、白、黄、黑各一种颜色，分别代表火、木、金、土、水，因此也被称为五行神鹰。五行神鹰属于风水吉物能够察风观气，根据它们的侦察反应便可知道前方是否存在凶险。而五行又通八卦，因此也被诸葛亮用来作为行军打仗前的预测神物。侦察时神鹰在上斥候在下，通过双方不同的手势和信号沟通后空中和地面的情况便能全部了然于胸，是他的秘密武器，此五人五鹰若是其中任意之一受到耗损便是破了阵法没了用处，所以非万不得已不得动用。

不多时五行斥候已经悉数集结排成一排，全部单腿跪在轿前，每人右肩上各停着一只体型比鸽子稍大但目光犀利的神鹰，此刻也像主人那样，一动不动，等待着诸葛亮的军令。

“五行斥候听令！”

“在！”

“命尔等去前方山谷探查，发现情况立刻回报，速去速回不得有误。我与尔等汇合于谷口之处。”

“五行斥候得令！”

五个人同时一抬肩，只听得五声鹰啸划破长空快速向山谷方向飞去，斥候们也立刻分散开来各奔一个方位而去，转眼间便消失在了茫茫林海之中。

诸葛亮轻轻挥了挥扇子，贴身侍卫一个手势，众轿夫立刻抬着轿子沿着一条士兵让开来的小路快步向山谷入口方向赶去。

所谓兵贵神速，轿子刚刚到达山谷口处，五行斥候已经再次齐聚在那里恭候着诸葛亮的到来。

“有何情况速速报来。”

诸葛亮快步走下轿子问道。

“禀丞相，五行神鹰飞至山谷后便集结在一起鸣叫不停，在神鹰集合之处下方山谷附近发现一处蹊跷之地。”

“如何蹊跷？”

“我们探得前方山谷右侧有一处不知何故所引起的断崖，在断崖下方有阴晦之气冲出。同时在断崖附近的山坡上发现了前队斥候数人……”

“如何？”诸葛亮着急地问道。

“禀丞相，无一生还。”

“是否见到将军？”

“启禀丞相，将军适才是从山谷入口直接进入，而山谷之内已经俱被阴晦之气所覆盖。虽然我们刚才沿着山崖一路往下望去，却并未见到将军。”

诸葛亮听得回报不禁心中一个隔楞，看来这山里果然隐藏着古怪。

“军令如山，想必将军也不是那临阵脱逃之人，但是为何如今生不见人死不见尸呢？”他一边摇着羽扇飞快地转动脑子，一边慢慢向谷口踱去。

站在谷口抬头望去，只见两侧险峰陡立形势险峻，《孙子兵法》中将此种地形定为死地，乃是兵家行军大忌，若是遇有埋伏即便千军万马也都成了瓮中之鳖，必是死路一条。

诸葛亮一边观察着周围环境一边招呼手下取过特别罗盘，然后对照罗盘伸出左手掐算起来。经过一番复杂的掐算后终于找出了其中的缘由：他认为此山下方非同寻常之地乃是一传说中的脉源，也被称为胎脉，乃脉象初聚之所。

中国古人将山脉看成是地脉的一种，分为生死两类，生者为山死者为岭，拥有胎脉的山会随着脉的成长而渐渐长高，最后成为群山之首。诸葛亮所学古代寻龙点穴术中观山点脉是最重要的一个步骤，点的便是这个脉。脉亦有年岁，胎脉则是拥有最长年岁之脉，得胎脉者能够被福荫的时间也最长久，所以深得古代帝王将相青睐。只是脉象和人一样在产生后的生长过程中会受到各种各样来自外界的影响，若是遭受到什么重大变故便会变成死胎。他算出眼前山谷下本来隐藏着一个非常好的胎脉，但是不知道什么原因导致山崖突然出现开裂断了生气最后成了一个死胎，吉脉也随之变成了凶脉。

山崖的开裂导致了胎脉中的脉气像是一只破壳鸡蛋的蛋清和蛋黄一般突然向外流散，而这些脉气离开山脉后会不断向周围扩散从而导致一些奇怪的事情发生，此刻眼前的这个山谷便是如此，也不知道这是多少年前的事情了，只因那将军并不懂这些所以才会贸然闯入。

诸葛亮虽然能够探得究竟，只是他也知道毕竟自己只是肉体凡胎，对于此类由大自然产生之物并无立刻解除之法。经过一番细细研考后，决定命工兵营即刻重新开设一条新的道路让整支部队先绕过山谷，这样虽有延迟总比困在这里好上百倍，同时考虑到如果放任这个山谷不管，阴晦之气一直外泄将来一定会造成一方大患，便决定亲自带领另一半工兵营在附近修建一个冲消脉气的工事。

世间万物皆有生克，既然胎脉诞生于自然，也就能够通过自然进行消除，不过只能疏不能堵，因为没有人知道地下的死脉之气究竟有几许，若是炸掉山谷堵住阴晦之气，那么它们可能会在地下积聚，又或者是从其他地方泄出，而这两个结局任何一个都会导致意想不到的灾难发生。

最后他想出了一个办法：先是找到附近的一条吉脉，然后将凶脉之气引导到吉脉上，利用吉气来冲淡阴晦之气。他相信只有这样才不至于引起意想不到的结果，而且阴晦之气属断脉气，总有一天会消亡殆尽，用源源不断的吉气去冲散是值得尝试的，虽然短期内效果甚微，但这是眼下能够想到的唯一解决办法。谋事在人成事在天，若是将来某一天又产生了什么其他变数，便也不是他能够控制得了的了。

诸葛亮带着工兵营将整个山谷封闭起来开始修建工事，这或许是他一生中所设计的最为特殊的建筑：工事的中心是一座宝塔，诸葛亮深信宝塔是传说中能够聚气的神物，因为它的形状是一层一层往上而去，这样即便再强的脉气经过一圈又一圈向上运动后便能够被层层削弱最后尽数化没。为防万一，还另外在塔顶放置了一颗在他看来具有特殊能量的珠子，用以稳住可能冲出的极强阴晦之气。

虽然不知道是什么导致了这个断脉产生，但是他已经算出了其确切所在，只是碍于那里阴晦之气实在过于强大无人能够靠近，一切必须等所有阴晦之气散去后才能知道，眼下看样子没有几百上千年恐怕是不太可能的，找出背后的原因这已经是后人的事情。为了能给后人一些必要的指引和信息，他特地在某个醒目的位置放置了一个指示断脉所在的地图，希望将来某一天有机缘之人能够找到它，并将其斩草除根。同时为避免有人在机缘之人到来之前破坏工事，还在附近加上了许多警示的标志，考虑到那颗具有特别能量的珠子也是稀罕之物，为另外阻止别有用心之徒，还特别设置了一些暗道和机括。

安排完这一切后诸葛亮才放下心来，带着工兵营匆匆向大部队方向赶去，将那神秘的工事、那颗具有特殊能量的珠子，以及那些谁也没有见到过的机括留在了大山之内。一千多年来它们一直静静地等待着有机缘之人的出现……

古画之谜

guhuazhimi

前情提要　部队行军途中被困神秘山谷，大将失踪，诸葛亮在查看地形后算出此地非同寻常，乃一凶脉之所在，当下便速令部下建造了一个特殊的引脉工事。那么这个引脉工事是否能够真的顺利将凶脉之气消除使得当地百姓免遭天灾呢？

风波

一千多年后，某个阳光明媚的下午。

东台路古玩市场，是上海最有名的古玩一条街，在这条街内汇集了众多的收藏店，是一个古玩爱好者的天堂。这天因为不是双休日，所以显得并不十分热闹，除了几个经营者三五成群坐在一起下棋聊天外，便只有几个外国客人在那里讨价还价。

一个休闲打扮的男子此刻正在其中一间古玩店内闲逛着。看着看着，他的注意力渐渐被摆放在门口架子上的一个精致的翠绿玉瓶所吸引，这玉瓶颜色玉润玲珑通透，约五公分高，薄胎厚底，看上去煞是惹人喜爱。

老板是个老头，六十有余，精神矍铄戴着副金丝边眼镜，像是个知识渊博之人，见他站在玉瓶前看个不停，便赶紧用最快的速度从坐着的柜台内来到了男子身边主动搭话道：

“这位朋友，您可真识货，这个，可是本店的镇店之宝啊。”

“哦？是吗？难道这玉瓶有什么大来头吗？”男子一边观赏着玉瓶一边漫不经心地问道。

“先生，您别看这瓶子小，它可是大有故事的哦，它是武则天的贴身之物，武皇后每次出门都会带着它呢。”

店老板凑过脑袋眉飞色舞地介绍道。

“哦？是吗？派啥用的？”

男子继续漫不经心地观察着瓶子。

“做什么用的我先不说，不如，您先闻闻这瓶子？”

店老板取过瓶了后放到对方鼻子前慢慢晃了几下，男子正好借此机会仔细观察了一番：他发现玉瓶做工十分精细，瓶口光洁厚薄匀称，隐约从瓶内散发出阵阵沁人心脾的幽香，瓶子的边上雕刻着一龙一凤，样子栩栩如生，看上去的确是不凡之物，根据这玉瓶的做工来看应该是出于手艺名家之手，只不过就在鼻前逗留的那么一小会儿工夫，透过瓶口却是看到了在瓶底上隐约显示出了几个小字，这些字极其微小而且呈半透明状，常人即便是使用放大镜也无法看清。也算是巧合吧，此刻因为是下午，从门外照射进来的阳光十分强烈，光线在经过通透的瓶身被反射后将这几个字映衬得更加明显。男子看到这里，心里便有了个底。

店老板小心翼翼地收回瓶子后问男子道：

“先生，您，有没有闻到香味？”

“不好意思，我最近感冒了，鼻子不太好，没闻见什么味儿。”

男子故意不接老板的话，他想听听老板接下去会说些什么。

“哦，那实在是太遗憾了，这宝瓶，乃是当年武则天用来藏香囊之物啊！”

“香囊？啥叫香囊？”

“就是现在叫的那个装香水的香水瓶。古时候可都是用这个来让身上发出香味的。武则天也是女人，作为一个女人，得了天下并不算什么，若是得了天下男人的心，这才是当之无愧的女皇嘛。所以当然也要让身上香气十足，这样上朝的时候文武百官才能够感受到她身上的那种特殊香气。本来只有一个，登基后她特地让当时的玉匠进行精工细作又做了两个，只不过嘛，传了这一千多年，全世界现在就剩下这么一个了，要不是您运气好，别说摸了，恐怕见，这辈子都不一定见得到呢。”

店老板站在那里自顾自说得是眉飞色舞，可男子听了他那番生动的演讲后却不禁觉得暗暗好笑。都说玩古玩得靠两张皮：脸皮和嘴皮，果然是拉到什么说什么，还全世界就这么一个，老子全世界就一个的宝物见多了，哪个不比这个值钱。

说起来，这个男子可并非是什么泛泛之辈，此人绰号狐狸，真实身份曾经是一名退伍军人，退伍前在特种兵侦察营任职营长，在退伍后突然人间蒸发，待到重现江湖时已经成为了一名赏金士。赏金士是一种为了赏金而在世界各地进行各种活动的秘密职业，是一个人人都掌握特殊技能的团体。他便是在寻宝探宝方面有着特殊能力的人。

随着时间的推移，从事这一行业的人基本上已经很少有人为了钱而工作，更多的是为了刺激的人生以及挑战自我，因为所有的任务都有最好的装备和最先进的技术支持，但是每次却有着想象不到的挑战和风险。伴随着收到的委托风险越来越大难度越来越高，能够生存下来的人少之又少。目前全世界负责寻宝的赏金士已经不到二十人，狐狸便是这凤毛麟角的其中之一。只是数月前在法国执行一次特别行动时由于某些原因不小心受了重伤差点丧了命，回来后便一直待在医院里面接受治疗。好不容易熬到可以出院，却又被医生特别强调不允许做剧烈运动，因为怕旧伤复发落下后遗症，所以就一直没有再去外面探险。每当憋得慌了手痒了，就会跑到家附近的古玩市场逛逛，一来摸摸古玩过过干瘾，二来这里假货也多，正好能够让他锻炼一下眼力，省得水平长时间不用慢慢退化了。

狐狸以前出去寻宝的时候每次都遵循一个宗旨：把脑袋系在裤腰上去拿明朝后的东西那就是让自己掉价，和自己脑袋过不去，所以他经手过的金银玉器明器青货不但以千数万数计，而且一律都是明朝以前的东西。

之前看到瓶子里的那些字时他心里其实早已有了八九成底，此刻听得老板不着边际的添油加醋，更是断定假货无疑，不过闲着也是没事儿，倒是想听听老板打算怎么继续瞎掰下去。

“老板，我看这个瓶子做工挺不错，现在听你这么一说也有些动心，这样吧，我诚心要了，你开个价给我。”狐狸假装很爽气地说道。

老板见鱼开始上钩自然心里是美滋滋的，但是为了能够把价格卖得更高，却故意来了一个欲擒故纵，连忙摆手道：

“这个东西，这位先生不瞒您说了，店里面其他的东西您都可以挑选，但是唯独这玉瓶除外，因为它是本店的镇店之宝，所以只供赏玩不出售的。”

狐狸见老板和他玩起太极，自然也是乐意奉陪。

“噢？听你这么一说我更是感兴趣了。我是真的诚心想要，您就给开个价吧。”他开始用一种近乎哀求的语气说道。

店老板见状，也不想到嘴边的鱼给跑了，那双贼眼咕噜一转后说道：

“这样吧，我看您也是挺有诚意的，那您稍等一下，我和老板商量商量去。”

说完他便拿着玉瓶向店后的一间小房间内走去。狐狸悄悄伸出头向里张望一番，隐约能够看到小房间内好像还坐着一个人，不过只能看到个大概身影却看不到长什么样子。店老板和那人嘀咕了一会儿后便又重新回到了狐狸身边。

“老板说相识也是一种缘分，既然今天大家能够有缘认识，而且先生您也这么喜欢这个玉瓶，我们老板愿意割爱，不二价五十万。”

狐狸其实一开始从一举一动中早就猜出了这老头便是老板，至于坐在后面的那个多半是他老婆。他起先以为开出个十万二十万已经算是很黑的价格了，可是没有想到对方居然开价五十万还不带还价，看来这对夫妻不是什么省油的灯，于是便立刻打消了继续和他玩的兴致，摇了摇手后又去看其他的东西了。还别说，这店虽然小但是里面乱七八糟的东西挺多，一个一个看下来估计能够消磨掉一个下午的时间而且并不会觉得闷。

老板见到他这反应知道自己价格开高了，贼眼一转后便马上再次迎了上去：

“这位朋友，我见您也挺诚心的，这样吧，您报个心理价位给我，我再去帮您说说看？”

狐狸此刻头也没抬，只是一直在把玩着另外一个木雕小玩意儿，十几秒后他才慢慢伸出右手张开五个手指。

“五万？您说，您这、您这刀也太大了点吧。五十万的东西给您砍到五万。”

狐狸继续把玩着那个木雕小玩意儿，嘴里补充道：“我出五千！”

店老板听到这个数字后脸顿时刷地一下就白了，他知道遇到了高人。没错，这瓶子的确是他花了五千块钱从别人那里收来的，只不过他打算利用这个玉瓶狠狠赚一笔，虽然是假货但是做工的确不凡，因此绝对不可能这么便宜就卖掉的。

“不买捣什么乱啊。”

店老板愤愤说了句后便气呼呼地又坐回到了柜台后面。狐狸借着边上一面古镜偷偷瞄了他一眼，看到此刻他鼻子上的眼镜都被气歪了，一个人正坐在柜台里面，那双小眼睛透过歪斜的金丝边眼镜正一眼一眼瞟着自己，不禁心里觉得好笑。过了好一会儿小店里的东西基本看得差不多了，这才走出大门向隔壁的古玩店踱去。

时间过得飞快，太阳已经开始西落，天色也渐渐暗了下来。狐狸正在一家店里看一个明朝的夜壶，打算看完这个之后回家吃晚饭，可就在这时突然从外面传来一阵喧闹声，好像是一家店里发生了争吵。听到声音他探出脑袋向外望去，发现声音的来源正是刚才看玉瓶的那家，此刻正好是上下班高峰时间，因此店门口围了好多人在那里看热闹。

狐狸放下夜壶赶了过去，挤过人群后看到店老板此刻正拉着一个穿着土布衣服皮肤黝黑的中年妇女，吵嚷着要让她赔玉瓶，而那妇女手上紧紧抱着一个什么东西正坐在地上赖着不肯起来，两人就这样呈僵持状。

通过围观者的议论狐狸知道了缘由：原来妇人抱着的是家里祖传的一件古玩，因为儿子生了病家里穷得拿不出钱，万般无奈之下准备拿来店里卖掉救儿子，但是店老板只肯出几百块收，妇人自然不肯，之后在拿着东西离开的时候不小心碰倒了放玉瓶的架子把玉瓶给打碎了，于是店老板死拉住不肯放她走还一定要让她赔偿，价格当然就是刚才报给狐狸的五十万，扣除妇人手上的古玩还要赔偿四十几万，妇人不答应，两人就这么吵了起来。

听了事情的原委后仔细观察了一下现场，他发现里面似乎有什么隐情，可暂时又理不出个头绪。正在思考的时候店老板发现了他，赶紧上前招呼道：

“这位先生来得正好，帮我作个证。你下午来看过这个瓶子，当时瓶子还是好好的，对吧？”

“是的，下午我来的时候，这个瓶子的确是完好无损，老板还拿给我看了一下。”

得到如此回答，店老板仿佛是吃了颗定心丸，他开始得意地看着妇人。妇人见有人出来帮老板说话，更是觉得委屈，想到自己那生病的儿子还在家里等着救命钱自己却陷入这般困境，突然忍不住哭了起来。

狐狸刚才就知道店老板不是个省油的灯，见妇人哭得如此伤心便决心帮助她。他一边观察着周围的一切，一边仔细寻找着其中的破绽，突然，他发现店内某些东西和自己之前来时所见有所不同，心里有了些许数目，便走到老板面前对店老板道：

“这样吧，这个瓶子我出五千块钱买了，你放她走吧。”

店老板听到他这么一说，立刻大声叫道：

“什么？五千块钱就想打发我了,当我叫花子啊?这玉瓶可是武则天用过的贴身之物，市场价五十万，少一分钱都不行，要不就报警。”

说完，他对着坐在地上的妇人恶狠狠地道：

“你就算把这画赔给我也不够，另外那四十几万，你赔不出就让你儿子赔，儿子赔不出就让你孙子赔。”

妇人听店老板说话不留余地，而且如此穷凶极恶，知道自己难以脱身，只是儿子急着等钱看病，若是再这么拖延下去恐怕是凶多吉少。她是又恨又气又伤心，只可惜人生地不熟也没有地方诉苦，只能哭得像个泪人儿似的。

狐狸一听店老板如此说话态度，顿时气不打一处来，决定不再给他面子，当场揭穿这个阴险的老板。

“各位，想必在场的各位不是开古玩店的便是喜爱古玩之人，那么今天大家就都来一起鉴定一下吧。”

围观的人群中大部分都是附近古玩店里的人，之前狐狸从他们窸窸窣窣的议论中已经听出了平日里应该都是对这个老板有些看法，因此决定动用他们来向店老板发起一场讨伐战。现场也有不少人对妇人的遭遇表示同情，当即就有三四个人愿意出来做这鉴定之事。

狐狸经过挑选后从地上轻轻捡起一块玉瓶的碎片，这是片玉瓶底部的碎片，因为胎比较厚所以十分完整，更重要的是上面有决定性的东西存在。他将碎片递给那些鉴赏者，所有人经过传阅后一致认定这是后人仿造的假瓶。

店老板见状赶紧纠正道：

“这明明就是唐朝的。好，既然你们串通一气不讲道理，那么就只好等警察来解决这件事情了。”

说完他便打算去打电话，狐狸却一把上前拦住他的去路，再一次说道：

“给你五千，这瓶子就当是我买下来的，放这妇人走。”

店老板见狐狸扰乱他的发财计划，不禁怒火中烧，大声呵斥道：

“你小子算什么东西，这里是我的店我说了算。五十万就是五十万，一分钱也不能少。”

狐狸见老头死不悔改，便转身对着门口的众人大声说道：

“在场的各位，我虽然不是这件事情的当事人，但是因为下午来过这店，也算是半个知情人。现在听这老板的口气已经是没有了回旋的余地，在下不才，愿意和大家一起来把这件事情搞搞清楚。先声明，我和他们两人并无任何关系，只是把所看到的事情原原本本说出来而已，并且以人格担保所说句句属实。”

说完，他转身来到了摆放玉瓶的架子跟前：

“这架子现在倒在这里，想必原先也一定是在这个位置，是或不是？”

妇人见有人肯出来理论，赶紧冲他点了点头。店老板听狐狸忽然问出这个问题，一时又摸不透他在打什么主意，不知道回答是好还是不是好。正在犹豫的时候，狐狸又催问了一句：

“老板，这架子是不是瓶子掉落前就在这里的？”

狡猾的老板在狐狸的追问和众人的目光下只能说是，因为他说的没错。

狐狸得到了肯定的答复后又走向另一边的一个架子。这个架子和刚才那个是对架，但是上面的东西并没有被碰落下来，放的是一个古代的瓷花盆，粗看像是明朝的，不过他知道这个也是假货。

“那这个架子是不是出事前也在这里，也就是门的边上？”

店老板和妇人都说是。

“玉瓶被打碎后你们就立刻吵了起来，大家也马上赶了过来，也就是说现场并没有被移动过，对不对？”

“对，我们一听到吵闹声，马上就跑过来想看看到底发生了什么事情。”

隔壁左右店铺的人证实道。

“也就是说，现在我们看到的就是那玉瓶落地一瞬间的那个场景啰？你们两位同意么？”

妇人点了点头，丈二和尚摸不着头脑的店老板因为吃不准他到底要干嘛，可又怕乱说引起不必要的麻烦，因此只能照实回答。

“好，那就简单多了，各位你们看一下这店内的摆设有些什么奇怪的地方吗？”

狐狸问站在门口的围观者。之前大家只是在看热闹，都将注意力集中在了店老板和妇人身上，并没有去观察店内情况，此刻经过他这么一提醒，有人似乎看出了门道。只听一个秃头老板说道：

“我看这两个架子摆放的位置好像有些问题啊。”

“您能给我们大家说明一下是什么问题吗？”狐狸笑着问。

“我的店就在对面，大家可以参考一下。”秃头老板转身往身后一指，“我们一般都是把最值钱的东西放在最里面靠近柜台的位置，若是有客人要看的话必须先和我们打招呼才会拿出来给他看。”

“那放在门口的呢？”狐狸问道。

“放在门口的一般都是样子货，值不了几个钱的。如果要展示真正值钱的宝贝，除非有专人在边上看管否则绝对不会放在门口。而且好像这两只架子摆放的地方也不对，因为我看上面放的是易碎的东西，一般放这种东西的架子都是靠在墙边，可是……”

“可是我们的这位老板就喜欢将这架子放在门的边上，也喜欢将店内的宝物放在门口而且不用看管的，是这样吗？”

听到狐狸这么一说，店老板感觉自己的把戏要被拆穿，赶紧辩解道：

“是……是什么是，我媳妇在那儿看着呢。”

“哦，那就是说，你的媳妇儿一直站在这门口喽？”狐狸反问道。

“废话，不站在这门口，怎么看着这东西。”

“是么？那为什么刚才我进来的时候没有看到老板娘在？”

店老板没想到他会有这么一问，赶紧慌张地回答道：

“那是因为……因为她上茅房去了。老婆子，快出来，你说刚才是不是上茅房去了？”

店老板转过身向店内大声喊道。话音未落，只听得大地突然一阵震动，伴随着一阵沉重的脚步声，一个嘴上长着大痦子虎背熊腰的魁梧胖女人叼着一根烟出现在了众人面前。狐狸一看知道了刚才五十万的价码必定就是这女人开的。

“怎么着了，老娘刚才就站在这儿了，怎么了？上个茅房也要你们管么？”胖女人扯开大嗓门用一副蛮横的口气反问道。

“欢迎女主角登场。那么就是说她刚才肯定是站在门口看着这件宝贝的喽？”

再次得到老板和老板娘的肯定答复后，狐狸笑着转过身对众人说道：

“各位，这可是他们自己承认的，那我想也不用再多说什么，想必大家都应该已经非常清楚这一切了……”

“哦，原来是这么回事。”

围观的人中间有几个已经猜到了是怎么回事，开始私下交头接耳起来。可是店老板仍然抱着侥幸的心理，一口咬定要妇女赔偿自己五十万。

“好了各位，既然有人已经猜到了整件事情的来龙去脉，那么也就不卖关子了，我来向大家还原一下当时的现场吧。不错，今天下午，也就是几小时之前我的确是来过这家店，而且也看过那个玉瓶，当时老板开价五十万我听了就没理他。但是我记得很清楚当时玉瓶的确是在架子上，只不过架子并非是现在这个位置。”

“刚才大家都听到了我问他们这架子是不是在这个位置，

既然他们都说是，那就说明在我离开后到玉瓶掉落之前架子被谁故意移动到了门口。会是谁呢？又是出于什么原因呢？同样的，因为这两只架子是一对，因此只要移动一个，另一边的那个也同样要被移到门口。可刚才有人说两个架子在一般情况下都是靠墙放而不应该出现在门口，因为这样很容易把上面的东西碰落地上打碎。相信这位老板也一定知道这个道理，但是为什么还是要做这样的摆放呢？”

“你到底想说什么？”店老板听到这里已经再也按捺不住，他开始对狐狸吼叫，试图阻止他继续说下去。

“你给我闭嘴，等我说完了待会儿有你解释的时间，不过到时候希望你能够给大家一个满意的答复。”

狐狸用比对方更响的嗓门回答，店老板毕竟理亏，此刻被他这么一吼竟然一时之间不敢吱声了，只能用眼睛愣愣看着他。

“这位大姐之前她自己也说了，是为了救儿子才拿着手中的古玩来卖，而且我相信她并不懂古玩所以才会让老板看货。我们这位精明的老板就利用这一点故意和她周旋压她的价，交易失败后眼看宝物无法得到，他便干脆心生毒计，不，或许这一切在他看到古玩的那一刻就已经开始在预谋，他一边和这位大姐周旋一边让自己的老婆把门口摆放成现在的这个样子，并且故意站在一旁堵着。刚才大家也都看到和听到了，他们已经亲口承认了这一切。你们看，这位老板娘的虎背熊腰在这里一站，有几个人能够顺利进出？”

众人听到这句话顿时一阵哄堂大笑。老板娘见不但阴谋被拆穿而且自己反过来被嘲讽了一番，刚才耀武扬威之势立刻消了去，恨不得地上有个洞能立刻钻进去，赶紧借故偷偷往后面的房间溜去。

“他们知道妇人救子心切，而且天色已晚，这里没有谈拢一定直奔下一家，这个自作聪明的老板就利用了这一点设计了这么一个卑鄙的圈套，果然玉瓶如所想的那样掉在地上摔碎了，阴谋得逞了。好了，我要说的都说完了，你现在可以解释了。”

狐狸转过身后紧紧盯着店老板，店老板见自己的阴谋被当众揭穿是怒火中烧，但是又怕众怒难犯，见事已至此便只剩下了耍泼一条路，一口咬定要让妇人赔偿。

“你这一招舍不得孩子套不着狼的计还真是毒啊，看来你还是不死心。这个，自己拿去好好看看。”

狐狸拿起那片瓶底将某个角度对着灯光，店老板从边上取过一个放大镜后仔细看了起来，此刻才发现瓶底上刻着几个小字“民国三年制”，不禁破口大骂道：“好个二秃子，居然连我也骗。”

众人听到他这句话后不禁又是一阵哄笑，一是笑他无知还开古董店，二是笑他黑心却搬起石头砸了自己的脚。

“好了，这个瓶子我替她赔给你便是。若是你再拉着她，我要告你敲诈勒索，有这么多证人在，到时候看你怎么解释。”

说完他从兜里摸出五百块钱扔到了桌子上，但是没想到黑心的店老板却居然恬不知耻地反过来问道：

“你刚才不是说五千的么？”

“五千？傻子才出五千块钱买这么个东西。”

说完他便转身直接上前扶起那个妇人向门外走去。这句话可点到老板的要害了，因为当初他正是出了五千块从二秃子那儿头的。二秃子知道这老头虽然开古董店但是却并不懂古玩鉴赏，纯粹一浑水摸鱼加奸商，所以那天假装偷偷说要帮朋友贱卖一个不知道从哪里盗出来的好东西，这老头不识货见有便宜可贪赶紧掏了五千块钱抢了去。其实这事儿二秃子早就说了出来，现在已经传得整条古玩街的人都知道，也就他自己蒙在鼓里，因此当大家听到这句话时不免又是一阵哄堂大笑。

狐狸扶着老妇人站起身后向门口走去，临出门的时候，特地回头对老板补充了一句：

“老爷子，看您年龄也不小了，这良心可不能都活到狗身上去，别为老不尊啊。不懂古玩不要紧，做生意先要学会做人，别以为天下就你最聪明。最后送你一句话，莫让人碰瓷，让人碰瓷必遭雷劈。”

众人平日里本来就对老头颇有微词，此刻听得他字字珠玑在理，顿时周围一片掌声如雷。在众人的掌声中狐狸将妇人带出了古玩街。一路上妇人紧紧抱着怀中的东西一言不发，只是用感激的眼神望着他。

两人来到了一处自动取款机边。妇人因为从来没有见过取款机长什么样子并不知道对方要干嘛，但是就刚才所见的一切，觉得这个年轻人一定不会害她。狐狸取了钱将她带到一条偏僻的弄堂边，四下看了看确认没有旁人后从口袋里面掏出一叠钱塞到了她手上。

“大姐，我看这古玩今天也别卖了，这里有些钱，您先拿去救急吧。”

妇人刚才被他所救已经感激不尽，此时见塞给她这么多钱，虽然很动心但是却死活不肯收下：

“大兄弟，你真是个好人，今天要不是遇见你，现在……我这……我这……”

妇人由于激动一时语塞起来，因为她一下子想不出最能表达此刻心情的语言。突然，她打算给狐狸下跪，却是被对方一把扶起。

“没事儿大姐，不用说了，钱财乃身外之物，救命要紧急病不等人的。这些钱您先收下吧，给儿子找家好点的医院。”

“大兄弟，我知道你是个好人，你这些钱，我……我收下了，但是不会白要。”

妇人见狐狸执意要帮自己，经过短暂的思想斗争之后，她将怀中抱着的古玩小心翼翼交到了狐狸手中。

“这是我们家祖上传下的东西。虽然我不懂这个，但是的确传了好几百年。我相信您，您说值多少就多少，若是不够看病钱，就当是我问您借的，日后一定还给大兄弟。”

狐狸一开始根本就没有想过收这古玩，此时经妇人一提倒是开始产生了好奇，因为那店老板虽然不怎么识货但是毕竟是做古玩生意的，能看中的东西多少总归有些价值。这到底会是一件什么样的古物呢?

接过东西后打开外面的包布粗略看了一下：里面包的是一只黑色的盒子，盒子的形状又扁又长，单就风格来看的确是有些年头之物，而且材质也有些不一般，摸上去像木头但是没办法立刻摸出到底用的是哪种木头；盒子上有些雕刻，里面所有的人都穿着奇装异服，以他的经验来看这些奇装异服并非汉人服装，而有点像云贵那边的少数民族风格。那些人正围在火堆边载歌载舞庆祝什么，一个一个层次分明栩栩如生。看到这里狐狸抬头观察了一下，发现眼前的妇人也是颧骨凹陷皮肤黝黑，并不似中土汉人血统，眉目中依稀透露出一股西南边陲少数民族所特有的气质。

盒子内放的是一幅卷起来的泛黄画卷，粗略检查了一下发现画卷边上有些残破，不过因为古代的画都是裱在纸上的，所以残破的只是外圈，从这张裱纸的成色上看应该是不下百年的历史。由于是在大街上，不便进一步细瞧，但是经过他那双眼睛初步验证，可以确认这是件货真价实的古物。

收起盒子后，狐狸问了妇人儿子治病大概需要多少钱，妇人赶紧将所需费用如实告知，虽然大大超过估价，但是狐狸心想能帮也就帮了，救人一命胜造七级浮屠，于是便立刻带着妇人回家，取出了治病所需要的钱并再三嘱咐千万别丢了。妇人自然是千恩万谢，带着这些救命钱匆匆赶回去救儿子了。

玄机

无聊的一天过去了。

狐狸吃好晚饭躺在沙发上正闭目养神，突然想起刚才在外面还没怎么看那个盒子里的东西，便走过去整理了一下书桌，打开台灯取过盒子后仔细研究了起来。

那些奇装异服的小人再次吸引了他的目光，此时他才发现原来不但在盒盖上，就连边上一圈也刻着许多精美的图画，而且这些图画之间看似有着某种关联，若是将所有图画拼接起来，仿佛是在讲述一个古老的传说，一切都始于盒子的右下方：在一个祥和的国度里人们安居乐业，但是不知道什么时候开始出现了一个妖孽，所到之处都是死者，很快这个国家便生灵涂炭，直到有一天出现了一个勇士进入妖孽所在的洞穴将它消灭，可是谁知妖孽死而复生，勇士最后只能将自己和它一起封在洞穴中。

令狐狸感到奇怪的地方是，相对于那些栩栩如生的勇士或者是村民等人物，图画中对于妖孽的描述实在是过于抽象，因为他所看到的仅仅是一个轮廓，而且最后一张图中更是说村民们都来到山洞前进行大型的祭祀活动，祭祀的对象竟然是死去的妖孽。他接触过的、听到过的所有传说里都只有纪念除恶而牺牲的勇士的，看到这种情况却是头一遭。他觉得有些不可思议，心想或许其中还有另外的隐情，也说不定背后的秘密就在盒子里的古画之中。

打开盒子后一幅被卷起来的画出现在他的眼前，原来这幅画两边还有两个短短的卷轴，所用的也是和盒子一样的材料。借着灯光他看到卷轴的材料似木非木似石非石，并不像中原产物，摸上去和盒子一样具有光滑的手感，并且散发出阵阵香味。或许正是因为盒子特殊的材质，古画历经那么久也没有任何的虫蛀和发霉。

从盒中小心翼翼取出古画平放到桌上。画被裱在了泛黄的纸上，可能是因为保存缘故使得裱纸边沿有些许锯齿状磨损。随着卷轴的慢慢展开，一幅奇妙的风景画渐渐出现在了他的眼前：这是一幅山水水墨画，主体内容是群山之中的一个村子，村子里面总共有七间屋子，整个布局初看上去有些像北斗七星，不过奇怪的是这七间屋子几乎占据了整幅画卷，而周围的群山峻岭在村子的映衬下却是显得特别渺小，比例极其古怪，狐狸推测这个村落可能就是盒子上所描述的那片国度的一部分，因为村子里的人物穿着和盒子上的一模一样，此刻他们在各自做着自己的事情，有的在聊天，有的在砍树，有的在烧火，还有的站在木屋内发呆，一切都显得那么的祥和。

看到这里他不禁心里犯起了嘀咕：这幅画要表达的意思到底是什么？这到底是个怎样的村子？怎么会布局如此奇特？和盒子上所描述的一切究竟又有着怎样的内在联系？

狐狸是个心思缜密之人，和普通人不同的是他欣赏古画的第一习惯是喜欢寻找其中的秘密。据他的经验，所有流传下来的古画都会包含着 个秘密，一个关于作者当时身边环境或者是所处历史地理环境，又或者是当时心情的秘密，这一切都会被画家有意无意融入作品当中，只不过有的明有的暗。刚才看到这幅图的时候他便立刻与盒子上面的图画联系在了一起，不过首先要确认一件事情，那就是裱在纸上的画、裱纸、卷轴以及盒子四者有无统一关系。

首先可以确认外面的盒子和卷轴所用的材料相同而且属于同一时代，这也就排除了后人将图画放入先人盒子的可能；另外，裱画的纸和上面的画不管是泛黄程度或者是褶皱都是十分的匹配，也排除了将后人的画裱在先人纸上的可能；裱纸和卷轴之间的相接处十分匹配且未见任何时代上的差异，应该也是同一时期之物；最后也是最关键的，画中人物服装和盒子上的一致，所以这幅画和盒子一定是同一时期的。

这种情况下里面的画一般都会暗合外面盒子上的内容，两者间的信息会有着某种必然的联系，只是眼下这种联系无法被立刻反映出来，看来还需要做进一步的研究。

“难道画中所讲的是妖孽被除之后人民的安居乐业？可是安居乐业为什么只用这群山峻岭中的一个小村落来表现而不是像盒子上那样的举国欢庆或者是像《清明上河图》那样画得更加仔细呢？为什么盒子上描述的和图中的环境、范围是如此不协调，这么小的盒子去描述一片国土而这么大一幅图记录的却仅仅是一个村子？更令人不解的是他们为什么要祭祀那个只有一个轮廓的妖孽，却不去纪念那个勇士？”

狐狸越想越不明白，或许是因为长时间待在家里休养没有出去跑动的缘故，反应和思考问题的能力有些退化，但是直觉却让他坚信里面一定有什么文章。他决定先躺下休息一会儿再说，虽然已经是秋天但天气还很热，他连窗户和灯都没关，走到沙发边上后便一头躺了下去，渐渐睡着了。

他做了一个奇怪的梦，梦中的他正在一个古墓内探索，在破除了几个致命机关后来到了前方主要墓室的大门前，一间十分诡异的墓室出现在了他的眼前：四周墙面包括天花板和地面全部都被涂成了猩红色，整间墓室内除了正中央静静躺着一口巨大的棺材外并没有摆放任何的陪葬物。棺材足足有一人多高，颜色漆黑，看上去应该是由一根原木直接制作而成，更加奇特的是棺材表面不但犹如上过油漆般光亮，更从内部散发出阵阵的幽香。那幽香似曾相识且沁人心脾，让人闻了神清气爽。

狐狸走到棺材边上掏出工具，没有费吹灰之力便启开了棺盖，令人感到意外的是里面一口更小的棺材出现在了他的眼前，再次启开棺盖后又是一具更小的棺材。就这样一块一块接连打开六七块棺材盖板，具尸体终于出现在了他的眼前。手电筒光中他发现尸体身上穿的竟然是当代人的衣服，而当他将手电筒光沿着尸体慢慢移动到头部一看时突然大吃一惊，因为那尸体竟然和他长得一模一样。

任何人见到自己躺在棺材里都肯定会觉得毛骨悚然，此时对于他来说自然也是如此。狐狸好不容易壮着胆子想伸手去探个究竟，却不想尸体突然伸出手以迅雷不及掩耳的速度将他给拉进了棺内，而且还未等他来得及挣扎，之前被堆在一边的那些棺材盖子很快便又一个一个重新合上，周围顿时陷入了无尽的黑暗之中，任凭怎么反抗却是无法离开那里，只能静静等待着死亡的降临……

“呼……呼……呼”

狐狸喘着粗气从噩梦中惊坐在沙发上，此时已经是满头大汗无法自已。惊魂未定的他突然发现刚才梦中的那股幽香传入了他的鼻子。没错，正是刚才那口黑色巨型棺材所散发出的淡淡幽香。他赶紧用舌头轻轻咬了一下自己，痛感顿时从舌尖传来。此时已经醒来为何能够闻到香味？

沿着源头一路寻去，发现是刚才睡觉前没有关窗，因为书桌就在窗户旁，香味被从窗口吹入的阵阵秋风带到了沙发这里。此刻盒子所散发出来的味道和之前相比显得更加浓郁，这让他开始觉得十分好奇：难道一到深夜这东西的香味会散发得更甚？

刚才那个梦如此恐怖如此真实，对于狐狸来说可是从未有过的事情，今天这盒子和画一出现就做了这样的梦，会不会是其中有什么玄机，又或许和这香味有着什么联系？

正在他思考的时候，突然一幅奇特的景象出现在他的视线之中。那卷轴画因为之前看完之后并没有收拾，所以一直铺在桌子上，而此刻从沙发上的角度望去，却是看到了一幅完全不同的景象：画上的景色不知什么时候从群山围绕下的村落变成了一个只有轮廓的妖孽，而这个妖孽正是盒子上被降服和祭祀的那个，它正做出一个非常奇怪的动作，好像是在惊恐地直视着什么东西，在妖孽的前方出现的是一个勇士，他正一边抬起左腿做出魁星踢斗的样子，他手上捧着一个盒子，盒子的盖子是打开的，里面放着一把闪闪发亮的东西，妖孽见到勇士和闪光物而产生的惊恐表情，就这样被生动地捕捉了下来。

看到这里狐狸觉得非常奇怪，难道画也和木头的香味一样白天和晚上会不同？他赶紧低头一边穿上鞋子一边跑到书桌边，只是再次来到画边时出现在眼前的却还是下午的那幅群山围绕下的村落图景。他有些不相信自己的眼睛，便又转身向沙发走去，当再次回过头时，那幅勇士降妖图又出现了。

“这可真是太神奇了，自己见过如此多的宝贝，却从来没有发现过这样奇怪的画。”

探索和好奇是狐狸的天性，越是搞不明白的东西便越是要弄出个所以然。他决定再尝试一次。这次连鞋子也没顾得上穿，他目不转睛地从沙发来到了书桌边，终于发现了其中的奥秘：眼前的勇士降妖图在他慢慢向前走动的过程中自己竟然慢慢拉长了，等走到书桌前的时候，就从勇士降妖图变成群山围绕下的村落，而面对这幅画慢慢向后退去时，画又会自己渐渐缩短变回勇士降妖图。原来这是一幅利用人的视线变化来掩盖图画真实信息的立体透视图。

“妙，果然是妙，古画能够有如此玄机，看来作画之人必定不是凡夫俗子。”狐狸感叹着原来中国那么久之前就已经有这样的能工巧匠演变出如此的玄机，看来这次是无意中捡到了一个宝，能够在机缘下得到此物也算是天意，此时一切都能说通了，图中的内容也和盒子上的信息匹配起来了，只是这幅勇士降妖图为什么要用这样的方式给偷偷隐藏起来？这其中会不会有着什么特殊的含义呢？

看着这幅神奇的图画，狐狸的脑海中突然闪出了一个问号：勇士手上拿的那个盒子里放的到底是个什么宝物？根据他的经验，凡是在有古代降妖伏魔场景的画中，宝物一般都是现实生活中确实存在的事物，或许在故事中会被过分夸张为某些不切实际的东西，但是却都有着被夸张的依据，只要根据线索便能推算出那些东西在现实生活中的原型。

刚才在沙发那边所看到的情况是盒子里放着一个闪光的物体，可能是一把宝刀之类的兵器，但是因为距离太远到底是什么却看不清楚。狐狸俯下身子开始寻找起盒子和发光物的位置，经过一番观察后看清楚了这是把半刀半匕首的东西，可研究了半天也研究不出到底是什么。就在他再次直起身子时，却无意中发现了真正的秘密所在：盒子和里面的发光物在经过透视变化后拉伸成为了村落中的一间小楼，而那把发光的刀则变化成了一个小人。

他开始仔细观察起这间小楼，细细品看后才发现楼中小人有着和画中其他小人最大的不同，那就是这个小人目中有瞳，而且目光是朝着某个方向望去的，其他的小人目中虽然都有瞳，却都是目光呆滞，瞳都位于眼眶中央。此等玄机若是让他用放大镜在整幅画上做地毯式搜寻，即便寻他个十天半个月也未必能够发现，因为所有小人的瞳，都只有芝麻粒大小。

而且他还发现，小人虽然左手撑扶在窗栏上，右手却摆出了一个兰花指造型，那食指正指向眼神所凝望着的那个方向。看到这里，狐狸已经能够肯定图中隐藏着一个很大的秘密，或许盒子上所雕刻的传说也曾经真实发生过，而眼前这个不起眼的小人儿此刻正犹如一个说书人一般，在向自己诉说着一个隐藏在故事背后的真相，一个不为人知的天大秘密……

渊源

他沿着小人儿的视线和手指所指方向望去，最后目光停留到了画的右下方，那是围绕村子的群山中极其不起眼的一座，这座山细看之下会发现画风和其他的山有着些许不同，着笔更加浓郁更加粗犷，而且画上其他的所有山和山之间线条没有一条是相接的，唯独这座山边上和其他的山相连，显然是完成后另外加上去的。作画之人能画出如此立体透视的奇图，不应该会犯这样明显不符合常理的错误，看来揭开谜底的钥匙一定是藏在这座山中，只是图上所画的村子到底在哪里？而这座奇怪的山到底在什么地方呢？

往大山里跑对狐狸来说只是小菜一碟，他家里探索装备应有尽有，只是眼下没有村子位置作参考，即便知道了大山的方位也是犹如大海捞针一般。此时他突然想到这古画是妇人家中祖传之物，说不定妇人能够知道一些线索，悔不该那天匆忙之中忘记留下她的地址和联系电话，不知道该如何和她联系，虽然自己现在是激动得热血沸腾，但看来只能回头再说了。

之后他还是依然每天去东台路古玩街溜达，那天再次路过那个坑子老板的店面发现里面正在装修，原来坑子老板可能觉得没脸继续留在这里，已经将店盘给别人带着老婆回老家去了。听到这个消息他并没有感到什么内疚，事已至此，更何况妇人之画是用来救儿子的，若是真的被那黑心老板使手法贪了去，一条人命就没了，毕竟事情也是店老板自己惹出来的，不过这样也好，走来走去不用相互看到心烦，想到这里也是稍显宽慰。

两个礼拜后的一天，狐狸逛完古玩街回家，远远看到门口有一个熟悉的身影正提着什么东西等在那里。

“咦，这不是那个卖画救子的妇人吗？今天难道是来找我的？难道是改变主意又想把这画要回去不成？”

狐狸一边想一边用微笑朝妇女打着招呼，对方见到他回家赶紧迎了上来：

“哎呀，大兄弟大恩人，真是太谢谢你了。”

妇人将手中的袋子放下后一把紧紧握住他的手，狐狸被她的热情弄得有些不好意思，忙问道：

“大姐，今天怎么有空来我这儿的？”

“大兄弟，我是特地来感谢您的！”

原来那天妇人拿到狐狸给她的钱，回家之后立刻把儿子带到县医院做了手术，现在已经脱离了危险。

“医生说要是再晚上个两天，我娃子的命恐怕就难保了。今儿个来就是特地感谢您的。要不是大兄弟的帮忙，还真不知道怎么办才好。这些是老家的土特产，今天特地给您送来，虽然我知道上海什么都能买到，但希望您别嫌弃。”

说完妇人赶紧将地上的两大袋土特产塞到狐狸怀中。

“哪里的话，助人为乐是应该的，大姐您太客气了。来来来，进屋再谈。”

狐狸开门放好东西将妇人引入沙发就座。

“大兄弟不好意思，我还不好意思呢，受了您这么大的恩惠。对了，还有这个。”

妇人突然想起什么，从衣服口袋里取出一叠报纸包着的东西塞到狐狸手中，

“我回去算了一下，扣除画钱，这些是您多给的，我可不能白拿恩人钱。”

狐狸听了一时没有反应过来，后来才想起来，原来这钱是

之前在弄堂口时塞给她的，后来买画的时候又给了她一次钱，自己已经忘记这件事了，没想到妇人此刻却把钱给还了回来，看来是误会她了。

两个人就这样坐下唠了会儿家常，聊着聊着狐狸突然想起一件事情，他从屋中取出那幅画和妇人就这画开始聊了起来。妇人告诉狐狸，这画是从她家祖上传下来的，到她手中已经传了有好几十代，不过盒子和画几乎没有怎么动过，只是按照先人吩咐的方法进行妥善保管。她们家族有个规定：一定要把盒子埋在村里某个特殊位置，这样一方面为了防止被毁于火事，另一方面也是为了能够借到仙气，据说这位置很久以前是一个高人特别选定的，而且规定只有在每次月满之时才能将盒子起出做一下祭拜，让它吸收月光精华，然后必须在一个时辰内将其埋入原地，否则这东西断了地气会让家族产生祸事。妇人的先辈都十分相信这些，一切都按照前人吩咐在做，可传到她这一代再也无法继续坚持这样的做法了，因为最近几年随着省内经济的快速增长，为了吸引更多的游客拉动经济，省里决定将她老家的大山变成一个原始生态风景旅游区，妇人家的房子地理位置特别好，交通也便利，她所在的村子被挑选成为山里的代表，用来当作农家乐招待游客。规划完成后不久，以前住在村里的邻居就全部动迁到县城里去了，起初她也并不愿意搬，但是看看整座山上就只剩下她家一户，万般无奈只得把盒子给起出来一起带出了村子。

狐狸听到这里不禁心生疑问：为什么盒子埋在地下这么多年，会没有任何的腐烂或者磨损，难道她住的地方真有什么特别之处吗?

“大姐，那么每逢满月之时起出还有所埋藏之地的规矩，你可知道是多少年前的事情了？”

“这个我不太清楚，好像盒子埋到地下的时候就有了，而且，当时关于这个盒子还有一些传说呢。”

“哦？听上去很有趣，能否说来听听？”

狐狸推测这个传说很有可能会和画中所隐藏的秘密有关。妇人一开始有些犹豫，但是想了一下后改变了主意。

“这个盒子的来历有些离奇，据说是一个高人从什么地方找到的。我的家族是一个有很长历史的家族，可以追溯到一千多年前，当时我们家族人丁兴旺有很多家产，算是个望族，但是有一年村子里突然发了一场怪病死了很多人，每一个都好像鬼附身似的死状十分恐怖，请了很多名医都没有看好，最后通过关系把当时的御医也请来了，但是御医也只是摇摇头，表示无可奈何。眼看族里的人越来越少，族长干脆孤注一掷，将希望寄托到了算命先生身上，希望能够从中找到一条解救族人的方法，只可惜先后找了好几个，非但原因没有查出来，算命的自己却突然暴毙了。后来有一天村子里来了一个人，让族长带着大家来到大山内的一个地方，算准时间让他们挖了起来。说来也奇怪，山里平日来来往往的人都不算少，但是并没有一个人发现这个地方有古怪。挖下去后不久他们发现了一个隐藏的小山洞，盒子就是在里面找到的。族长按照高人的嘱托，将盒子原封不动地移动到了山坡附近，也就是我以前住的屋子边上。果然，经过这么一来村民的病情都开始好转。当时那个高人还在村子里面住了一段时间，帮村子查看风水并且提出了许多建议，我住的村子现在的样子就是在高人的提议下修改而成的。只是后来高人因为有事情不得不离开村子，离开的那天他特地关照族长要在每年月亮最圆的那天夜晚子时把盒子起出来吸收月亮精华后再放回去，这样村子里的风水就不会再改变，而且能够长久不息永盛不衰。不过这些都仅仅是传说，是否是真的就不清楚了。”

狐狸推测妇人一定不知道图中的秘密，而在他看来这个传说很有可能是真的，刚才她话中提到过一个山洞，如果能够找到这个最先埋盒子的地方，说不定就能沿着线索找到画中的村子，只不过眼下还有一件事情必须先确认一下。

“那就是说这幅画从来就没有人动过，对吗？”

“这可是借了胆子也不敢的事儿。以前有次因为战乱，一段时间里族人全部都逃出去避难，结果有一年没有按照老祖宗说的做，族里立刻就又开始生那种怪病。所以后来每年月亮最圆那天子时，不管发生什么事情我们都会根据老祖宗说的来做。除此之外谁都不敢随便去动它。”

“这个盒子您自己看过吗？”

“没有，只是在搬家之前挖出来过。”

“既然是这么重要的盒子，那又怎么会想到把它给卖了呢？”

“唉，家里本来就剩我和弟弟两个人，弟弟没有子嗣前两年也过世了，现在只有我儿子算得上是家族的一半香火。上次他突然得了大病，可家里没这么多钱，我想反正这东西已经不能庇佑家里人，干脆卖了，如果连儿子都没了，那还要这个盒子有什么用呢。”

听到这里狐狸心里的石头算是落下了，他之所以要这么问是因为真要去找画中的地方，就必须先确认画上那座唯一和其他山相连的山是不是后人加上去的，如今既然得到了肯定的回答，这个疑问也排除了。虽然要找到妇人所说的山洞并不是什么容易的事情，但是只要这画没有被动过他就能有六成把握，更何况山洞里还可能隐藏着更多的线索。于是赶紧问妇人要了电话和老家的位置，打算亲自到那里走一遭。

荒山野坟

huangshanyefen

前情提要　赏金士狐狸在古玩市场风波之中救下了一名老妇人并且得到了她的家传古画，在鉴赏的时候却无意中发现古画里的玄机，那么这里面到底隐藏的是什么？狐狸能否顺利找到他想找的东西呢？

暗斗

三天后，一辆旅游团的大巴士绕过几圈盘山公路后，停在了位于广西省某山内一个小山村的村口。

车门打开后走下一个年轻漂亮的女孩子，一手举着旅游团的旗子一手拿着喇叭：

“各位游客，现在我们来到的地方，就是这次旅游行程的第一个景点：逍遥村。你们看，这里就是逍遥村的……”

车上二十几名游客在她的带领下陆陆续续走下了大巴，女导游一边解说一边将众人往村子中央的一个小广场方向引去。

最后下车的是一个年轻人，带着墨镜背着旅行包，一边仔细观察着周围的山脉环境，一边取出照相机拍着周围的风景，看得出他并没有对女导游的精彩解说感到任何兴趣。这个年轻人，正是乔装打扮冒充游客前来探查情况的狐狸。

当他走下车子慢慢来到村口时，不禁感到十分意外：出现在眼前的村子，和画中的布局简直就是一模一样，只不过被改建过，外观上存在着些许误差，而且周围多了一些新造的木屋，可能是为了增加旅游景点的容客量，虽然外表经过了一番装饰看上去像是旧居，不过他一看便知道哪些是新哪些是旧。没想到踏破铁鞋无觅处得来全不费工夫，看到这里狐狸忍住内心的兴奋，继续一边观察一边向前方行去，停车点下车到村子广场这么短短十几米的步行，他便已经将村子周围的所有环境，包括山水植物全部拍了个遍，心里也大致有了底。

趁着女导游正在向其他游客解说村子文化背景和风土人情的时候，他找了一处偏僻地蹲下来开始观察起了土质，这是进行线索确认的第二步，也是最重要的一步，因为妇人说过埋放盒子所需要的土质是相同的，所以必须先探测出周围土质的详细情况。

他的衣服口袋里一直随身携带着一些小东西，其中有一根非常重要的细长物，这根东西被称为探路钉。探路钉是由特制钢材制作而成的一根空心圆柱体，体积和外形类似圆珠笔，能够拉伸，里面还内藏玄机：可以从中段弹出一根细小钢签，弹出后整个探路钉呈丁字形，钢签是中空的，下半段形似洛阳铲，功能也一样。

趁其他游客都在听导游解说的时候，他偷偷绕到了树丛后将探路钉往脚下泥土插了一下，手上传来的感觉说明这里的土质看上去虽然干燥但是不硬，反而显得特别松软，只是轻轻一按探路钉便已尽数没入泥土之中。拔出来后他分析了一下土质，他心里便有了底，看那头导游还在给游客解说，又找了另外一块地方，再次将探路钉插进了土中。

狐狸以前经常进山寻宝，积累了很多寻找古物的经验和窍门，其中最重要的一条是先了解地性。土地的地性并不是一次探测就能成功，因为地质的分布形状都呈发散形，而任何区域内的土地却都只有一个最融洽的点，例如太湿和太干的土地相交时，相交地带的那一条不干不湿的泥土带就是最好的土质，即便是相邻的两块土地，土质也会产生细微的差距。对于他来说，只要能够勘察出三个土质点，根据三点成圆的理论，就能找到另一块具有相同性质的位置，而在出发前因为已经打探到了妇人屋子的具体位置，要找到另外一块相同土质的所在并不是什么难事。

可正当他打算换个地方蹲下进行第三次探测时，突然听到远处女导游拿着喇叭大声说道：

“那边的那位游客，请不要到处乱跑，我们是农家乐旅游团，不是野外考察团，您再往前走就要出逍遥村范围了，外面属于未开发景点，存在着危险，同时请保持旅游景点的清洁和卫生，谢谢您的配合。”

那个导游眉清目秀，看上去最多也不过二十出头，此刻正举着喇叭对着他喊话。狐狸原本以为自己的一切并没有人留意，没想到不但被导游发现，而且还当着那么多人的面，话中有话地说了自己一通。他看到此刻自己显然已经成为了所有游客注目的焦点，有的在窃窃私语，有的在孩子面前对自己指指点点，这才反应过来大家可能把他误会成躲到树林后面随地大小便之人，可是却又不能解释什么，只能偷偷收起探路钉，硬着头皮假装若无其事回到了游客队伍中。

见他返回导游才继续讲解道：

“大家看，前面就是逍遥村最有名的地方：逍遥坡。逍遥村也是因此而得名。为什么会起这个名字呢，说起来这里面还有一个典故，传说当年三国时期……”

狐狸跑遍全国至少八九成地方，原始森林大山沙漠都去过，所以没有心思站着听导游说故事，现在土质是暂时不能测了，也只能改变计划先寻找妇人原先住的屋子，找到屋子就能找到原先埋盒子的地方。

上次和妇人聊天时，为了避免走错，特地让妇人将屋子的位置给画了下来，此时他便按照脑子里面记住的那个位置将村子所有老屋一一进行了对号，然后趁导游不留神又偷偷踱到了妇人屋子边上。

妇人的屋子位于村子东面偏南处，周围生长着一些灌木和另外一些叫不出名字的植物。来到屋子边上，他这次不再探测土质而是仔细观察起了土地的形状。一块土地内如果长年累月埋藏着东西，会因为大地自身的不停运动导致土地的结构比如松紧程度发生变化，当里面的东西取出后，不同的土质陷落到不同结构的土地上会形成高低落差，这种落差能够在地表上表现出来。据妇人自述搬出村子并没有多久，所以他才敢用这种方法。大致扫了一圈后已经基本上能断定盒子原先的位置，便打算天黑以后来这里仔细看看。

导游说完了整个传说故事，但是在最后特地强调了一句：

“各位游客，我们这里虽然是旅游景点，但是因为地处大山，所以旅游的服务范围仅限于这个村子内，村子以外都是未开发的原始丛林和大山，大家来这里旅游，都是为了放松心情，希望大家能够服从安排，不要乱跑。如果确实有特殊要求需要离开景点的话，请务必事先和我进行联系和沟通，否则发生意外，本人和旅行社将不负任何连带责任。”

说完这一切后已经是接近中午时分，接下来是吃午饭。但是在开饭前导游还有一件重要的事情要做：安排房间。旅游的项目虽然叫作农家乐，但是因为村子地处大山内，出于安全考虑并不允许大家独立做炊，午饭和晚饭都是由旅行社统一安排的集中烧烤。狐狸看过旅游指南，知道接下来要干什么，所以他当然是在想如何得到妇人屋子的钥匙，因为这样晚上行动起来方便而且不会被发现。

导游将大家带到了竖在村口的一块村子平面图前面，在平面图上的每间屋子位置都钉着一枚钉子，上面挂着对应屋子的钥匙，导游叫到一个游客的名字，那个游客便上去从她手中领走钥匙，之后再根据地图的指示各自找到房间放置行李。狐狸虽然装出一副若无其事的样子站在游客的最后，其实心里比谁都要紧张，他眼睛紧紧盯着妇人房屋的钥匙，生怕会被其他人给取走。不过也做了心理准备，假如有其他人被分到那间屋子，不管什么代价都要把钥匙给换过来。

挂在平面图上的钥匙越来越少，妇人屋子的那把却一直没有被人领走。站在狐狸前面的游客也被导游点到名字上前领走了钥匙，此时图上只剩下了两把：一把是位于村子最西北面的屋子，还有一把是妇人的屋子。狐狸看前面那个游客拿着钥匙离开后便直接走上前打算伸手去取妇人房间钥匙，却没想到被导游近水楼台取走了，他以为导游会和刚才一样把钥匙交给他，便向她伸出了手，可是没想到导游却对他说道：

“这把是我的，那把才是你的。”

导游用眼神瞄了一下剩下的那把，然后朝他做了个怪腔后就跑开了。

“原来这个死丫头故意的。可如果现在问她拿钥匙，会暴露此行目的。不管怎样，只能晚上再做打算。”

老谋深算的狐狸一点也没有表露出任何不满的情绪，笑嘻嘻地从地图上取下钥匙后向自己的屋子走去，他一边走一边回头，亲眼确认导游打开门走进了屋子。由于这时候游客已经全部散开自由活动，他不能保证自己做任何事情都不会被发现，所以只能等到晚上再说。

山里的天暗得特别快，又兴许是天气原因，才刚过六点，天空中便开始变得有些灰蒙蒙，而且起了薄薄的雾。

当天晚上是一场别开生面的篝火晚会，因为妇人的屋子就在广场附近，所以全场下来狐狸根本无从下手。而这些来自都市的游客似乎从未在如此环境中狂欢畅饮过，晚会一直搞到晚上十一点多才结束，等众人陆陆续续回到屋内后已经是接近凌晨的事情。狐狸自然也是加入了狂欢的队伍，不过为了晚上的行动，他借机故意多灌了导游和住在屋子附近的游客几杯。

帮忙一一送回其他喝醉的游客后，狐狸将手上的闹钟调整到了凌晨一点，然后回到了自己的屋子。说也奇怪，凌晨一过，天上灰蒙蒙的雾色竟然全部消失散尽，取而代之的是一轮明月挂在空中，月光将整个山谷映照得宛若仙境一般，除了虫鸣之外，只有轻微的呼呼风声在村子内游荡。

乱葬岗

“滴滴，滴滴……”

手表闹钟在凌晨一点准时响起，此刻狐狸已经做好准备整装待发。他之所以选择这个时候，是因为以前在部队接受侦察训练时，知道这是正常生理情况下一个人最需要睡眠的时间，这能够为他的行动排除不少障碍。

狐狸走到窗户边将窗户轻轻打开一条缝，通过缝隙仔细观察着外面的一切，此刻整个村子已经陷入一片沉寂，能听到不少鼾声从其他屋子，内传出，显然其中有不少是他的杰作。轻轻推开房门走出屋子取出探路钉测了脚下土地的地性，然后开始沿着树林边上的阴影悄悄向妇人屋子方向行去。

蹑手蹑脚来到白天确认过的那块土地，取过探路钉再次测了一下地性后，他从口袋内掏出之前准备好的村子平面图，图上已经标注出白天所测得的两个地性点，加上自己屋子下的那个，根据三点成圆的方法再辅以不同地性之间的关系，终于推算出了具有和此刻脚下土地相同地性的位置点所在。那个地方离村子并不远，过去的话直线距离在一百米左右。

抬头向那个方向望去，不远处有一个不怎么高的小山坡，回想起白天所观察到的地形，估计要找的地方八九不离十就是在那山坡附近，想到这里不禁心中一喜，赶紧借着夜色向那个山坡快速行去。

正如导游所说，景点外是未开发的地方，但是狐狸发现两者界限并不是十分明显：整个逍遥村总共有三条出路，一条是他们白天来的时候巴士开进来的山路，另外一条小路在村子的西南面，还有一条在村子西北面，村子东南面是山坡并没有路。西北和西南两条小路都是通往大山深处的，在两侧的树上挂着大大的警示牌。他并没有理会那些警示牌，一路沿着村子西南方向小路快速向前行去。

这条小路刚出村子的时候看上去还比较像样，兴许是荒废已久，越往前走开始变得越来越窄。果然才出村子没到三十米小路就消失了，取而代之的是一片草丛。狐狸继续向前走着，可他并没想到此刻身后不远处一个黑影正悄悄尾随着并且观察着他的一举一动。

穿过草丛又向前行了三十米左右，周围渐渐变成了一片树林。正当他打算走进树林时，却在月光下无意中发现右手边不远处的草丛里好像有根什么东西半杵在地里。从地上捡了根树枝走过去，拨开草丛一看，发现是一块石碑，从顶部弧度来看应该是块墓碑，再一抬头看到附近还有更多的墓碑正横七竖八躺在那里，原来这里是一片并不起眼的乱葬岗。

正在这个时候之前尾随的那个黑影已经悄悄来到了他的身后。

“深更半夜你跑到这里来干什么？”

一个女人的声音突然从身后传来。狐狸没有防备，一下子没有反应过来，愣愣站在那里。

“喂，你到底在这里干什么？”

女人又问了一遍，这时他才突然想起这个声音是如此耳熟，好像在哪里听到过。

“这不是导游的声音么？她明明已经被自己灌了那么多酒，怎么又会在这里出现，再说普通人哪有在我身后走会不被我发现的，除非是像女鬼那样飘……”

由于环境比较特殊而且吃不准对方来头，狐狸并没有立刻转身。

“怪不得你这个人今天举动这么奇怪，果然真的有不可告人的秘密。”

女人见他不理睬便直接向他走了过去，听她这么说了狐狸才放心地转过身来，

“我说你这个小姑娘，半夜三更跟在别人背后是什么意思？现在突然从后面冒出来又是什么意思？口口声声说我奇怪，我看你才奇怪。”

狐狸转过身，满脸怒气地看着那导游。

“那请你解释一下，半夜三更独自离开景区，到这里来是想来干嘛？”

“我？我到这里来散散心不可以么？难得有机会到深山老林来玩一趟，外出赏月啰。”

“好，就算你不承认，我是个导游，负责好每个游客的安全是我的责任，你现在擅自离开景区，我有权利让你立刻回去。”

狐狸知道一定要想办法尽快脱身，因此只是看着导游并不说话。

“不说话也不承认，好，没关系，之前在车上我就开始怀疑了，你一点都不像是来旅游的，而是一直在观察周围的环境，到了村子也是，所以肯定有其他的目的！”

狐狸见自己的事情被她识破却也并没觉得如何，因为没有任何把柄，而且她年龄这么小肯定不会知道自己的目的，最多旅游结束自己再一个人跑一趟。

“随你怎么说吧，反正现在风景也看好了，精神也恢复了。既然你要让我回村子，那就一起回去吧。”

说完他便转身向村子方向走去。

“等等！”

导游打算喊住狐狸，只是这“等等”两字刚出口后便突然没了动静。狐狸一转身，发现导游突然从身边消失了。

他不敢相信自己的眼睛，一个大活人就这么突然从眼皮底下消失，这怎么可能？可事实的确如此。便赶紧打着手电筒往导游刚才站的地方照了一圈，这才发现之前自己站的地方和墓碑之间有一堆草，草的样子很一般但是显得特别长，有一半正垂到地面之下。这堆草之前他就发现了，只不过当时周围所有的草都被风吹动，而此时周围没有风但是下面几根下垂的草却在轻微晃动，因此断定草的下方可能有一股往上吹的风。

拨开草丛后发现地上果然有个洞，虽然不知道是黄鼠狼洞还是耗子洞，但是一定是个大家伙搞出来的，看来导游多半是掉进这个洞里了。不管怎样还是先把人救上来再说，狐狸如此思量着。他走到墓碑前用力摇了摇，发现这碑入地很深尚算牢固，便从身后背包内取出一根东西将一头绑死在碑上，然后用手电筒往下照了照，看到下面的洞其实是个深不可测的斜坡，至少由于角度问题手电筒无法照到尽头。估摸了一下手上那根东西长度也有二三十米之多，应该是够了，便将那根东西另一头往自己身上绑住进了洞里。

他身上这根东西可不是什么寻常之物，是经过特殊渠道获得的一条被称为“龙筋”的东西，当然所谓的龙筋并非取材于真正的龙，可能是一种来自于海洋的生物。龙筋没有普通登山绳那么粗，但是拉力和韧性却是要远远超过登山绳，由于这次是便装出行，无法带上那么多专业的登山道具和武器，因此龙筋便成了最好的替代品。

随着入洞越来越深，刺鼻的气味开始慢慢浓郁起来，这是长时间空气不流通所散发出的霉臭。他一边打着手电筒一边打量着洞内的环境，一段距离后发现这个洞原来是个喇叭形，洞口看上去并不小，下面却是更加开阔。透过手电筒他还发现此时头顶上方黑色的泥土中隐约露出一些白色的东西，应该是人的头盖骨，还有几个半截露出泥土的骷髅头正朝向他这边，仿佛探出脑袋正窥视着他的一举一动，不过狐狸胆子大而且救人心切，对于这些诡异的环境倒是也并没有太放在眼里。

再往下走了一段距离后，总算看到了躺在不远处一动不动的导游，此时绑在身上的龙筋已经用尽，但离她还有好几米的距离，好在眼前坡度已经不再像入口处那般陡。狐狸解开自己，沿着斜坡下到洞底，来到对方身边伸手一探，幸亏只是被摔晕失去了知觉，相信休息一段时间后应该能够自己醒来，这才放下心将导游轻轻抱起后转身向龙筋走去。可刚踩上山坡却又突然停了下来，然后在附近找了一块相对干净平整的地方将导游轻轻放下，在她身边点了一支蜡烛，之后开始打着手电筒仔细观察起周围来。原来刚才被导游这么一闹差点将正事给忘了，直到再次踩上坡的一刹那，才想起来洞内原来是有一样东西差点给忽视掉了：洞的底部是一个二十平方米左右的空间，四周没有任何出路，这让他想到了以前听说过的一些故事。以前当兵的时候一直听老兵说起他们家乡的一些传说，这其中属山里关于狐狸成精的故事最多。

那些老兵很多来自于偏僻的山区，他们说在每座山里其实都会产生一处水土特别优良的地方，那是由于山里不同土地受到太阳光不同角度的照射而产生的，再加上自然的河流和湖泊环绕带来清新的空气，因此是很多动物向往的乐土。山区多森林，森林里面野兽多，其中最狡猾的就是狐狸。野生的狐狸据说天生就有灵性，知道哪里水土好便往哪里跑，时间长了能够吸收日月精华进而幻化成人形，就能和人类进行通婚行男女之事，但兽类毕竟是兽类，即便幻化为人形，大多也只能行害人性命之事。而当有些姑娘家里发现自己的女儿嫁出去后不见了，再去寻找时便会发现原来自己的女儿都死在了那些狐狸洞里。当然他取狐狸这个绰号则是源于它们的聪明机警和灵性，希望自己能够像它们一样来无影去无踪，这样才能在执行任务的时候顺利从敌人眼皮子底下逃脱。以前那些老兵对于狐狸洞的描述和眼前这个洞看上去有几分相似，只是那些狐狸洞一般入口深几米，眼前这个却是深几十米。

刚才抱着导游返回坡上时发现脚下所踩的并不是土坡而是阶梯，是用土夯出来的实实在在的阶梯。可为什么下面是台阶，到了洞口却成了斜坡呢？狐狸抬头往洞口方向看了一眼，发现月光正从洞口照进来，便立刻明白了怎么回事：阶梯是土夯而成，而山中多雨，每当下雨时雨水便会从洞口漫入对土夯台阶进行冲刷，长此以往洞口的台阶慢慢变成斜坡，然后渐渐向下延伸。看眼前这么大范围的台阶已经全部被冲刷成了土坡，至少需要几十年时间，那么到底是谁建造了台阶？为什么要在乱葬岗下面挖这样一个大洞呢？

他打着手电筒用敏锐的眼神观察着洞内的一切，无意中发现插在导游身边蜡烛的烛焰微弱地动了一下，而且晃动的方向和洞口位置相反，看来微风另有其出处。之所以要点放一根蜡烛，一是为了探测地下的空气浓度，二是检查风向。眼前的情况让他更加断定了在洞穴里面，有一些自己没有发现的东西。

狐狸脑子一转，重新将自己的思路理了一遍，把刚才眼前所有出现的东西一个一个联系在了一起，林子里面的乱葬岗、隐秘的洞口、神秘的山洞、变成土坡的台阶，最后终于理顺了这一切：洞口那些使下垂的草晃动的微风出现，说明在地下一定有另外一个气口，只有空气流动才能产生风。只是刚才自己主要注意力全部都集中在了如何解救导游以及防范洞内可能发生的危险上，忽略了变成土坡的台阶代表这里曾经有人下来过，夯出台阶一定是为了某件事情而作准备，如果不是做好长期打算，是不会花那么多时间将土夯成台阶的，因为直接放绳子下来更加省事，据此可以推测那些人应该是想要从地下搬运什么东西出去。此刻出现的微风或许能够带他寻找到这一切的真相。

狐狸取过蜡烛开始根据火焰晃动的方向寻找起风口来。有风必有口，有口必有路，在一寸一寸寻找后他发现这风吹得十分奇怪，吹吹停停停停吹吹，这给寻找风口增加了不少难度，看来这个风口并不是很大。不过因为周围活动的范围也不广，花了点时间后还是被他找出了来风之处：原来风是从斗室顶部的角落吹来的，在天花板上有一条缝，微风正是来自于这条极其细微的缝隙背后。

可这时候却是一道选择题放在了他的眼前：到底是先救人还是先寻宝？救了导游恐怕出去后再也无法回到这里了，如果先探秘，姑且不论导游安危，这条缝隙位置却是十分尴尬，这个洞几十年没有动过土，墙面和顶部的泥土已经进入绝对平衡状态容不得半点外力，而头上又是一片乱葬岗，这么一挖不知道乱葬岗会不会塌下来，万一塌下来的话两个人就要被死人给活埋了。

犹豫了半天，一根蜡烛已经快要烧完。重新点燃一根后，狐狸决定采取折中办法：用探路钉先测试一下，看看后面到底是什么东西再做定夺。

于是狐狸再次从兜里掏出探路钉对准缝隙后面一点一点插了进去，感受土质的同时也时刻仔细观察着头顶泥土的变化。突然，一阵异样的感觉从指尖传来，狐狸知道扎到硬物立刻停止插入，转而轻轻旋转起探路钉来。这东西的顶部有特殊构造，即便是再硬的东西，只要轻轻一转就能从其表面挖下点什么。慢慢拉出后一看，发现抓到的，却是一小段木头。

“莫非上面是个棺材？”

乱葬岗下发现棺材，对于他来说倒也并不觉得十分意外，只是看这段木头却并不像古代的东西，这样也好，只要不将缝隙挖得太大，相信上面的棺材是不会掉下来的。

他从包内取出挖掘工具后慢慢往上挖了起来。没过多久头顶上一小块泥土便被他给轻松刮掉了，一块木板渐渐出现在他眼前。重新换了一套打洞工具后开始往上钻，几十秒后木板被钻透，却没想到一股带着霉味的凉风突然吹出来将灰尘喷了他一脸。

狐狸用袖子擦了擦脸上的灰，取过手电筒对着洞口往里一照，发现原来木板并不是棺材的底部，而只是一块盖板，盖板后面是一个很大的空间。看到这里他不禁心中一喜，赶紧大刀阔斧挖了起来，没过多久一整块木板出现在了眼前，沿着周围用特制的钢片扫了一圈后木板便被整块切了下来。取下木板借着手电筒往上一瞧，上面居然是条约莫一人高的地下通道，宽度可供两个人并列行走，通道一直延伸到远处黑暗中，而且还不断从隧道深处吹来带着霉味的微风，看来这条隧道是相当长，也不知道会通往什么地方。

这时候他从背包里掏出一个球状物，就着蜡烛点燃后向前面抛了出去。这东西叫斥候球，是巡山探宝必备的重要道具，因为是圆的而且带有弹性，所以扔出去后能够一直在黑暗中向前一边滚动一边弹跳很长一段距离，这样借着它的移动轨迹就能看到前方的大致情况。只见那颗斥候球骨碌骨碌一直向前滚去，最后消失在了黑暗之中。

看到前方并没什么特别之处，狐狸双手撑住两边打算跳上隧道，此刻突然从前方黑暗之中传来轻轻的“啪嗒”一声，这声音在幽静的隧道内显得特别诡异。听到声音发现有状况他赶紧跳回下面，只听得很响的“砰”一声，一束红光擦着他的头发飞到前方的土墙中径直钻进了泥土里面，枪声在黑色的走道内回荡着，一直传到很远很远。直到狐狸再次起身枪声仍然没有完全消失，看来里面的空间要比自己想象中的还要大许多。

“册那，碰到赤佬了。”

狐狸骂了一声，却碍于手无寸铁发作不得。从枪声判断，子弹应该是来自于一支步枪，而且是一支老式步枪。

乱葬岗下面有条秘密通道，秘密通道里面有能发射子弹的老式步枪，看来周围的一切是越来越有趣了，如果要搞清楚这一切就必须知道这里到底发生了什么事情，可是对方有枪……

狐狸快速转动着脑子，当他看到那块刚才被自己取下的木板时，一个主意冒了出来。

他从地上捡起木板后仔细观察了一下，木板大小约两尺见方，是由三段木板并列而成，背面则是由另外两块呈九十度垂直的木板固定，材料并不同于平时所用的木头，应该是经过特殊加工和处理的，质地比一般的木头要硬，而且上面隐约用油漆写着一些字，因为时间久远看不清楚写的到底是什么。狐狸来到通道口后，借着手电光往上看了一下那子弹嵌入泥土后土墙上的样子，心里在默默计算着什么，然后开始蹲下向木板上钉木条的一面封泥土。

不久后钉木条的那一面被封上了厚厚的一层泥土，狐狸脱下一件衣服，将封着泥土的木板紧紧包住后用袖子打了个结，一块真正的土质盾牌宣告完成。这块盾牌虽然坚固异常足以抵挡步枪子弹，却奇重无比不能拿在手上，狐狸打算放在地上慢慢往前推着走，这样万一前方又出现情况，到时候只要用探路钉一撑，把盾牌当成挡箭牌，即便是机关枪也足以抵挡一阵，而这些时间足够返身开溜。

准备妥当后他举着重重的盾牌再次打算翻进通道，这时候从身后突然伸出一只手拉住了他的衣服。回头一看，导游不知道什么时候醒了过来，正站在自己身后。

“我们这是在什么地方？”

“这里？我也不知道这是什么地方。”狐狸装傻充愣道。

“我怎么会在这里的？”导游摸着自己的头问道，很明显她还没有完全从刚才的变故中清醒过来。

“你刚才自己没站好，从洞口摔下来了，我是下来救你的，不过没想到……”

狐狸看着不远处那根隐藏在黑暗中的龙筋，脑筋一转：“这洞进来容易出去难。为了救你我也被困了，我现在就是在想办法找出口，你在这里等着。”

狐狸知道只有将她留在这洞里，她才不会跑出去报告，自己也才能完成想做的事情，而且之后所有遇到的事情，都会顺理成章变成无意中的发现，相信她也不会再唠叨了，万一苗头不对，跑回来拉着龙筋逃出去就是。

不料刚说完这句话，鬼使神差一般只听得入口附近的泥地突然“哗”地塌了下来，将洞口给埋了个严实，一点点的月光都看不到了。

两个人面面相觑后狐狸转身再次进入通道里面，一边蹲着一边推着沉重的盾牌慢慢往前挪动，可没走几米发现导游又跟了上来。

“我不是叫你待在下面别妨碍我吗？怎么又跟来了，快回去！”

狐狸有些恼火，因为导游跟在后面是会分散注意力的。他这个人做事情最忌讳不专心，万一出了什么情况顾得上前顾不了后，跑慢了屁股上挨上两发子弹也不是没有可能的事。

要塞

“我是导游，有保护每个游客安全的责任，更何况你是为了救我才被困住的，所以更加有责任来找到出口，而且我从小在这山里长大，这里的环境比你熟悉。”

“就凭你？通道口封闭了至少好几十年，就你一个小姑娘怎么可能会熟悉里面的环境，这不是玩笑，快回去。”

他转过身继续扛着土盾向前慢慢挪动，可导游似乎根本没打算听他的，仍然继续跟在后面，狐狸见甩不掉这个跟屁虫只好听之任之，只是心里在祈祷前方最好不要再出现任何情况。

他打着手电筒扛着土盾往前挪行了几十步，身边的通道两侧渐渐变得宽敞起来，周围墙上钉着许多木板，木板上有许多电线挂着，样子看上去有点像打仗时挖的地洞工事。

狐狸对这种环境再熟悉不过了，他原本以为附近会有开关，但是沿着电线一路往前照去，看到的却是电线在地洞中绕了一圈后继续往深处的黑暗中延伸，要想找到电源必须再往前走一段，更何况这么久没有被开启过，电源是否能够使用也是个问题。

这时扛着的土盾突然撞到了什么东西，由于蹲着用不出力气，不管怎么推也推不动。导游见他停下打算起身，却被用力压了下去，狐狸摇摇手示意别轻举妄动，他将手电筒移到土盾边上向前方照去，因为不敢探出脑袋，借着墙上影子他大致分辨出前方可能是个箱子。慢慢探出脑袋朝土盾后面一看，大吃了一惊：土盾后方的确是顶到了一个箱子，而在箱子上面却还躺着一具赤裸着上半身的干尸,干尸手上紧紧握着一把步枪并且将手指扣在扳机上。刚才的子弹想必正是从这把枪中发射而出，可是这死了许久的干尸又怎么会开枪?

他将手电筒沿着枪管一路往前照去，发现这是一具穿着几乎被撕烂的日本军服的干尸，袖子已经不见，身上也被撕成了一道一道，透过被撕烂的衣服能够看到已经发黑的皮肉，想必死前一定是流了许多的血而且非常痛苦。在这具尸体的边上，还横七竖八躺着三四具日本兵的尸体，奇怪的是所有人身上的衣服没有一件是完整的，全部被撕成了破烂，露出衣服内发黑的皮肉。

确认附近没有危险后狐狸这才站起身来，他看到墙上挂着几盏油灯，里面还有一些灯油，便走过去点了一盏，整个空间登时亮堂了许多。

他将手电筒往腰上一插，走到倒在箱子上的日本兵尸体边，抄起了那柄步枪“哗啦哗啦”拉了两下枪栓，觉得还算好使，而且看到枪膛里面还有两发子弹，稍微擦了擦上面的灰尘后便把它背到了身上，转过身开始打扫战场。

这些日本兵手里步枪总共有四五把，但是除了身上那把外其余的已经变成了拨火棍。狐狸一一退出枪里的子弹，加上在死人口袋搜来的凑在一起数了一下大概有一百颗，这些子弹加上他的枪法，防身应该是足够了。导游趁他没留意，走到了角落一个箱子后躺着的一具军官尸体边，尸体的手正垂在地上，边上有一把手枪，是他们军官配备的格鲁鲁。其实这把枪刚才狐狸也看到了，只不过他并不喜欢手枪，而且知道格鲁鲁有致命的缺陷，有选择的话不会去用它，本打算收集完步枪子弹后再去捡的，却没想到被导游抢先了一步。

“给我。”狐狸将子弹尽数装入背包后走到导游边上伸出手去拿枪，因为即便是一把老枪，走火或者乱用的话也会非常危险，没想到导游把手一缩，他抓了个空。

“这枪不能给你，会有危险，由我暂时保管。”

导游看着狐狸，把枪插到了自己腰上。

“枪很危险，你一个女孩子又不会开枪，当心别走火了，给我吧。”

狐狸再次伸出手希望导游把枪交出来，但是对方并没有理会他，而是突然拔出枪，以出其不意的速度拉开枪栓退出子弹，重新装填后插回了自己的腰上。

狐狸对于她的动作十分好奇，并没有想到女导游竟然会这一套。

“没有什么好奇怪的，不要以为只有你才会玩枪，虽然生涩点，但是顺手。”

“你是从哪里学来这个的？”

狐狸问道。

“我爷爷以前是山里的游击队员，很小的时候他就教我怎么玩枪。倒是我要问你，你怎么会玩枪的？看样子也挺熟练，退伍军人？”

狐狸并不想回答她的任何问题，当务之急是想找到出口离开。

“这枪已经几十年没有被动过，不管玩得再怎么好，丑话说在前头，千万别走火，要是打着我，和你没完。”

狐狸不想继续和她纠缠，转身提起油灯向前行去，导游见状赶紧跟了上去，两人一前一后走在通道内。狐狸不想和这个令人讨厌的导游说话，导游也并不喜欢这个奇怪的游客，两个人就这样毫无交流地在通道内始终保持距离走着。

尘封已久的通道内十分安静，除了轻微的风声外只有两人的脚步声。一路往前并没有出现岔路，走到二三十米开外，一扇生锈的铁门出现在他们眼前，这里应该就是通道的尽头。

阵阵阴冷的空气从虚掩的铁门后传来。狐狸走上前推了一下铁门，发现门十分厚重，因为长时间没有开启，后面被什么东西卡住了。

“别光顾着看，快点来帮忙一起推。”

狐狸转过头对导游说道，对方对他的态度显然并不满意，但是因为不齐心协力是无法离开这里的，也只能走上去帮着用力推了起来。随着边框上的铁锈摩擦发出阵阵刺耳的声音，铁门被渐渐推开，不知道后面有什么东西顶着还是门框已经变形，大门只能被推开一半，之后就再也推不动了。

打开的宽度能够容得一个人自由进出，导游因为站在门边打算拔枪进门，却被手快的狐狸一把拉回了身后。

“你不要命了？”

他从身后取出步枪，将油灯挑在枪尖慢慢从门缝探了进去，一方面可以确认里面是否有危险，另一方面能够借着照明躲在铁门后观察里面的情况。里面本来好似一片雾蒙蒙的，但是油灯光一出现，那些雾气立刻消散而去，一幕无比凄惨的景象映入了他的眼帘：

地上横七竖八躺着许多已经变成干尸的日本兵，死状和之前看到的那些没有什么两样，唯一的区别是这些日本兵都是缺胳膊少腿，没有一个四肢齐全，好像被什么东西啃噬过，到处都是飞溅的血迹变成的黑色痕迹，墙上天花板上都是，让人见了不寒而栗。

确认里面没有危险后他示意导游待在门外，自己一个人走了进去。这是一间四周用木板围起来的房间，里面不但有尸体，而且在四周木板墙上还有很多已经发黑的，应该是用血写成的日文。他学过中文法文英文却不懂日文，除此之外里面没有了任何其他的线索。

导游在外面等不及跟了进来，她一边看着墙上的日文，一边默默念着什么。

狐狸看到导游走进房间，也听到了她的念叨。

“怎么？你会日语？”

“我是导游，当然要学日语，至少这些片假名难不倒我。我想我已经知道这里发生了些什么事情，只是这墙上所写的东西，好像太不可思议了。”

“墙上到底写了些什么东西？”

“看上去好像是咒文之类的东西，也有一些忏悔的句子。”

导游一边解释，一边仔细判断着墙上的文字，她发现墙上的文字写法十分奇怪，并不是用笔写出来的，而是使用了某种特殊的东西。

“你看，”导游指着墙角的断肢说道，“墙上的字应该都是用人的身体某个部位写出来的，是他们中有人死后写到墙上去的。”

“除了咒文和忏悔的话外，还有其他什么东西么？”

“没了，大部分都看过一遍，没什么其他的内容。”

导游突然停了下来，紧盯着墙上的一段日文：“等等，这里好像记录着什么……”

导游将脸凑到一行稍微小一些的日文边上，“这里好像有一句‘怪物现，万事止’，可能这里出现过什么怪物，只是……”

导游转身看着狐狸，“后面没有写下去，到这几个字就结束了。”

狐狸知道日本兵每个人口袋里面都有一本小本子写日记

之用，如果能够找到其中一本，说不定能找到什么线索，赶紧道：“日记本，每个日本兵身上都应该有一本日记本，帮忙一起找一下，如果能够找到日记本，说不定能够找出什么线索。”

导游并没有帮忙找，却是冷冷看着他。

“你别站着不动，帮忙找呀。”

狐狸一边低头翻着尸体口袋一边说道。导游没有动，只是突然问道：“你到底是什么人？我看你好像对这里发生的事情挺感兴趣。”

狐狸听了这番话立刻停下手中的动作，因为他察觉到导游已经慢慢把手伸到身后准备掏枪了。他抬起头看着导游笑着说道：“如果我是坏人，刚才也不会下来救你，而且我手上也有枪，如果要伤害你，刚才就动手了。”

“你是否伤害我并不重要，问题是你到底是谁。”

“我？只是一个退伍老兵，正在完成要做的事情。我现在继续找日记，如果打算开枪，请便，但是别忘记，我们现在是在一条船上。”

狐狸将两件不相干的事情扯到一起编了一个不算谎言的谎言后，再次低下头在尸体上翻找起来，导游见他说得有理，虽然怀疑却始终没有拔枪。

在狐狸脚下的那个日本兵样子异常恐怖，死前可能受到什么巨大的惊吓，加上肉体上的痛苦因此正口目怒睁张牙舞爪，不过他对于这种场面并不感到恐惧。他伸出手在尸体口袋里掏了几下，却并没有发现日记，接连找了三四个都是如此，不禁感到十分意外。

“奇怪了，日本兵一般身边都会带着日记，怎么今天这里搜了好几人却什么都没有？难道是被人故意取走了？”

他越想越觉得奇怪，不过还有几具尸体，没到最后一刻不能放弃。他继续翻着尸体，可都没有找到日记，直觉告诉他这里所隐藏的秘密，可能要比想象的恐怖得多。

导游因为恐惧于尸体的恶心和恐怖，只是在边上用眼睛搜寻着，突然她发现了什么，大叫道：“啊，这里躲着一个！”

狐狸听到叫声，赶紧跑到导游身边，她眼前是个木头箱子，箱子的下面露出了一只人脚。狐狸上前翻开箱子，一具被扣着的干尸出现在他们眼前。从衣服来判断这是一个军官，虽然衣服残破浑身是伤，但伤势却并不像前面几个那么严重，关键的是他的肢体十分完整，只不过看上去像挣扎了很长一段时间才毙命，垂在地上的左手手心捏着一张已经泛黄的纸，上面都是积灰。

因为怕损坏纸，狐狸并没有直接伸手去拿，而是吹开上面的灰尘，让导游看看上面到底写了些什么东西。导游照着纸上所记录的东西大致翻译了一下后，两人才知道，原来这张纸上记录着一个曾经发生在这里的秘密：

第二次世界大战期间，日本军国主义为了大肆掠夺中国的奇珍异宝，曾经成立过一支秘密部队，这支部队没有番号，直接由陆军司令部管辖，而且隶属于陆军司令部和日本文化部，被称为影子部队。影子部队拥有当时世界上最发达的探测仪器、文化考古专家以及最优秀的人才和各类能人异士，起初他们的主要使命是夺取中国境内所有的奇珍异宝，不但包括金银珠宝还有各种世界上知名的或者濒临灭绝的珍奇生物和一切文化遗产，他们做的最著名的一件事情，便是寻找到并且秘密押运了北京猿人的头盖骨。

二战后期战局开始对邪恶轴心国愈发不利，希特勒和东条英机都打算借助传说中具有强大能量的事物来挽回战局。战争末期，影子部队被赋予一个更加秘密和可怕的使命：寻找一切具有毁灭力量的事物。这些士兵都是这支部队的成员，他们来到这里是因为得到消息说这山里有一个古代遗迹，里面可能隐藏着具有毁灭性能量的事物。由于事关胜败大局，日本陆军司令部同时派出两个中队来到这里，只是进山不久便遇到游击队的袭击被打散，不过游击队装备太差并没有给他们造成太大伤亡，只是失去了另一支队伍的下落。他们主要的任务是从左侧进山寻找和发掘，因为当时附近有村子，为了不引起游击队和中国人的注意，他们找到乱葬岗作为掩护后才开始偷偷挖掘。

随着挖掘的深入，部队中出现了越来越多的怪事情，非战斗性减员也越来越多。出事前几天中队长突然命令停止挖掘，说有人会来袭击让他们做好战斗准备，并且把所有的文字数据和其余档案取走，还把唯一的出口，也就是乱葬岗下面那个通道也封了起来让他们背水一战。军官起了疑心，曾经问过中队长但是对方对提出疑问显得很不满意，只回答是天皇的旨意，之后就离开了。开始几天所有人都在等待最后的战斗，但是后来有人开始染了怪病，每天行为都十分古怪，接着是自相残杀，最后所有的人都死了只剩下他一个。他用其他人的尸体在墙上写了一些以前看到过的符咒，然后静静等待着最后时刻的降临。后来他发现自己体内也开始发生着某种变化，想起战友痛苦的样子，便干脆做了自我了结。留下信息是希望将来某天如果有人发现他们，可以通过留下的字条知道这里的秘密。不过他只是个小队长，很多事情并不了解，只能记录这么多。

“看来这里的确发生过一些特别的事情。之前以为这些日本兵是在死去后才被留下来，没想到也是被自己人给出卖了，日本军国主义的洗脑政策，已经把他们都训练成为了战斗的机器，唉。”

狐狸嘴上这么说，心里却想着另一件事情：

“这些人到底遇到了什么东西？和自己要找的那个地方有关吗？不过眼下没了退路，只能先想办法离开这里再说。按照目前的情况来看，应该可以肯定的是他们要找的那个东西一定还在这里，否则这些日本兵不会被留在这里当活祭，但是他们到底遇到了什么事情呢？”

突然，一股神奇的力量出现在他脑海中，使他无法控制自己，具有魔力一般渐渐将他向黑暗深处诱去。一双小手拉住了他的胳膊，也将他从虚幻拉回到了现实。

“你怎么了？”

导游见他突然面无表情茫然地向前方黑暗走去，知道有些不对劲，赶紧拉住了他。狐狸拍了拍头，清醒了一下脑子，“没什么，这里，好像我……我看前面一定有很多的危险，你还是留在这里，等找到出路后我再回来救你。”

“不要再往前走了，我知道这些日本兵要找的是什么。如果这一切都是真的，前面将会是非常危险的。”

导游见狐狸执意继续前进，便向他道出了那个流传在山里关于诸葛亮破凶脉的传说。

“在外人眼里这只是一个传说，但是我们这些从小在山里长大的人都相信是真的，现在这些日本人的出现更加进一步证明了故事的真实性，我劝你还是别再向前走了。”

“你说的故事只是个传说，说不定日本人就是听了传说才找过来的，根本不能当成存在的依据。当务之急是找到出路，刚才你也看到，进来的洞口已经塌了，我们现在没有回头的余地。”狐狸继续提着灯向前方走去。

“等等。”导游见狐狸态度坚决，经过再三考虑，决定再告诉他一件事情：“既然你那么坚持，我就再说一些事情。不过先声明这不是因为我相信你，而是因为现在情况特殊，至于信不信随便你。那个故事很多人把它当成一个传说，因为在很长一段时间并没有任何人找到那些警示标志或者和工事相关的线索，大家总觉得传说永远是和现实有差距的。但是我听爷爷说过之前邻村有个人在附近一个山谷之内发现过一块石头，上面刻着的文字经过确认，就是那些警示信息，那人当时立刻向村长进行了汇报，那个村长就是我爷爷，他得到消息后立刻带人进山寻找那个塔形工事，打算彻底毁掉传说中的凶脉，只是进展没有想象中那么顺利。抗日战争爆发，爷爷也一直没有停止寻找，后来他在山里遇到一支日本部队，联合民兵来了一次突袭，把他们打得落花流水，本以为都逃走了，没想到最后会跑到这里来。我的爷爷是不会骗我的，这件事情一定是真的。

我们最好不要贸然前进，还是回到入口处等待救援比较好。”

“原来这里面还有这么一个故事，果然是奇之又奇，那个工事听她所言好像真有这么回事，说不定里面有一些什么好的东西等待着自己，例如诸葛亮的那颗神珠……”

狐狸开始隐约觉得妇人的画有可能和凶脉或者是工事有着某些关系，这越发激起了他的好奇心，不过停在这里并非良策，因为刚才下来的时候他观察过，乱葬岗下面并不是一块安全之地，随时可能会有更大面积的塌陷。

“救援？等待谁的救援？你以为他们能够那么容易找到我们吗？我们现在在地下那么深的地方，已经远远超过了生命探测器的搜寻范围。而且那个入口处的乱葬岗本来就是日本人用来伪装的地方，当真那么容易找到？来的时候我就发现这地方根本就不在地图里面，而且又在丛林里，你知道要找到一个这样的地方难度有多大？再者，乱葬岗的土质并不同于一般地方，要稀松很多，随时可能全部塌陷下来。我们刚才没有被埋起来已经是非常幸运的事情，如果你再回到原来的地方，简直就是送死。”

听对方说得在理，而且也没有伤害自己的意思，导游想了一下，答应和他一起继续向前走。狐狸这才放下了心，他突然想起导游刚才说的事情里面好像有一个疑点，便问道：“你刚才说那些日本人被你爷爷和游击队打得落花流水对么？”

“那是当然，爷爷当年可是十分厉害的，他是游击队长，消灭鬼子毫不含糊。”

“如果真是这样的话，这里的日本兵未必是你爷爷他们所遇到并且击溃的那支队伍。”

“为什么这么说？”

“很简单，你想，刚才小队长所记录的他们只是受到了袭击，并没有说受到了什么样的袭击，这里地处深山老林，一则环境险恶，二则没有供给，如果真的有部队在这种环境下遭到重创，一定会立刻撤退，而不会留下来进到这里。这种传说中充满机括和危险的地方，即便是大部队也未必能顺利进入，更何况是一支被打得落花流水后的部队。按照你刚才所说，你爷爷和游击队把日本人打得落花流水的情况是真的，那么他们遇到的很有可能是另外一支部队。”

“但是他们为什么要兵分两路呢？另外一支部队来这里是出于什么目的？”

狐狸眼珠子一转，脑子快速转动着，眨眼工夫想出了一个最合理的解释：“如果整件事情都是真的，另一支部队很有可能是直奔凶脉源头去了。山中除了塔形工事之外，还有什么东西值得他们寻找的？既然是影子部队，如果不是凶脉之源，我倒是猜不出山里还有什么东西能够吸引他们的注意力。”

“你说得有道理。爷爷一直都在寻找这件事情的线索。看来一切都是天意，我来帮爷爷完成他的这个愿望。”

此时的狐狸在想的不仅是找出路，还有一件重要的事情：刚才自己计算的那个地方应该就在自己头顶上方，假如地底下几千年前就出现这种奇怪的事情，那么上面的那块土地多少也逃脱不了干系，说不定还能顺便找出些许源头，不过有一件事却是不得不防：这些日本兵死状凄惨，说明直到抗日战争时期，凶脉之内的阴晦之气仍然是没有散尽，而且诸葛亮也不是泛泛之辈，前面机关一定少不了。想得到那颗神珠，看来必须要花上点代价才行。

“那好吧，互相协力，一边找出路一边找线索。”

狐狸正了正衣服，提着油灯和导游继续向前方行去。两人一开始并排行走，他担心假如有情况出现导游未必能够躲得掉，还是自己打头阵稳妥，便想把她拉到身后，但是刚伸出手却突然看到一团灰色的东西从她身后一晃而过瞬间消失了。狐狸马上端起枪，警觉地观察着后方。导游并没有看到这团灰色的东西，她见到狐狸紧张的样子也开始警觉起来，两人大气不敢喘一下，眼睛死死盯着一前一后，观察了一会儿，灰色东西却并没有再次出现，两人便继续向前行去。

鬼物

“我说，你这个奇怪的游客，该不是为了寻找那个工事才来到这里的吧？”

导游突然问。狐狸老谋深算，并没有表露出分毫异色，提着油灯若无其事地反问她：“你从哪里看出来我是为了这件事情而来的？我可是为了救你才被困在这里的。”

狐狸停下脚步转过身看着导游，“你那么想我觉得很有趣。”

导游接着说道：“你骗得了别人但是却骗不了我。车子刚进山时我就已经发现你和其他游客有一些不一样。”

“是吗？不一样在哪里？”

“车子进山后，你就一直表现得很镇定，根本就没有大部分观光客那种兴奋的状态，你一直看着车窗外。”

“笑话，难道仅仅因为看窗外的景色就开始怀疑我？”

狐狸不禁笑了起来。

“不是因为看窗外，而是你一边看着窗外，一边在比对手上的什么东西，虽然并不知道你手上拿着的东西是什么，但是我知道你一定是另有所图。”

“接着说。”

“下车后我看到你行动鬼鬼祟祟，总是往人少的地方走，肯定是在找什么东西。为了证实判断也为了能让你早点露出马脚，我故意把游客召集在一起想看看你会搞些什么名堂。果然游客一集中后你就开始偷偷往边上躲，你以为我没看到其实我都看到了，虽然不知道在干什么但是你肯定在做一些不寻常的事情。这些事情，爷爷以前告诉过我……”

狐狸发现导游没有再说下去，正打算回头看看却不料腰眼处突然被什么东西顶住了，当然以他的智商不回头也知道导游手中拿的是什么。

“别动，你这个盗墓贼。”

导游仿佛突然变了一个人，用十分严肃的语气呵斥道：“这里最近几年一直有盗墓贼出没，也都是以游客的身份来打探消息，不要以为我是女孩子就好骗，你这样的人我见得多了。把枪给我，慢慢地……”

狐狸慢慢取下枪，导游一把抢了过去。

“灯要吗？一起拿去吧。我提得手也酸了，要不你来提一会儿？”狐狸调侃道，然后打算把油灯也递过去。

“我不和你开玩笑。”

导游用枪口用力顶了一下他的后腰，“这个你继续提着探路，既然你们这些人喜欢盗，今天让你盗个够。”

狐狸此时表情自然，并没有因为被用枪顶着而有任何不快，他回过头笑嘻嘻说道：“你可当心千万别让枪走火了啊，否则私自枪毙犯人，也要受到法律制裁的。我说，和你商量一下，能不能坦白从宽，争取一个宽大处理啊？”

导游没有理睬他，继续用枪顶着示意他往前走。

走了十几步，借着灯光狐狸看到前方一团东西正慢慢从黑暗中浮现出来，停在前方不远处的空中，正是之前他看到的那团东西。一股不祥的预感顿时出现，他大叫一声“不好！”赶紧一个快速侧移向后一扑将导游扑倒在身下，导游只当是他要诈准备袭击自己，一慌张扣动了扳机。

“砰”的一声，子弹在黑暗中划出一条橘红色的线消失在前方黑暗的通道，好在他速度够快子弹只是擦身而过，而那团灰色的东西速度也不慢，枪响同时擦着他们的头皮飞过穿进了墙中。由于光线问题无法看清那到底是什么，两人隐约听到那团东西中间有很轻微的“嗡嗡”声。等抬起头时那东西已经消失得无影无踪，周围恢复了平静，仿佛什么也没有发生过。

由于扑下后双手不巧正放在导游的胸部上面，导游回过神后发现这一情况，出于本能立刻一个耳光扇了过去，打得狐狸金星直冒。

“我说小姐，你就这么对待救命恩人啊。”

他一边摸着脸一边拿起刚才扔在地上的油灯。

“谁让你，谁让你的手……”

导游说到这里倒是有些不好意思，因为一巴掌打下之后感觉好像是打错人了。

“这年头好人难做，真是好心没好报。”

狐狸假装气愤地拍着身上的灰尘。

“刚才那个东西到底是什么？”

“我怎么知道，黑漆麻乌谁看得清楚，反正肯定不是什么好东西就是。”

狐狸提着灯走到墙边开始寻找起刚才那团灰色东西飞过的痕迹，墙上钉着的木板上出现了一团黑色，他凑上去闻了闻，一股焦炭味带着刺鼻的酸味钻进了他的鼻孔，刚才如果是被它碰到脑门上一定直接穿脑而过。

狐狸转过脑袋看着导游道：“刚才要不是我，你的脑袋就和这木板一样了。”

“对不起，我，我不是……”

“你的那些雕虫小技根本就不能把我怎样，现在出现了这东西，恐怕前面没这么简单了，不和你玩了，把枪还给我。”

导游站在那里犹豫着。

“我救了你的命，你还不相信我？忘记刚才看到的日本兵尸体了？”

在他的一半恐吓一半劝说下，导游把枪递还给了他。

“枪啊枪，刚才只不过是想让别人帮我扛你一会儿，看来这里的东西好像不愿意让你离开我噢。”

他拉开保险，一手握枪一手提灯，自顾自地向前方走去，导游见他有些能耐，而且对自己也没有恶意，跟上去问道：“你到底是什么人？”

狐狸没有理睬他。

“我看你不是坏人，为什么就是不肯告诉我呢？”

导游仍然一个劲儿地追问，狐狸停下脚步，转身对导游道：“我们现在的问题不是要追究我是谁，而是尽快找一条路离开这里。你这样一直盯着我问，我的思路都被你打乱了。”

“思路？难道说你已经找到了出去的方法吗？”

“如果你不再盯着我问的话，我想我会找到的。OK?”

说完狐狸转身继续向前行去，走了两步又回头说道：“对了，还有一点要声明的，我不是盗墓贼，希望你以后别再用奇怪的眼神来看我。否则也会影响到我的思路，一切等出去后再说。”

说完他又径直向前方行去，好在之后刚才那个东西再也没有出现，两人就这样在黑暗中走了一段，这时候狐狸脑筋一转，与其这样僵持着倒不如多向导游打听一点消息，她从小在山里长大，说不定还知道一点什么其他线索。

“你刚才说这山里有许多盗墓贼，到底是怎么回事儿？”狐狸打破僵局问道。此刻跟在后面的导游却一直没有说话，他觉得十分奇怪，停下脚步转过头向身后望去，导游正面无表情在后面跟着，从她眼神中仿佛看到了些许泪光，狐狸停下了脚步。

“喂，怎么哭鼻子了？不会吧？我才说了你几句。那些都是开玩笑的。”

“没有，没什么。”

“没什么还哭？哭是不能解决问题的。现在开始我们一起合作，找到出路。”

“不是，是因为……”

“有什么就说吧，憋在心里不说出来难受。没关系的，我这个人记性不好，前听后忘记的。”

他一直看着导游，被他这么一说，导游调整了一下情绪，告诉了他一件事情：两年前，也是有一个和狐狸差不多的神秘游客出现在她的团中，但是那个时候她刚毕业涉世未深，所以那个男人很快骗取了她的信任，从她身上套去了许多关于遗迹的线索，还知道了她的父亲是当地一名考古学家，因为她爷爷一直在寻找遗迹下落所以很多数据和线索都传给了他父亲。他的父亲白天忙工作晚上研究遗迹的事情，已经断断续续研究了几十年。几个月后的一天夜里，她家里突然闯入一批人将正在书房进行研究的父亲带走了，躲在床底下的导游清楚看到带头的正是那个骗取她信任的神秘游客，之后她父亲便失去了下落，那天被带走的还有许多研究资料，她知道他们一定是去寻找遗迹的下落。

刚才因为再次提起盗墓贼，让导游想起了以前的事情，还有生死未卜的父亲，所以一时间无法控制自己的情绪。狐狸听到这里不禁同情起她来，他走上前轻轻拍着导游的肩膀道：“好了，这些都是过去的事情，哭也无法改变。我想你父亲也不希望看到你现在这样子，当务之急是找到出路离开这里，其他的等以后再说吧。如果被困死在这里，你父亲也会替你着急的，别哭了，继续走吧。”

说完他转身向前走去。

“你……等等……”导游叫住狐狸。

“父亲的资料以前我曾经接触过，我想应该能够帮到你，而且我对这里的环境比较熟，虽然现在是在地下。我叫汉娜。”

导游伸出右手放在狐狸面前。狐狸看了她一眼，知道是妥协的时候了。

“就叫我狐狸吧。”

汉娜点了点头，两人继续向前方行去。

越往前走，周围空气渐渐变得越来越阴冷，仿佛走入了一个万年大冰窖，周围也开始变得宽阔起来，两侧已经不见钉着的木板，通道顶部明显变得越来越高，狐狸发现他们开始走入一个巨型地下洞穴中，为了避免迷路，他始终小心翼翼沿着山洞边缘往前行进着，汉娜则紧紧跟在他身后。

狐狸突然发现前方出现了一些像果冻一样的胶质半透明物体，这些物体约有一个人高，里面好像包着什么东西，不但在地面上，洞壁上、天花板上也到处都是。直觉告诉他多一事不如少一事，最好绕开这些东西。可是越往前走，周围胶质物体却是越来越多，而且分布密度越来越大，就好像是来到了果冻星球，伴随着周围吹过的阵阵微风，这些东西正随风轻轻摆动犹如海底水母一般。

走着走着突然脚下出现了“咔哒”一声，像是踩到了什么东西，弯下腰发现地上出现了一把步枪，而步枪的枪托一直伸到身边胶质物内部。转过头发现，身边那团胶质物里面好像正裹着一个浑身长满白毛的东西，再仔细一看，那东西表面覆盖着一些日军军服残片，此刻他才留意到原来所有胶质物内都包着一个死去的日本兵，只不过这些日本兵不知遭遇到什么变故都已经被白毛化了。所有的日本兵都好像被泡在福尔马林里面的标本一般看了着实令人感到反胃。知道此地不宜久留，狐狸下意识地加快了脚下的步伐，汉娜也紧紧跟在他的身后。

突然身后很远的地方又传来一声“嗖”的声音，好像有什么东西冲着他们疾飞而来。狐狸一转身见到又是那团灰色东西，赶紧压下汉娜的头，只见灰色东西“嗖”一下越过他们头顶后直接窜进了身边那团胶质物内的白毛尸体中，那白毛尸体立刻像触电一般开始浑身颤动起来，随后裹在外面的胶质物也是一阵剧烈晃动，从洞壁上脱落下来，不过并不是掉在地上，而是慢慢飘浮到了空中。那团飘浮的胶质物突然发出一阵低频声波，立刻将两人震得头晕恶心起来，身边的那些胶质物被声波一震，里面的东西全部都像刚才那个一般开始颤动，并且伴随着阵阵“咕噜咕噜”的声音。

狐狸知道大事不妙赶紧拉起汉娜拼命向前跑去，试图穿过这些东西。那些飘浮的胶质物感觉上并不比空气重多少，依然慢悠悠地在他们身后跟着。

两人快步向前跑了十几米基本上已经出了胶质物的包围。可回头一看，那些胶质物不知什么时候停了下来，正慢慢集结到一起并且越积越大越积越多，将原本十分宽阔的通道口堵了个严严实实。两人见退路被封，只能继续向前跑去，必须在被追上之前找到一条出路。身边的通道再次渐渐缩小，木板也重新出现在墙壁两侧，这说明前方又是一条通道，有通道就应该有出路。

伴随着一阵轰隆隆的巨响，那团已经积聚得很大的胶质物内的白毛鬼子兵自行粘合在一起结成了一个很大的白毛球，之后胶质物瞬间爆开犹如水一样四处散落，白毛大球则掉落到地上开始向他们快速滚去。虽然两人用了最快的速度，但那白毛大球越滚越快，没多久就来到了他们身后。好在通道前方越来越窄，白毛大球跟在后面滚着滚着，没多久因为通道口狭小被卡在了那里。

狐狸听得背后没了声音便回头向后望，却看到白毛大球里的日本兵此时就像刚被孵化的蟑螂蛹一般，一个一个从大球上脱落下来掉在地上，而它们身上那些生长得很长的白毛，已经从之前泡在水里的柔软状态变成了一根一根硬刺，看上去就像是一只只鼓足了气的河豚，此刻正向他们两个走来。

狐狸立刻举枪射击，只是子弹打在它们身上，还没有来得及碰到它们身体却都已经被坚硬无比的刺毛给挡开，闪出阵阵火花。偶尔有几发子弹打中毛怪，但是都被它们柔软的身体给吸收了进去。眼看它们走得离自己越走越近，身后又是一条死路，此时他突然回想起之前自己进入地下工事的时候也是从死路里面寻找到的通道，看来这回只能赌上一把。

他拉着汉娜快速跑到通道的尽头，用枪托对准尽头上方砸去，果然上方被慢慢砸了开来，两个人用尽全力以最快速度连挖带撬，最后终于推开了那扇隐藏在泥土里的木门。

白毛怪已经来到他们身后不远处，狐狸顾不上查看门后危险，双手一撑翻进上方通道，然后将汉娜拉了上去。两人前脚刚合力盖上木板，几只行动比较快的白毛怪已经出现在木板下方，好在它们没有跳跃能力，只是在“啪啪啪”拍打着木板，同时还试图从下面往上顶，它们身上的白刺已经穿透木板，而后面更多的白毛怪开始潮水般跟着涌到了木板下方。由于数量太多，前面的几只被压倒之后，后面的开始一只只互相踩踏着向上爬，拍打木板的声音也越来越响。

狐狸知道这样下去不是办法，就算木板不被顶开也要被刺烂，他朝四周看了一下，发现周围有一些被开采出来的大石头，赶紧招呼汉娜从身边找了一块能移抱得动的最大石头将它挪到了木板上，将通道口堵了个严严实实。直到确认下面的白毛怪肯定无法上来，两人才一屁股坐到地上大口喘起粗气，稍微缓过神后，他发现四周的墙壁已经不像之前通道里那样平整，而且也没什么钉在墙上的木板，只有些铲子镐子等挖掘工具横七竖八躺在前方不远处，一副凌乱的样子，看样子还处于工事之中，只是不知道什么原因突然停掉了。这里的空间要比刚才大了许多，不但高而且空旷，从深处黑暗中传来的阵阵阴冷之气直吹到他的脸上。

在许多人的概念中，阴冷之气多指地底潮湿之气，但是阴冷之气必须根据性质和气场来进行严格区分，否则差之毫厘失之千里，轻则迷失道路，重则丢失性命。阴冷之气根据诞生之源分为阴风和阴气，阴风是来自于地表的空气进入地下后，由于温度不同导致空气流通形成一股气流，这种流动在地下会形成一股固定方向的微风，在地下迷路时可利用它通过蜡烛进行辨路，为什么要通过蜡烛认路而不是指南针等指示方向的器具呢？因为地表之下有许多地方存在矿藏，矿藏具有一定磁性，当身处地下使用指南针辨明方向时，这些矿藏的磁场会影响判断导致迷路或者产生鬼打墙，有经验的人通常依靠那些不受地下矿藏影响的地下气流来寻找出口，当遇到阴风时点燃蜡烛，只要循着烛焰倒下的方向前进就能找到出口。

另一种在地下流通的气就是经常让人误入歧途，以为自己寻找到道路却不想离出口越来越远的罪魁祸首：阴气。导致阴气诞生的原因多种多样，其中部分因为地下的地脉水脉山脉而生。地表有的气流场地下也有，在地下许多气流场中，所诞生的气一般都是对人不利的，这是第一种阴气；另一种是由阴晦之物所生，是地表某些腐败物质或者有毒物品渗入地下，使得土地里存在的有毒物质和细菌要比地表多，从而导致地下空气环境变化，再加上地下水产生的凝结使空气中富含水分，有毒物质通常会黏附在这种潮湿的空气中形成阴气，这种阴气是有毒和有害的，人如果闻了有时会产生幻觉或者是导致身体不适，严重者会死亡。很多古墓中因为长期处于封闭环境，尸体的腐败和古墓内陪葬食物等变质而产生的有害物质便能够形成阴气，许多闯入者进入古墓后会感觉到一股阴气扑面就是因为这个，如果没有做好准备措施，吸入体内就会迷失其中，落入机关，或者在体内产生病变导致死亡，闻名世界的图坦卡蒙法老墓闯入者的离奇死亡就是这种情况。

狐狸此时所做的，就是在用敏锐的鼻子判断吹到脸上的阴冷之气究竟是属于何种。经过他的观察，并没有发现大的危险，其中大部分只是阴风，但是却夹杂着些许潮霉之气，不禁让他有了想法，那就是有潮霉味道说明附近必有墓。之前的乱葬岗算算走过的距离没有数百米也有几十米，应该不可能影响到这里，想到这里便是不得不多长了个心眼。

机关

提着油灯来到了前方不远处的一个角落，他们看到有一些白色的东西。走近一看原来是人的骨骸，大人小孩都有，正蜷曲着身体倒在地上。想必是那些被偷偷抓来当苦力的当地村民，在日本兵撤离时都被灭了口，看得出生前一定是受到许多痛苦。

见同胞遭到如此下场狐狸不禁也是心里一阵酸楚，他立刻从兜里掏出烟，取出三支点上后插到了骨骸前的泥土中。他并不抽烟，而且也讨厌抽烟，不过烟对他来说是有备无患，一来可作为交际道具，二来可在遇到事情的时候以备不时之需，因为香烟可以作为蜡烛的替代品，能从下往上插在土里，这个是蜡烛的缺陷。土中三支烟权当是三支香，以此告慰被屠杀的同胞。汉娜见状，跟着向那些白骨拜了几拜。

转过身时，一个约二人高的大土堆出现在他们眼前，土堆几乎挡住了一半的通道，狐狸看到里面探出不少类似石碑的物体，说不定能找到什么线索，便走上去查看起来。那些碑状物体每块上面都刻着许多阴文，根据他的观察，这些阴文应该是汉代文字，另外由于土堆是堆在岩壁边上的，所以一边看一边围着土堆绕走了半圈后才到达另一面。粗略兜看了一下后并没有发现什么有价值的线索，正准备离开时脚下一个没留神被一个突起的东西给绊了一下，幸亏反应敏捷，一个侧身保住平衡才没摔倒。

低头一照，发现绊脚的居然是一块半埋在地下的巨大石碑，石碑一米多宽两米多长，躺在地上足足高出地面五公分左右。和其他碑所不同的是这块碑上面用阳文刻着许多文字，再凑近仔细拨开上面的泥土看了一下，上面记载的竟然是诸葛亮军队在这里所遇到的事情。就石头的规模和上面的内容来看，推测这块肯定就是传说中的警示碑，那么前方应该就是传说中所描述的塔状工事的外围。

只不过联想起汉娜之前的描述，再加上诸葛亮素来通五行八卦之法，前方一定有什么和其相关的机括存在。那些机括对于狐狸来说并不是十分放在心里，但是想起遇到的白毛怪，如果机括和怪物同时出现，一定会让自己花上不小的代价。想到这里，他开始思考起怎样才能做好万全准备。

“发现什么线索了？”汉娜见他在想东西，心想可能是他或许找到了什么。

“我想找找看这上面有没有关于那些白毛怪的线索，还有刚才袭击我们的那一团团的东西。现在敌在暗我在明，如果能够知道它们是什么的话，就不会那么被动。而且退路已断，接下去一路上还不知道会出现什么，如果能够找到线索，多少会对寻找出口有所帮助。”

直到现在狐狸仍然不能把所有真实想法告诉汉娜，这个女孩给人的感觉虽然比较直爽和天真，但是就刚才的那些举动，例如悄无声息地跟踪自己，熟练的玩枪手法，以及她亲口描述的过去那些遭遇，让狐狸对她不得不防，至少在他看来，这个女孩子绝对不像普通女孩子那么简单，如果让她知道了自己的想法，到时候可能会变得被动。这个导游，还是需要再多观察观察。

“刚听到那个传说的时候我还很小，长大后关于它的疑问开始越来越多，之前还特地去县里的图书馆查找过，不过没有发现过任何线索。那个时候爷爷已经走了，也没办法再问更多的细节。”

“照你这么说，到现在还怀疑这一切只是一个传说？”

“我父亲是博物馆工作人员，也是考古队的，很早以前就一直在关心这件事情，他知道我对这个传说也很感兴趣。几年前他一个在邻县考古队工作的朋友突然来电话，告诉他发现了相关的实物线索，就连夜赶了过去。那天下午他们在进行一个晋代古墓挖掘工作时，发现墓主人是一个堪舆方面的大官，懂观气和堪舆，从墓规模看得出当时相当有威望，而且陪葬品十分丰富，不但有金银珠宝还有许多和堪舆有关的东西和文字数据，里面有一段就是记录诸葛亮和他的部队在这里遇到的事情，因为当时对于堪舆记录有严格要求，对于那些有害凶脉和死脉不允许私自记载，怕有人利用那些能量为非作歹，所以民间的记载都被销毁了，因为这人是帝王身边掌管国家风土的，要对全国所有地区地脉山脉水脉进行研究，所以才会留下这样的数据。爷爷的毕生夙愿是希望能够为一方除掉这个隐患，所以父亲很小时候就知道要找到这个凶脉。之后没多久他找了机会告诉我他在调查这件事情，再之后那个神秘的游客出现了，带走了父亲。我和他朋友曾经一起进山寻找过，但是都没有找到，直到今天……”

说着说着，汉娜不禁眼眶湿润起来。

“原来这里有这么一个故事。汉娜，你也别难过了，其实找不到他未必是件坏事，说不定你父亲还活着呢？”

“我也希望是这样。我一直相信我的父亲并没有死，所以从来没有放弃过寻找。”汉娜噙着眼泪说道。

“所以我们要先找到出路，这样你才能够继续寻找你的父亲，前方不远处就应该是塔状工事的外围了，小心点。”

“嗯！”

两人继续向前方行去，还没走几步，却发现前方不远处是条死路，路尽头有一块大青石正嵌在岩壁之内。来到跟前发现这是左右两扇虚掩着的大青石门，大门规模宏大，足足有两人高三米宽，两扇石门中间有一条大裂缝，裂缝边上留有很明显的撬挖痕迹。除去大青石门外周围便空无一物。

狐狸看到大门上用很粗糙的线条雕刻着一幅画：一扇被打开了一半的门，门后一些非常狰狞的怪物正争先恐后从那扇门后面挣扎着往外面钻，而门外的人则丢下所有工具，拼死命堵着不让它们出来，一看这阵势他不禁倒吸一口冷气，脱口而出：“好一扇诡异的石门！”

狐狸知道这扇石门并非如寻常般用力就能推开，当年日本兵肯定没有找到真正打开这扇门的方法，但是却急着使用蛮力，正因为无视门上的警告，才让那些警示变成了现实，引发这样一场恐怖的灾难。他看着门，心里盘算着怎么才能找到打开大门的方法，想着想着头绪越理越乱，总觉得好像遗漏了什么细节。

“这门上虽然有警示信息，但是好像并不能这么简单打开，而且附近也没有什么其他出路啊。”

“警示……其他出路……”狐狸听她这么一说顿时醒悟过来。

“汉娜，还记得传说的所有细节么？”

“记得，怎么了？”

“传说里面最后提到让凶脉之气散尽的话至少需要几百上千年，因此诸葛亮把希望寄托在将来某天能够有人替他完成这件心事，除去地方一害是么？”

“是的，所以他才会修建这样一个工事。”

“那就对了，既然他是希望后人能够帮助他完成心事，为什么要把入口处开在这样一个充满危险的地方呢？”

“你的意思是？”

“再说得透彻点，一路走来我们渐渐接近了这个遗迹，刚才那些死去的日本兵就是这个传说最好的证明。不排除诸葛亮利用凶脉里面的东西阻止别有用心的人进入，但是绝对不会用这种方法去阻止能够帮他完成心愿的人，所以我推测附近一定还隐藏着另外一条路，一条留给后人完成他心愿的路。”

“可是这附近根本就没有什么路了。”

“对，这也正是诸葛亮高明之处，用一条谁都看得见却无法打开的大门去掩饰一条隐藏起来的路，我相信那条路一定在附近，我知道有个地方能把它找出来，而且它只会隐藏在一个地方。”

狐狸伸出手向前一指，汉娜转身一看，正是刚才把他绊倒的那块大石头……警示碑。

狐狸认定警示碑上面一定记录着什么线索，也只有这块来自诸葛亮亲自监督的警示碑，才能够告诉自己接下去的路应该怎么走，他之所以会这么想，是基于中国古代孙子兵法中的一个“诈”，这个诈虽然代表狡诈，但是并非贬义。因为诸葛亮在等一个能够帮他完成心愿的人，一定需要对方有足够观察力和判断力，如果连最初的入口都无法找到，更别提除去凶脉的事情了，这扇门其实才是真正的第一关，只有找到这扇隐藏的门，后面的路才有可能继续走下去，而入口处一定不会设置得简单，两扇大石门充其量只能吸引一些不知死活的莽夫，附近所有出现的事物之中唯一和诸葛亮最有直接关系的，只有这块警示碑。

狐狸打着手电筒清开阳文上面的泥土开始一个字一个字检查起来。泥土上的阳文如刚才所见，仅仅记载部队当时遇到的情况以及后来修建工事把凶脉引出去之类的文字，对于隐藏的通道只字未提。

“看出什么名堂来了吗？”汉娜走到狐狸身边问。

“正在找呢，你帮我打一下光。”

狐狸把手上的手电筒交给汉娜后从尸骸边捡起一个小铲子，一点一点撸去石碑上的泥土。不多时，一篇完整的警示碑文出现在了他面前，基本上和汉娜说得差不多，奇怪的是这块碑表面被分成了两个部分：上面三分之二叙述完了整件事情的经过，下方三分之一却是一些像天书一样的东西，歪歪扭扭刻了一些笔画部首，还有一些长线条和短线条，像是被打磨的文字。起初狐狸以为是搬运时因为摩擦产生的损坏，仔细检查一番后发现并没有被后天人为磨损的迹象。

“汉娜，这些文字是不是你们这里的土家文字？”

狐狸看了一会儿实在是摸不着头脑，想起这里地处偏僻或许会是什么当地的土字也说不定。

汉娜伸过头仔细看了一下，摇摇头道：“这个不像是土家文字，土家文字使用的多是些象形文字，根本就不是这样的，我看倒是有些像古文字中的偏旁部首？”

“偏旁部首？”

一个想法从狐狸脑海中诞生，他走到一边开始在泥地上演算起来。

你道他这会儿在干嘛？原来被汉娜一提醒，他想起一件事情：诸葛亮是精通五行八卦的人，平日里行事素来多少也是和五行八卦有一定关系，这警示碑由他所立，使用的又是古繁体汉字。中国汉字为象形文字，演化有着其一定的规律，虽从繁至简但是万变不离其宗，即便是再简化，原先所有的组成部分仍然存在（简体字例外），我们通过文字的结构就能够了解这个字的来源和出处，甚至很久以前的形状。汉娜从小接触的都是简体字，虽然因为父亲的原因知道些繁体字，但是对于这些内容只能大致猜到是个部首，却无法参透具体是属于什么文字上的。狐狸因为经常研习堪舆术，参看的多是一些古代文献，接触古代繁体字比较多，所以经过一提醒，结合那些长短线条基本上明白了怎么回事。此时他所做的正是把这些偏旁部首进行重新排列组合，结合那些长短线条，做出一个新的布局，这个布局就是所有炎黄子孙都知道的八卦图，那些长短线条是卦爻，偏旁部首所组成的字就是卦名，至于里面到底有些什么门道，只要将警示碑上的所有线条和偏旁部首重新组合拼出来一看便知。过了一段时间，一个缺爻的八卦出现在了他的眼前，其他七卦俱全，唯有乾卦缺了一根爻，乾在八卦中代表西北方位，只不过后天八卦中的南北位置是颠倒的，因此实际应该是在石门的右下方。没有想到正是这块不起眼的警示碑，里面却隐藏着如此巨大的秘密。

狐狸拿起一把铁镐向大石门走了过去，来到右下方一处不起眼的土堆边抡起铁镐开始挖了起来，汉娜看到了自然也找了把铲子赶紧上去帮忙，两个人你来我往挖了不到一支烟工夫，突然手一轻，一股微风从地下传了出来。

狐狸接过汉娜手中铁铲挖了几下后轻轻一推，一个小洞出现在了他们眼前，后面果真隐藏着一条通道。两人对视了一下更加卖力挖了起来，洞口越挖越大，不一会儿一个容得下一人进出的大洞出现了。狐狸取过油灯，伸进去大致查看了一下，后面是一条石头走廊，差不多两米高的样子，和之前经过的所有通道不同的是可能是为了防止通道因为渗水塌陷断了后人的去路，因此特意用石头修了一圈。

确认安全后他便一个鹞子翻身跳了下去，转身将汉娜也接进了通道。

“狐狸，你真的很厉害。我觉得，你的本事已经远远超过了一般人了。”

汉娜跳下后，拉着狐狸站起身子说道。

“我本来就不是一般人。这个世界上能人很多，比我强的人也多得是，只不过你没有遇到而已。古语有云：‘一山还比一山高。’很多事情你只有亲眼见到了才能相信。这里虽然看上去很平静，但是我们还是必须要小心点。”

话未说完，他又开始关注起周围的环境来，因为他发现通道两边的石头虽然修得十分整齐，但是却似乎隐藏着一些不易察觉的秘密：石壁两侧上挂着许多油灯，可能是当时开道的时候用来照明，这些油灯因为时间久远估计灯油已经枯竭；石壁上有几条很长的缝隙，细看不像墙体开裂，是原来就有的，不知道里面到底有什么古怪。

他取出手电筒向缝隙内照去，发现后面并不如想象中那么浅，透过灯光只能够看到它们嵌入墙内十分深，后面似乎有很大的空间。为了安全起见，他将脚下之力轻轻提了一半，然后才和汉娜一前一后提着油灯沿着通道向前方的黑暗探去。

还没走出几步，只听得很轻的一声“咔哒”在石头通道内响起，狐狸知道两个人里面必定是有一个踩到了机关，可是自己万分小心而汉娜也是跟着自己的脚印再走，怎么会踩到机关呢？他赶紧示意汉娜收声，两人屏住呼吸蹲下身子等待着，可过了几秒钟，什么情况也没发生。

“发生什么事了？”

汉娜话音未落，前方突然隐隐传来阵阵风声，狐狸脖子一凉，身后不知道从哪里吹来了一阵冷风，伴随这股冷风一阵光线从身后传来，将他们的影子浅浅地映射在了墙上。狐狸回头一看，墙上那些已经干涸的油灯突然又重新亮了起来，就好似木乃伊复活一般，从他们身后进来的地方一盏一盏点燃一直向前方延伸过去。眼前出现了一条光明通路，透过灯光看到这条通道有二三十米，在通道尽头是一个平台。

狐狸感到十分奇怪，刚才检查油灯的时候并没有看到灯油，可却怎么点燃起来了，又是谁点燃了油灯？他仔细回忆了一下，自己刚才下来时已经确认过里面的情况，通道内并没有任何特殊气体，看来一切都是刚才让自己脖子一凉的那阵风搞的鬼。就在思考的时候，只听得很响的“咚”一声，伴随着脚下一阵震动，狐狸回头一看，心想“这下完了”。

一堵大石墙突然从天而降将他们进来的洞口给堵了个严严实实，看这距离就算他懂移形换影，恐怕也是无法及时返回。此刻四周都是石头，手上又没有工具，只能乖乖往前走。

不过事情并没有想象中那么简单，如果单就这么一条平凡的通道，似乎并不能满足诸葛亮试探机缘人之心。正当两人准备向前走的时候，和刚才油灯点燃方向相反，通道深处突然传来一阵机关转动的声音，狐狸看到从刚才检查过的那些缝隙处里，突然齐刷刷探出一排又一排犹如矛头一样的尖锐金属，不但尖而且头部还有许多倒刺状如鱼钩，正一根一根按照顺序先后从墙壁上向外轮流探着。而且出乎他意料的是不但在两侧，就连天花板和地板上也有这样的东西，左右各四排上下各三排，在这并不宽裕的石头通道内进进出出周而复始，整条通道内充满了机关运作时的隆隆声，让人听了不禁感觉阴森异常。虽然这些钩子做工并不细致，但是驱动起来后在两边灯光的映衬下，仿佛是层层起伏的波浪一般整齐，若是被刺中也只能是穿心而过，即便没有刺中要害，钩住后那一波一波的拉伸，也一定会将一个人硬生生拉扯成好几块。

狐狸以前探过不少机括之地，对于各种各样的机关并不陌生，他知道这个世界上没有破不了的机关，而且越是看上去复杂的越是好破，因为需要驱动它们的环节也就越多，这样出现破绽的地方也越多，只要仔细寻找一般短时间就能破解，却是简单的机关没有什么破绽可循，就好像刚才落下堵住入口的大石头。眼前这个机关一定由复杂的东西在带动，可它的特别之处在于这东西是诸葛亮设置的，自己周围都是石壁，要破就只能一路向前走，而且预感告诉他通道之内除了这些夺命钩子外似乎还藏有另外的玄机。他不敢贸然前进，待在原地用那双眼睛观察着周围寻找破绽。

汉娜只是个普通女孩，从来没有见过这番阵势，虽然她胆子并不小，但是此刻看上去也十分害怕。

“别怕，今天就让我这个盗墓贼来破掉这个机关，带你离开这里。”

狐狸笑着对汉娜说完，再次环视了一下通道里的所有一切，突然他发现整个通道内好像比之前暗了一些，墙上的油灯已经不像之前那般明亮。这些油灯刚才检查过，确认不是用灯油作燃料，因此剩下的可能性只剩下一个：通道内的氧气开始不足了。

狐狸这时候才终于明白诸葛亮的真正用意，也搞清楚了通道内的名堂，这是一个连环机关，一切从找到入口就已经开始：他们挖开入口后外面的空气开始源源不断进入，之前并不是因为他们其中某个踩到了机关，而是空气的进入所致。这里本来是一个完全封闭的环境，当大量空气进入后达到一定标准就触发了某个由压力控制的机关，使得大石头落下断了他们去路，石头落下的同时也将这里再次变成了一个密室，这样就启动了机关的第二步，没有灯油的油灯为什么会点燃？初步断定很有可能是使用了磷，使用油灯的目的主要有两个：照明，还有就是大量消耗通道里的氧气。眼前出现的不仅仅是一个钩子阵，更是一个有时间限制的机括，如果不能在有亮光的时候破掉这个阵，当油灯将里面氧气耗尽的同时，黑暗和死亡会同时降临，这是一个多么精心设计的连环局，悔不该刚才检查蜡烛时太大意，一个小小的失误却导致了眼前这一切，从某种程度上说是他自己触动了这些机关。必须趁黑暗到来之前走出这里。

要破钩子阵，最大难度在于钩子是互相交错的，同时避开一排或者两排钩子没什么难度，可出现在眼前的是来自于四个方向的钩子，即便有容得下人过去的缝隙也是稍纵即逝，如果能找到是用什么机括来驱动的便是最好的解决方案，但这些机括隐藏在墙壁后面，或许也是用石头修墙壁的另一个主要原因。

狐狸眼睛仔细观察着墙壁上进进出出的钩子，不断在脑子里计算着，看了整整二十分钟，最后他发现这些钩子每隔三分钟会出现一次比较明显的破绽，不过空间狭小只容许一个人安全通过，而这些破绽里面三次只有一次能够让人毫发无损顺利通过，另外两次都会在最后的地方四个钩子同时出现将人置于死地。看着墙上的那些蜡烛，最多只能坚持半个小时左右，狐狸算了一下，每九分钟出现一次真的破绽，充其量只剩下三次安全通过的机会，错过机会只有陷入无尽的黑暗活活困死于此。

此时容不得多做考虑，在下一次机会即将出现前，狐狸一把拉过汉娜，看着她语重心长嘱咐道：

“汉娜，待会儿我先过去，等到了那里后你看我手势行动，一定要沿着我走过的路线走千万别乱动，不要怕我会一直看着你。”

汉娜知道这个时候自己必须相信他，便点了点头。狐狸转过身慢慢向钩子走去，他面对着进进出出的钩子开始不断调整着呼吸，等待机会的到来。之所以要调整呼吸是因为呼吸会影响到一个人的平衡感，特别是在这种狭窄的环境里，如果无法调整到最佳状态，当行动节奏和呼吸节奏无法一致再加上过度紧张，人必定会陷入失衡状态，这样即便是抓住正确的时机走进去后失去平衡也必是死路一条。其实眼前这条路并不是说无法走，只不过像是一根竹竿，放在两个板凳中间很多人都能过，但是如果架在屋顶之间，就不是谁都敢上的了，竹竿还是那根竹竿，人的心态不一样罢了。

狐狸深知这点，因此一直在不断调整着，毕竟他是打头阵，如果他不能通过，汉娜肯定也无法逃脱。

“咔嚓，咔嚓”伴随着一阵阵机关转动声，他的心跳开始越来越快，终于，那一瞬间即将来临了，狐狸深深吸了一口气，慢慢抬起了右脚。身后的汉娜看着他，不禁为他捏了把汗。

“放心吧，没事的，好好看我怎么走的，待会儿你只要也这么走就行了。”

狐狸在进入机关阵前做了最后停留，回头对汉娜说道。汉娜朝他点了点头，狐狸这才深吸一口气，迈入了钩子阵中，看着他渐渐远去的背影，汉娜心中涌现出了一股说不出的感觉。

狐狸左一步右一步向前迈去，不一会儿，通道那头再次传来了他的声音：

“汉娜，我过来了，待会儿你看我手势，跟着我的指示往前慢慢走就可以了。”

因为钩子进进出出时发出的声音太响淹没了说话声，狐狸在对面一边说着，一边伸出手使劲比划了起来。几分钟后第二次机会即将到来，狐狸伸手招呼汉娜慢慢往前走到阵口，机会稍纵即逝，由于离得太远，走快或者走慢半步都将送命，什么时候迈入钩子阵必须看他手势，汉娜战战兢兢走到了钩子阵前。贴身站在这些巨型钩子前方，她已经开始双腿发软，别说往前走，就是站也开始站不稳。狐狸看到汉娜的样子，知道她是过于紧张，便赶紧在远处一个劲儿做手势鼓励着她，还不时做出一些古怪的表情逗她帮她缓和情绪。

几秒钟后第二次机会即将到来，狐狸招呼她赶紧做好准备，汉娜点了点头。

“三，二，一，走。”

狐狸一边大声喊着一边用手发出指令，汉娜鼓起勇气打算向前迈，只是双腿突然不听使唤，眼看着那个空当出现，仍然没有敢迈出这一步。机会渐渐离汉娜远去，狐狸不禁垂了一下头，但是他知道这并不能怪她，就算怪她也无济于事，她目前需要的只是鼓励，更多的鼓励。

狐狸估计的没错，此刻墙上的油灯能够燃烧的时间看上去也已经差不多了，微弱的灯光开始晃晃悠悠，最靠近入口处的油灯开始慢慢熄灭。汉娜看到这一切，一股强烈的恐怖感和压迫感顿时涌上心头，她开始着急起来，打算不顾一切往前冲。可狐狸看透了她的心思，在前面大声喊道：

“别着急，还有一次机会，只要抓住这次机会通过就没事了。跟着我的信号一步一步来，一定能够通过的。”

他用手摆出了一个OK的姿势，汉娜冲他点了点头。墙上的灯光有的已经熄灭，狐狸计算着最后一次机会的到来，他伸出右手，示意对方做好准备。

汉娜看着狐狸的右手随时等待着他的信号，兴许是在钩子边上站的时间长了，恐惧感已经不似刚才那般强烈，再加上对即将到来的死亡的恐惧，狐狸放下手的瞬间，她从容地伸出右脚迈进了钩子阵中，耳边只听得“咔嚓咔嚓”的声音，仿佛贴着她的脑袋发出，钩子进进出出擦着她的皮肉而过，就这样，在狐狸一左一右指挥下，汉娜跟着他的指挥一步一步向前走着。她的身后，油灯已经无法招架住黑暗的侵袭，开始一盏一盏熄灭，汉娜往前走一步，身后便多出一块黑暗，就这样，在身后黑暗的追逐中，她一步一步终于迈出了钩子阵。

最后那一步说是走，倒不如说是冲，汉娜离开钩子阵后一下子扑到了狐狸的怀中紧紧抱着他，狐狸一看，她害怕得眼泪都流出来了。他轻轻拍了拍汉娜的肩膀道：

“这可比勇敢者的道路刺激吧？机关并不可怕，可怕的是我们内心的恐惧，只要用心去克服就能排除一切阻拦。不过我担心接下去的路可能会更加凶险，因为我们离那个工事又近了一步。不管怎样，只要我们互相信任互相帮助，一定能够闯过去。”

汉娜看着狐狸点了点头，此时身后已经陷入了一片黑暗，身边只有那盏油灯继续陪伴着他们，而此刻的油灯好像显得要比之前更为明亮。

“走吧，早点离开这里。”

狐狸提着油灯和汉娜一前一后向前方继续走去。这条石头通道尽头是一扇可以推开的石门，两人合力推开后，又出现了一条通道，这条通道和之前那条几乎完全相同，只是没有了那些缝隙和墙上的油灯，显得更加封闭和黑暗。

这次狐狸不再让汉娜紧跟着自己，他故意让汉娜落后自己两步，并且嘱咐她跟着自己踩过的地方往前走，这样一来避免踩到机关，二来有什么情况发生可以先作出反应招呼汉娜，只是，他毕竟还是小看了这条悄无声息的通道。

通道比想象中的要长，走出三十米开外后狐狸开始觉得周围的环境有些不太对劲，仿佛周围的光线开始慢慢变得越来越暗，能见度也越来越低。他低头看了看手上的油灯，虽然油灯一路点到这里，可里面的灯油仍然充裕，而且当他将油灯凑到眼前观察时光线并无减弱迹象，这说明不是油灯的问题。

“难道通道里又有什么新的名堂出现了？”

他渐渐放慢脚步，开始暗自琢磨起来。

“狐狸，你怎么越走越快了？等等我。”

他听汉娜这么一叫，立刻停下了脚步，身后的汉娜三步并作两步赶了上来，却发现他就站在自己前方不远处。

“咦，刚才明明看见你走远了……怎么……？”

听到这里，狐狸断定通道里有着什么古怪，他举起油灯照着前方，前方仍然是一片漆黑，但是在黑暗背后仿佛隐藏着什么东西，让他产生了一种不祥的预感。

“这到底是怎么回事儿？是我眼花了还是……”

狐狸的脑子又开始快速转动起来，突然他发现此刻石头地面上所反射出来的灯光有些异样，便蹲下来检查起了地面，用手一摸，发现地上有些湿漉漉的。

“看来这条通道里面的确有些什么东西，被我们忽视了。”

“可是，我什么都没有看见啊。”

“不，你看见了，刚才叫我走慢点的时候就说明你看见了。机关分两大类：有形的和无形的，因为它能让你不知不觉掉进去，这种机关通常是利用人的不防备心理达到目的。不过无形机关虽然极难被发现，但是却也是最容易破的。”

“你的意思是通道里隐藏着看不见的机关？”汉娜有些不太明白。

“你不觉得奇怪吗？刚才走得好好的，你为什么会说让我走慢点，我可是要比刚才走的速度还慢呢，而且，我也发现了油灯亮度越来越低，一开始还以为是灯出了问题，刚才检查一下发现，问题并不是出在油灯上。”

“可我们眼前什么都没有呢。”

“因为你被自己的眼睛骗了。出现在我们面前的，是一个看不见的机关。如果没有猜错的话，这片茫茫黑暗，就是那个机关。”

汉娜听到这里更加糊涂了。

“我们一路都是在黑暗中行走，没有光的地方本来就是一片黑暗，什么时候变成机关了呢？”

“将机关设计在最不起眼而且出现得最自然的事物里面，这就是高明之处。谁都知道地下世界一片黑暗，正因为这种认识，才会让自己钻进这个圈套。我刚才差点又忽视掉一个重要的情况：同样的通道，为什么刚才那个会有那么多可以燃烧的油灯，这里却是墙上光秃秃什么也没有，大多数人都会认为这很正常，但是，这也正是最不正常的地方。这样和你说你会觉得越听越糊涂，我来做个试验证明给你看。”

他拉着汉娜慢慢往回走了一段，果然，周围的感觉立刻产生了不同。他把油灯交给汉娜后从口袋里掏出香烟，点了两支后左右手各握一支。

“千万看仔细了，现在是魔术时间，我将用相同的力量把手上这两根香烟抛出去，仔细看它们的差别，记住一定要先看前面那个方向的烟头。”

他双手分别握着点燃的香烟走到墙边上，同时将两支烟往相反方向抛了出去。汉娜先盯着狐狸抛向前方的烟头看去，只见烟头在空中画了一个弧线后滚入了黑暗之中，立刻消失不见了，再反过来看抛向后面的那根香烟，此刻虽然也已经掉在地上，但是仍然能够看到它在地上不断往前滚动直到停下。

“怎么样，看出什么名堂了吗？”狐狸笑着问道。

“这，这究竟是怎么一回事儿？刚才那根已经看不见了，这根却……”

“这就是我要说的，近在眼前但很多人发现不了的陷阱。诸葛亮一定通过某种办法在通道内造出了某种能够混合在空气中的气体降低了空气能见度，这样就能让人无法辨明方向前后不分。而且那个老谋深算的家伙知道通常情况下人走进这种地方为了避免触动机关只敢在当中走而不敢触碰两侧墙壁，我们现在所在的位置应该是这个陷阱的边缘，一直在当中走，前面说不定又会遇到什么东西。他以为不敢沿着墙壁走，我们就偏沿着墙壁走。”

狐狸看着两侧的墙壁计算着什么。

“不过，要稍微改变一下位置。”

说完，他便拉起汉娜的手示意左右排开，见到两人张开手臂的距离正好和通道宽度相当，便也是放下了心。狐狸唯一担心的是眼前通道前方存在着什么岔路或者转向将他们渐渐引到其他的什么地方，即便不是机关，单就一片黑暗也足以把他们永远困在这里。他的方案是两个人并排走，各自用左右手摸着边上的石壁前进，这样不管是前方有岔路或者是拐弯都能第一时间察觉出来，而且手拉手不容易跑散，便于黑暗中一起行动，万一有危险他也可以及时做出反应。

一边拉着手一边摸着各自边上的石壁往前慢慢走去，没几步后狐狸停下脚步吹灭了油灯，因为他发现这个时候油灯在通道内已经失去了任何意义。在他们前方黑雾远比之前浓厚了许多，让人感觉仿佛走进了一团黑色的巨型棉花之内。

手拉手往前走了几分钟，因为阻力巨大而且动作僵硬再加上精神压力大，汉娜已经感觉到了力不从心，脚步开始慢慢变得沉重起来。

“狐狸能不能停一下，我手酸死了举不动了。”汉娜气喘吁吁地说道。

“走这么长时间都没有发现岔路，估计应该是不会再有什么大问题了。再坚持一下我们应该能走过这段通道。”

狐狸虽然也有些喘，但是显然并没有感觉多少累。

“可是，我，我实在是走不动了。”

汉娜停下脚步用恳求的语气说道。狐狸是特种兵出身，这些对他来说还经受得住，但是对于汉娜这样一个普通女孩来说，虽然她从小跟着爷爷外出打猎，身体要比普通女孩好许多，但是毕竟一路上这么下来，体力消耗和心理压力巨大，能够坚持到这个地步已经算非常不错了，便也停了下来。

“好吧我们原地休息一下，不过你的手要一直够在墙上，千万别放开。”

两个人就这样手拉手原地站着。

“我想坐下行吗？”

“如果你现在坐下的话，说不定待会儿就再也站不起来了，可以动但别移动脚步，跟着我这样。”

狐狸一边说一边开始左右扭动身体放松起来，汉娜虽然看不到但是从手中能够感应到他的动作，也跟着扭动起来。

此刻狐狸心理压力也是十分巨大，一来要注意汉娜安全，二来要观察周围环境。他做梦也没有想到进山来寻找画中秘密，如今会陷入这么一个局面，这一切都实在是太出乎意料，他已经没什么心思去找盒子的秘密了，能活着离开已经算是前世积德了。

“狐狸，你说，我们两个能够走出去吗？”

黑暗中汉娜问狐狸。

“能，怎么不能，一路上这么多事情我们都经历过了，这小小的通道还能困住我们么，眼前这段黑暗就好比是黎明前的黑暗，我相信曙光就在后面。”

狐狸充满自信地抬高嗓门大声说道。

“嗯，我相信你，既然一起来到了这里，我想问你件事情，告诉我好吗？”

虽然此时彼此看不见，但是互相牵着的手却让他们互相感觉到了对方，狐狸也是打从出娘胎后第一次和一个女孩子这么长时间地握手，此刻他的心跳有些渐渐加快了，因为他感觉到汉娜说话语气的改变。

“哦，这个……你说吧。”

“听说上海人怕老婆是不是真的？我听很多游客都在这么说呢。”

“简直就是胡扯，那个不叫怕，而是疼老婆，尊重老婆。”

“可是为什么还有那么多人说上海人怕老婆呢？”

“真正有素质的男人应该尊重女性，尊重自己的老婆，这是一种爱的体现，也是自身修养的体现。有的人把上海男人对老婆的尊重看成是怕，我看真正有问题的人是他们，只有骨子里存在男女不平等思想的人，才会不但不检讨自己还要去嘲笑其他尊重女人的男人，至于故意散播这种歪曲上海男人流言的人，那更加是别有用心想丑化我们。至于那些喜欢不怕老婆男人的女孩子，我相信以后她们一定会领教到什么是真正的不怕老婆。”

“说的好像有点道理，狐狸，我一直很好奇你到底是做什么的，刚才你说不是盗墓贼，我一开始不相信但现在相信了，因为发现你比普通的盗墓贼更加厉害，但是怎么样想也想不出到底是做什么的，能告诉我吗。”

狐狸脑筋一转，刚想回答他是个考古的，但是转眼一想，不行，这小丫头的老爸就是干这行的，说自己是考古的肯定要穿帮。

“我？我只是个专门研究古代历史的普通人。”

“那你一定是个历史老师吧？”

虽然无法看见汉娜的表情，但是从话语中能够听出汉娜对于老师，好像有着一种特殊的好感。

“就算是吧，我很喜欢历史，喜欢中国的古代文化，传统的一切一切。我觉得像我这样的人在女孩子眼里可能算是一个异类吧。”

“其他的女孩子不清楚，但是在我看来你绝对不是一个异类。如果没有你的那些知识，我们两个人早已经遇险了。你有没有兴趣去当考古人员？我看你的条件十分符合，要不我向爸爸的朋友推荐一下吧。”

“哦，这个……这个就算了吧，虽然我很喜欢历史，但是并不想去做那种枯燥的研究活动。”

是啊，一个能够进山寻墓把整座山给搞得翻天覆地的人，怎么会甘于在日晒雨淋中从事那种十分细致的工作呢。

“好了，我们还是继续往前走吧。”

狐狸担心这样扯下去汉娜会越问越多，于是赶紧岔开话题。汉娜并不甘心，仍然一个劲在边上问，只不过狐狸都没有理睬，便只能作罢。两人摸着墙壁继续一路前去，几分钟后感觉吸入的空气已经不再像之前那样沉重。狐狸重新点亮油灯，灯光告诉狐狸他们已经成功走出了黑雾范围。再次看到狐狸那张沾满灰尘却又熟悉的脸，汉娜不禁兴奋地和他紧紧拥抱在了一起。

地下城池

dixiachengchi

前情提要　狐狸和汉娜不小心被困在地下要塞之后，两人从敌对状态开始互相合作试图离开这个神秘的地方，他们真的能够如愿以偿顺利离开这片神秘诡异的地方吗？狐狸最后是否能找到自己想要找到的隐藏在古画线索后面的东西呢？

古城

“我们终于出来了，出来了。”汉娜兴奋地说道。

“是啊，我们终于走出来了。”狐狸如释重负地说道。

此刻已经破掉了两个机关，应该离传说中诸葛亮修建的塔状工事越来越近，破了塔状工事就能离开这个充满危机的地下世界。两人不禁信心大增，加快速度向前方行去。

“嘘，前面好像有人。”

狐狸一把将继续往前走的汉娜拉到墙边关上油灯，周围立刻陷入一片黑暗。狐狸的眼睛异于常人，能够在黑暗中看到普通人看不到的东西，他发现前方十几米处，出现了一座类似于城墙一样的建筑，一半正深深嵌入地下岩壁中，看这城墙的样子，修建了至少数千年。

城墙的顶部是一座城楼，里面左右两侧各站着一个守卫，身着盔甲手持兵器，正虎视眈眈望着下方，两个守卫许是许久未动，身上布满了蜘蛛网，蜘蛛网上覆着厚厚的一层灰。由于他们所在位置在城墙侧面，前面有一个土坡挡住了下半部，要到达城墙脚下必须向前行后往右绕过一个弯。

狐狸这次并没有开灯，带着汉娜摸黑又向前走了几十米来到城门正前方。他抬起头望着城墙，心里却泛起了一阵不祥的预感。四五米高的城墙上是一个楼台，上面站的正是刚才他见到的两个守卫，他们正手持长矛高高在上虎视眈眈地查看着下方来往的行人。确认没有任何动静后狐狸才打开手电筒照了过去：这是两个真正的人，只不过皮肉都已经完全脱水干枯变成了两具干尸，身上大部分被蜘蛛网所覆盖，唯独一双眼睛处露出两个黑色的洞口，此刻仿佛正通过洞口观察着他们的一举一动。

狐狸壮起胆子带头向城门口走去，汉娜紧紧跟在他的身后。

“说不定塔状工事就在后面，你等在这里我先去看看情况。”

他安排汉娜躲到城门石墙角落处，一个人走到嵌着大铆钉的朱色城门前，刚准备推门，那双狐狸耳朵却隐约听得城门内传来轻微的脚步声，本打算凑上耳朵听个仔细，却没想到脑袋撞到了门上的大铆钉，发出“咚”的一声。虽然很轻，但是当再听时，门后已经没了任何动静。

“刚才的脚步声……难道后面有什么人躲着？可是这里应该已经被封闭了上千年……”

虽然受过专门军队训练，但是之前遇到的对手并不是人类，更何况身上仅有一把老式长枪，另外还要照顾一个女孩子，任务相当之艰巨。如今已经越来越靠近塔状工事，想象不到的危险也在渐渐增加。

他再次竖起耳朵贴近门缝听了一会儿，除了风“飕飕”刮着外，没有任何动静，不过根据风声可以推测城门之后有一个很大的空间。

“发现什么了吗？”

在一边等待的汉娜看他并没有进门，便问道。

“我先进去看看，你留在这里等我信号。”

他取下背着的钢枪，用枪托轻轻推了一下城门，这城门看似沉重，可轻轻一推竟然被推了开来。他用最快的速度探出头向门后张望了一眼，基本上看清了一切：

这里仿佛是另外一个世界，一股不知从哪里射进的光线下，门后的情况尽数展现在他的眼前。一座规模相当大的城池，街道中驿馆客栈钱庄茶楼民房各种各样的建筑物应有尽有，一切都是三国时期的建筑风格，让狐狸吃惊的是，不单单光有建筑，街市中竟然还站着许多的“人”，那些“人”都穿着古代的衣服正保持着各种各样的姿势，有的在聊天，有的在闲逛，有的在买东西，有的在摆摊。只不过都和城门上的两具干尸守卫一样，全身大部分被变成灰黑色的蜘蛛网所覆盖，仅仅是站在那里不动，仿佛整个城市里的时间突然停止在某一时刻，因为这些“人”的存在，整个城池被点缀得熙熙攘攘。

狐狸不禁为眼前的场景所震惊，建设这样规模的一个地下城池，需要花多少时间、多少人力、多少物力尚且不论，城池里面究竟会有些什么东西？这些干尸形态如此逼真又会是谁造的？绞尽脑汁琢磨了半天，仍不能琢磨出个所以然，看来必须亲自走一趟才行。

“记住，没有我的信号千万别出来。”

狐狸提着枪侧身钻进了城门，汉娜走到门后猫出半张脸观察着他。狐狸听到声音回头一看，汉娜抬起左手亮了亮手上那把格鲁鲁，示意会在身后帮他看着。他用手做了个OK的姿势，这才放心向前探去。可是令他们没有想到的是，当狐狸走入城门后，那两具干尸守卫里的其中一个嘴上所覆盖的蜘蛛网，此刻正慢慢起伏起来……

整座城池环境十分特殊，位置上来看城门所在是一个峡谷口，整个峡谷呈橄榄形，在两侧岩壁的包围下形成了一个易守难攻的封闭环境，附近根本无路可走，要想通过这里只能从城池中穿过。狐狸在这些“人群”之间慢慢穿梭着，小心翼翼绕过几个“行人”后，来到离城门口最近的一间屋子前，他想先看看这里面到底有些什么名堂。

这是一间凉茶铺，铺子前面架出来一块很大的雨棚，雨棚下几个“人”正坐在那里聊天，桌子上放着一壶茶还有几个茶杯，狐狸凑上去一看，茶杯里竟然有水，而且是很纯净的水。他拿起茶壶往地上一倒，茶壶里面流出来的也是非常干净的水，好像是刚倒进去一般。就在他感到奇怪的时候，身后突然传来了什么东西掉在地上的声音。

他赶紧端着枪冲到屋内搜了一下，可里面除了一些摆设外，连只老鼠或蟑螂都没有找到。狐狸仔细回忆了一下刚才听到的声音，渐渐地他把目光转向堆在灶台边上的一堆柴禾上，这是一堆一人高的柴禾，里面可以很轻易地藏一个人。

他走到柴禾前用枪尖轻轻挑了一下，整捆的柴禾如多米诺般一下子散开滚落到地上发出很响的声音，全部滚落后却是什么也没有出现。

他离开了凉茶铺打算回城门口和汉娜会合，但是就在转过身时又无意中看到不远处有间包子铺，便好奇地走了过去。许多包子正在蒸笼里面躺着，他取过一只闻了闻，好像没什么味道，轻轻一掰，发现白白的包子里面不是肉也不是菜，是些黑色的泥土，这泥土和空气一接触，立刻散发出一股奇臭无比的味道，让人闻了头晕想吐。狐狸恨恨地将包子往地上一扔，转而又向前方一个水果摊走去。

“包子不能吃，水果又如何呢。”

来到水果摊边拿起一个香蕉，因为刚才被臭过一回，这次他学乖了，将香蕉远远离开鼻子后才剥开香蕉皮。只见那香蕉肉倒不似包子馅一般漆黑，和刚摘下来的一样新鲜，他不禁大喜，不料蕉肉在接触到空气后却瞬间发黑，也像刚才包子馅一样成为一堆黑泥，散发出难闻的味道，狐狸赶紧把香蕉也扔了。

“看来这里仅仅是徒有其表的一个城池，而且里面所有的东西都有着古怪。”就在一走神的瞬间，身后突然传来“嗖嗖嗖”的声音，听声音一定是斧子或者刀一类的利物飞了过来，而且速度极快。虽然反应比普通人敏捷，但是此刻利器已经距离他后脑勺仅咫尺之遥，万般无奈之下只得一个侧身打算闪过再说。

说时迟那时快，只听得“啪、噹”连续两声，转过身时，利器已经掉到两米开外的地上，那是把斧头，而此时不远处汉娜正双手紧紧握着格鲁鲁站在那里大口喘着气，原来她见狐狸越走越远，这么长时间没回来，心里担心，所以一路寻找而来，没想到刚从屋后转出来，就看到一个黑色的东西突然从后面向狐狸飞去，立刻拔枪就射，她枪法不愧得到爷爷的真传，不偏不倚命中目标，这才救了狐狸一命。

狐狸好像突然想起了什么，赶紧抄起枪向水果摊后方跑去。他刚才背对着水果摊，斧头又是从水果摊后扔出来的，发生这一切仅仅是瞬间的事，所以断定扔斧头的一定还没来得及跑开。

水果摊后面是一个铁匠铺，铺子里一个铁匠正在那里做着打铁的动作，他的边上有一个学徒，正在帮刚打好的一把斧头淬火，学徒的身后是一堵墙，墙上整齐地挂满了打造好的斧头镰刀等武器，一边墙角堆着一些非常粗的铁棒，一尺多长，一头尖一头扁平，可能是装在攻城车辆前端的尖刺，在铁铺门前，三个小孩子正在那里玩耍，除此之外没有其他人物。

狐狸仔细观察着周围的一切，当他将目光扫到挂满武器的墙上时，发现第二排最左面有一个空当，而这一排所挂的斧子正和攻击自己的凶器一模一样，一定是从这里拿的，而且也是从这里扔过去的，从斧子扔出的角度到自己跑到铁匠铺所用的时间，再加上现场这些干尸的位置，断定扔斧子的那个就算不是这五个之一，也一定和它们有着某种联系。

“刚才那把斧子一定从这里扔过去的，我想扔斧子的家伙一定就躲在这附近。”

狐狸对站在身边的汉娜说完，走到了三个小孩边上。

“可是这些都是死人，他们怎么可能扔斧子呢？”

“你有更好的办法去解释刚才那把斧子是怎么出现的吗？”

汉娜没有说话，静静看着他。狐狸蹲下身子，侧着脖子往地上厚厚的灰尘望去，刚才扔斧头的家伙扔完之后如果跑动过那么一定会在地上留下脚印。但是当他检查后并没有发现任何脚印时，知道情况有些不对劲了。

“汉娜，你在我身后看着，如果有任何情况立刻开枪不要犹豫。”

狐狸起身后将目光转移到了铁匠身上，他用枪尖轻轻拨开了铁匠身上覆着的蜘蛛网，原来铁匠身上皮肉中的水分已经全部都被蒸发干，他的身上和那些日本兵一样也是被什么东西给拉成了一条一条，划破的皮肤中露出已经发黑的肉，看上去就像是风干的腊肉般，狐狸一点一点往上拨开着蜘蛛网一直到喉咙处，再往上便是铁匠的头部。

当用枪尖一点一点撩开铁匠下巴的蜘蛛网时，狐狸不禁大吃一惊，他突然发力撩开了覆盖在铁匠脸上的蜘蛛网，一幅极其恐怖的画面出现在了眼前：铁匠身体和四肢虽然已经完全干瘪，但是整个头部皮肤毛发却是和活人一般无二，这是个大胡子男人，头上发髻仍然是古代造型。活人般的头颅和干尸身体一生一死，形成极大反差，让狐狸不免阵阵恶心，汉娜看了也是阵阵作呕。

活鬼

“我们快走吧，这鬼地方太可怕。”

“扔斧头的真凶还没有找到，但是我想一定就在他们之间。你先回避一下，我检查好就过来。”汉娜见到他打算去撩开那三个孩了身上的蜘蛛网，不忍心再继续看下去，便向后退到了路口。狐狸一一撩开了孩子们身上的蜘蛛网，他们头部也并没有干瘪，但更可怕的是其中有两个头是腐烂的，皮肉已经全部溃烂，有一个还算正常能够大致看出人形，但也是布满脓头，还流出阵阵血水，看了让人心惊肉跳。他感到十分奇怪，这里到底发生了什么事情？为什么这些人会变成这个样子？

就在分神的瞬间，身后突然传来“噹”的一声，一转头发现那个学徒正打算去摸斧头偷袭自己，想必他知道接下来要轮到自己所以狗急跳墙。只是他在一边观察狐狸一边摸斧头的时候，不小心让两把斧头碰撞在了一起。

狐狸赶紧举枪瞄准学徒，却不料一只小手突然拉住了他的袖子，回头一看只见距离自己仅一尺不到的那个满头脓血的小孩正伸手拉着自己，还冲着自己直笑。

他并没想到他们都会动，而且是同时动起来，不过此刻也知道了刚才地上为什么看不到脚印，一定是那个学徒将斧头扔给了小孩，是小孩把斧头扔出去的。此时学徒已经举起斧子瞄准了他，狐狸赶紧起身往边上一滚，只是被小孩紧紧拉着衣服无法脱身，这小孩子的力气着实惊人，自己下半身无法动弹分毫。无奈之下他急中生智立刻退回到孩子眼前，几乎与此同时，学徒瞄准他扔出了斧子。狐狸看准斧子快速将头一偏，只听得“咔嚓”一声，斧子在空中划了一道弧线后不偏不倚砍中拉住他的小干尸，那个小脑袋顿时被一劈为二，脓头也被劈了开来，立刻散发出一股刺鼻的恶臭，直到此时，小干尸才松开紧紧抓着他衣服的手。

狐狸赶紧向汉娜所在方向顺势一滚，打算拉着她逃离这里，但是发现汉娜此刻正呆呆看着前方，来到她身边一看，原来城门口刚才那些行人还有凉茶铺的茶客都已经活动起来，正摇摇晃晃地向他和汉娜走来，他见情况不妙赶紧拉着汉娜的手快速向城池深处跑去，由于山谷呈橄榄形，越往前跑周围越开阔，两个人一路跑出城池后向后望去，好在那些干尸并没有追来。

“那些……那些到底是什么东西？”

汉娜停下脚步喘着粗气问道。

“我也不知道，这里，这里就像是个地狱。我只知道他们肯定不是人。”

狐狸把刚才看到的事情一五一十告诉了她，汉娜听得目瞪口呆。

“不管怎样，反正已经逃出来了，改天有机会再回来收拾他们。”

“快看，那，那是什么？”

汉娜突然伸出手指着前方。

狐狸顺着她指的方向望去，前方薄雾中，隐约能看到一座高大建筑的影子，外形看上去像是一座塔楼。

“这，这大概就是那传说中的塔形工事，进了塔后我们就应该能够找到出去的路。”

“我离开这里后第一件事情就是好好洗个澡。”

两个人此刻仿佛已经将刚才的危险给忘得一干二净，汉娜开始幻想起泡在浴缸里的美妙时光。

“我出去后第一件事情，吃一顿好吃的然后好好睡个觉，你们这里有些什么好吃的推荐一下？”都什么时候了，狐狸还是满脑子的吃。

“我们这里好吃的很多很多，出去后我请你到我家去吃，我亲自下厨。”

“你会做菜？那不错啊，现在很多上海女孩子连菜都不会做。”

两个年轻人就这样你一言我一语仿佛好像已经安全离开这里一般海阔天空谈论起来，互相消除着彼此的恐惧感，两颗年轻的心也渐渐走得越来越近。

塔楼位于前方不远处，可走到近处才发现原来这并不是一座塔楼，而是一座楼阁，之前所看到的塔楼只是它的上半部分，单是一个楼阁的尖顶就犹如一座宝塔般大小，规模之大可见一斑。

这楼阁共有三层，在淡淡的雾中忽隐忽现，而且所在位置极其特殊根本无法直接进入：楼阁和他们直线距离有几十米，位于一个两层阶梯向下的正方形大坑内，只有最高的第三层和上面的尖顶高出地面，紧贴楼阁第一层外围有一条很长的深沟，可能是一条已经干涸的护城河，要想进入楼阁必须先往下移动到正方形大坑的坑底，然后再从坑底下到那条干涸的护城河，之后才能爬到它的大门边上。

两人沿着护城河绕走了很大一圈，却并没有发现任何类似桥梁的建筑，但是坑底距离他们此刻位置足足有三层楼那么高，而且没有台阶没有落脚点，要想直接下去是不可能的，除非借助攀爬工具。此刻狐狸能够想到附近找得到绳子的唯一地方就是刚才的那个干尸城池，没有绳子和工具就无法离开这里，他只能冒险走一趟。

“汉娜，有件事情我要跟你说一下，你待会儿待在这里。”

狐狸用近乎命令的语气对汉娜说道。

“什么事情？”

“要走到塔楼里就必须先进到楼阁，可是这里没有梯子也没有桥，唯一的方法只能是从下面爬进去。但是这附近没有任何东西或者工具能够帮助我们下到坑底，如果有根绳子的话……”狐狸朝着城池方向看了一眼。

“你想回去拿绳子？”汉娜知道狐狸打算干什么了。

“没有绳子就没办法进到塔楼，只有找到塔楼里的东西我们才能从这里离开。”

“我要和你一起去，这样可以有个照应，我可以掩护你。”

汉娜拍了拍别在腰上的手枪。

“我只是回去拿一根绳子，一拿到就马上回来，两个人去的话容易被发现。而且两个人的速度没有一个人快，我会速去速回的。”

“两个人能够互相照应，刚才……”

“让你留在这里不是让你等着，”狐狸指了指坑对面，“刚才在那边检查的时候，我发现坑边有一些脚印，还有一些其他的痕迹，可能是之前有什么人来过这里，待会儿在我去拿绳子的时候你去那里查看一下，说不定还能找到些什么线索。为了早点离开这里必须分头行事，否则事倍功半，我想你能明白我的意思。”

汉娜听他说得那么坚决，只能点头应允。

“我会速去速回，你现在就去那里看一下，记住一定不要放过任何可能的线索。如果有危险就开枪，我听到会立刻赶过来的。”

说完他便转身快步向城池方向行去，不一会儿就消失在了蒙蒙薄雾中。汉娜根据刚才狐狸所指沿着坑边找了整整好几个来回，却并没有发现任何脚印或者是其他痕迹。

“这个臭小子居然骗我。”

此时她才反应过来是狐狸故意找了个借口把她留下了，不过就算现在自己去找也不知道人跑哪里去了，只得乖乖待在原地等着，琢磨着等他回来怎么算这笔账。

狐狸之所以不想让她跟在身后，是因为他知道这次回去虽然只是取根绳子，但由于之前逃跑时已经捅了马蜂窝，而且并不知道干尸到底跟到了什么地方，说不定半路上就会遇到，这样的话一场血战在所难免，假如汉娜在边上，逃跑时又要照应又要还击，倒不如一个人想打就打来得痛快，反正身边都是敌人不用顾忌是不是会打到她，输了的话想逃就逃也不用担心她是否被困住。

抬头望去已经能够看到城池的轮廓。狐狸小心翼翼靠到了最边上的一间屋子，这间屋子正对外侧，屋顶上飘动的一面杏黄旗标明了这是一间酒坊。悄悄从墙后探出头往酒坊里张望了一下，里面没有任何敌人，他赶紧溜了进去。屋内酒坛中散发出的阵阵酒香不断飘入他的鼻中，酒是越陈越香，眼前的这些酒想必已经存放了上千年，自然是芳香宜人，犹如王母蟠桃盛会上的美酒一般，闻了就让人感到心旷神怡。他本打算打开小尝一口这些难得的千年陈酿，但是想到之前看到的包子馅和香蕉，顿时打消了念头。

酒坊墙上有一扇小窗，窗上用几根木棍做窗栏，透过木棍间的空隙能够很清楚看到后面的城池。酒坊内十分昏暗只要不出动静并不用担心被发现。他悄悄凑到了窗边向外望了一眼，这一看却是把他给看得愣住了：酒坊后面是一个小广场，所有的干尸此刻都已经活动起来，乍一看像是一个热闹的聚会，一个一个干瘪的身体顶着活人脑袋到处游走，看得让人不免阵阵作呕，刚才那个被劈开脑门的小干尸此刻仍然顶着卡在脑袋里的斧头，在和边上的另外两个干尸做游戏，一跳一跳的时候脑浆混合着脓水从伤口处不断往外流着，兴许是挡住了视线，小干尸一会儿伸出手擦一下，一会儿伸出手擦一下，地上已经流了一大片血水。

突然，轻微的脚步声从身后传来，而且已经来到门外，即将走入酒坊。危急时刻他瞅见身边一张摆放酒坛的桌子下面有个空间，赶紧一头钻了进去，顺手将边上的一坛酒轻轻挪到眼前挡住自己，然后透过酒坛和桌子间的空隙观察着外面的一切。

几秒钟后一个身影从门外摇晃着走进了酒坊然后开始乱翻起来，不知道在找什么东西。狐狸正躲在桌子下盯着那家伙的一举一动，发现对方突然向他所在的桌子走了过来。

“不会是让他给发现了？”

狐狸一手捏紧拳头，一手准备将那酒坛推开随时杀他个措手不及。干尸一步一步向桌子走来，整个世界仿佛突然失去了声音，耳朵里能听到的只有那紧张的心跳。

干尸来到挡着狐狸的那酒坛边突然蹲了下来，狐狸刚准备拨开酒坛一拳出去，可没想到对方又突然站了起来，对着桌上看了一会儿后举起一坛酒，打破上面的封口，就着酒坛大口海饮起来。这家伙活着的时候一定是个酒鬼，此时兴许是被酒味吸引而来，好在狐狸刚才慌忙中拿的是个空酒缸，否则的话……

他轻轻舒了一口气，蹲在桌子下面打算等它喝完后自己离开。那个干尸显然是忘记了他已经不再是人类，倒下去的酒全部直接从它喉咙里流了出来，他并没有在意，干掉两缸酒后，露出了一副满意的表情，摇摇晃晃准备离开酒坊，狐狸等待的正是这一刻。

刚想推开酒缸出去，走到门口的干尸却又突然把头转了回来，他只好把正打算拨开酒缸的手再次缩了回去，那家伙这次并没有向桌子方向走来，而是径直走向了狐狸刚才站着偷看的窗户，狐狸转过头一看这才发现情况不妙，刚才他忙着找藏身之处，那杆一直握在手里的枪靠在窗户下忘记收起来了，没想到这干尸虽然非人非物，但是却有如此观察能力，竟然能够在这么昏暗的环境中发现那杆枪。

干尸从来没见过步枪，只当它是一根烧火棍，拿起来在手上东看看西看看把玩了起来，好几次那腊肉般的手指差点扣到扳机让狐狸惊出一身冷汗，枪响的话就麻烦了，他再也按捺不住，立刻悄悄搬开空酒缸后从桌子下方钻出来起身一步一步移动到干尸身后，瞅准它正好将枪平放到面前的一瞬间，左右两手突然发力从它身后抄了过去，一手捏着枪杆一手捏着枪柄，死死卡住干尸的脖子。那东西并没有料到会有这情况发生，一时没有反应过来被这枪死死卡住动弹不得，僵持好几秒后狐狸突然想起自己做了一件极其愚蠢的事情，干尸本来就不是普通人，这招在潜入作战或者侦察时用来对付敌人能够让他们窒息或昏迷，可对于干尸来说没有任何意义。

转念一想后他立刻改变了战术，突然伸出右脚脚跟对准干尸右膝盖后方用力一踹，他穿的是军靴，一脚出去威力之大可想而知，干尸被这么一踹，身体失去平衡右脚立刻跪了下来，就在还没来得及站起来之际，狐狸伸出左脚对准他左膝盖后方又是用力一踹，此时干尸已经是蹲了下来，这样狐狸拉起来就更能用得出劲道，他是想通过将干尸的脊椎拉断不让他动弹，因为任何生物只要脊椎一断便会立刻死亡，可没想到那腊肉般的脖子并耐不得他这么使劲拉扯，只听得“咔哒咕嘟”连续两声，干尸的头竟然被硬生生拉扯了下来滚落到一边，身体顿时不再有任何气力，犹如一摊烂泥瘫倒在他的面前。

解决掉敌人后，狐狸坐在地上大口喘着粗气，他回头看了看滚落在一边的脑袋，却没想到那颗脑袋并没有死，而是在地上用那双贼眼恶狠狠地盯着他，嘴巴里面还不断说着什么，看样子像是在咒骂狐狸，不过因为已经没了喉咙，发不出任何声音。为了避免另生枝节，狐狸赶紧将他身体拖到酒缸后刚才自己躲的地方藏了起来，至于那个骂骂咧咧的脑袋，他瞅了一下周围，提起发髻将脑袋往刚才他打开的一个酒坛里一塞，一边塞还一边说道："你不是喜欢喝吗，老子让你喝个够。"说完找了个东西往上面一盖，于是整个世界清静了。

从刚才这个干尸的举动来看，能够在这么昏暗的房间里发现那柄枪，说明他们的观察力十分惊人，如此，要想从一间一间屋子中绕着走进村子将会是一件很困难的事情，只有先确定一个有绳子的地方才能再做打算。他开始努力回想着刚才进城之后一直到和汉娜跑出城这段路中间所看到的所有景象，凉茶铺、水果摊、包子铺、钱庄、布庄……当布庄出现在脑海时，他突然想到或许布庄里面的那些粗麻布料能够搓起来当绳子用。可此时整个城池正笼罩在一片雾霾之中，无法看清远处房屋，根据他的回忆，之前跑动的时候隐约看到这个城池所有房屋所组成的形状是一个偏正方形，假设此时身处正方形的南面，那么之前进城的那两扇大城门位置就是在这个正方形的北面中点处，刚才和汉娜逃离的时候移动的路线是从北面中点处沿着东北—东—东南位置移动，而那个布庄却在正东位置，看来要走很长一段路才能到达那里，可这些干尸因为刚才追逐他们，此刻都已经聚集到了南面，要到布庄就一定要穿过他们的封锁，还不能被他们发现。

狐狸希望能够找出一个相对稳妥的办法，经过对周围一番勘察后他发现这里的所有房子虽然古旧，却都是泥草混合材料所建，十分牢固，而且所有的房屋屋顶都是平顶，在平顶周围有一圈女儿墙，屋子和屋子之间距离也并不远，他决定冒险尝试一番。

突袭

上屋顶前，他在酒坊内开了一缸酒，把酒分别装进几个小酒壶，然后将一些布条一头塞在小酒壶内一头露在壶外，用塞子将酒壶塞了个严实。狐狸带上这些土制炸弹后检查了一下手中的步枪，深深吸了一口气后踩在桌上往上轻轻一跳，双手撑着女儿墙翻上了屋顶。

他蹲在屋顶仔细查看了周围的环境，此时所见到的干尸数量之多已经远远超过了他的估计，其中很大部分刚才在逃跑时并没有看到，粗略清点一下单就出现在眼前的已经不下一百个，如果算上城内其他地方闲散的肯定还要多，因此必须先找一条能够快速通往布店而且不用下屋顶的路线，只有这样才能保证自己的安全，用最快的速度来回。

狐狸大致挑选好了一条主线和一条备线后，起身半蹲着慢慢向布店进发，他始终保持着最低的姿势最轻的声音，同时还观察着那些干尸的一举一动。此刻下方那些干尸正三三两两围在一起议论着什么，其中就包括刚才看到的那个铁匠，还有用斧子偷袭他的学徒。观察了一会儿他终于发现了他们的沟通方式，竟然是通过滴溜溜转动的眼珠子，而且还同时在打着手势，那手势好像和平日里所见的差不多，他们此刻忙着交流，都没有留意到正被躲在屋顶上的狐狸监视。

狐狸从他们的手势中大致看出了一些端倪，那些干尸此时正在讨论自己和汉娜，意思是说刚才那两个闯入者应该在他们逃掉前除掉，不应该让他们逃走等等诸如此类。

趁他们聊得兴起的工夫，他趁机沿着之前寻好的路线开始在屋顶上快速向布店方向行去，不多久布店便已经出现在他视野之内。躲在屋顶观察了一下，发现周围显得空荡荡的，并没有干尸，这时候从远处传来阵阵嘈杂声，回头一看，发现聚集在南面的干尸此刻开始散开，纷纷回到了他们原先所待的地方，那个铁匠和学徒正向他这里走来。

必须在他们发现自己之前进到布店然后回到屋顶，现在剩下的时间不多了，狐狸翻身下到地面快速钻进了布店直奔放在桌子上的绸缎布匹而去，那些绫罗绸缎虽然放置已久，但是吹开表面的灰尘，仍然是色泽靓丽，只是当伸出手一摸这才发现绸缎布匹早就已经烂成了灰烬，搜了一圈发现店内所有布匹都是如此，这让他不禁大失所望。

外面已经隐约能够听到熙熙攘攘的声音，狐狸来到门边探出脑袋向外张望了一下，那些干尸此刻正三三两两向这里走来。他瞅准空当一个翻滚来到墙下，正打算再次翻身上屋顶时，无意中发现右前方停着一辆手推车，手推车上装满了一包包的东西，那些东西看上去被捆扎得十分严实，手推车边上，正堆着很大一捆稻草绳，因为城池之内道路阡陌交错，而且并非都是平行，刚才在屋顶上前进的时候并没有发现推车。看到这里他不禁心中一阵大喜，这些草绳的长度还有牢固度应该绝对够下到坑底，可是眼看几个干尸就快走到跟前，如果跑过去取绳子，返回后在上墙时很可能会被他们发现。

考虑再三后他决定冒这个险，探出头观察了一下周围后，发现几个干尸还在几十米开外游荡，便用了最快速度向绳子奔了过去，跑到绳子边上后为防万一还用力拉了拉绳子，发现十分牢固，即便是两个人的体重加在一起也应该完全可以应付。

狐狸将绳子像武装带一样往身上一盘，刚一转身，只听得“骨碌碌”的声音好像什么东西滚了过来，紧随着声音的是“啪嗒啪嗒”的脚步声。抬头一看，一只藤球从墙后滚了出来，一个小孩的身影紧随其后，正是那个脑袋被劈开的小干尸。对方此刻也突然发现他的存在，一抬头双方正好打了一个照面。

狐狸看到此刻小干尸头上的伤口已经被撑得很大，透过伤口能够清楚看到头颅内血肉模糊的样子，斧头兴许是因为伤口太大已经不知道什么时候掉了，因为血已经流得差不多了，此时只剩下了满脸脓水结成了块，充满血水的眼睛比之前显得更加恐怖，这根本就不是一个小孩，而是一只恐怖的恶魔。

趁对方愣在那里，狐狸用最快的速度举枪对准了他，小干尸见他拿起一根棍子要打自己，赶紧转身向墙后奔去，狐狸刚想扣动扳机，但是想起开枪等于暴露自己，只能收起枪跟在后面追去，可一拐到墙后却看到小孩正向身后跟着十几个干尸的铁匠跑去，一边跑一边比划着什么，铁匠见状手一挥立刻向他的方向跑来，而此刻布店附近的那几个也即将来到店门口，只要他们视线看到布店，翻上屋顶就会被他们发现，安全起见只得打消念头赶紧向布店方向行去。

来到布店前方，两个干尸已经站在了门前，狐狸并没有看漏，兴许他们是从北面过来的，此刻小孩也已经带着铁匠来到了手推车旁。

布店门口两个拿着斧头的干尸正在东张西望，突然看到入侵者站在墙下，打算扔出手中的武器，狐狸早他们一步已经从身上掏出了土制炸弹，点燃后扔了过去。只听得“轰”一声，土制炸弹并没有爆炸，但两个干尸身上顿时火光冲天，他们的身体本就犹如风干腊肉般没有任何水分，遇火便着，更别说是加上了酒，因此还没来得及做任何动作就已经被身上的熊熊大火吞噬，倒在地上。

狐狸趁此机会快速翻上墙后趴在屋顶一动不动，此时他并不敢跑步离开，因为铁匠已经发现了这里的情况正带着其他干尸往这方向赶来，只要一起身就会被发现，他们手上个个不是拿着镰刀斧头就是拿着叉子铲子杀气腾腾，只能暂时趴在屋顶上以不变应万变。铁匠到达时只看到两个被烧焦的同伙，知道敌人一定就在附近，可暂时没想到会躲在屋顶。看到周围并没有入侵者，他便赶紧让所有干尸散开打算做地毯式搜查。

狐狸也借此机会稍微喘了一口气，静下来后他忽然想起自己千算万算，竟然是错过了一个最关键的东西：绳子有了，怎么才能爬下坑？楼阁附近没有树木没有建筑，自己肯定要比汉娜重，让她把自己放下去显然是不可能的，最多也是他放汉娜下去而已，可她一个人下去又有什么意义？一个不小心说不定两个人会一起摔下深坑，所以必须再去寻找一个能够支撑绳子的东西。这时候他想起了之前在铁匠铺里查找扔斧子凶手时看到过的那些一尺长、一头尖的铁棒，将它们插在地里应该能用来当成攀爬的辅助工具，况且这里离铁匠铺不算太遥远，于是决定再往铁匠铺走一趟，取一根铁棒。

可此时已经不同刚才，全城的干尸被他这么一闹就像是捅了马蜂窝，都知道有入侵者，全部跑了出来寻找他的下落。狐狸算了一下身上的子弹，硬闯肯定不行，只能尽量避免正面接触。好在他已经来回过两趟，再加上在屋顶上时对整个城池的环境和布局心里基本上有了个底，便决定采取以前做侦察兵时的那套游击战策略：声东击西。

整个城池中最能够吸引所有干尸注意力的只有一个地方：酒坊。那些干尸因为没有找到他已经开始慢慢散开，可那个小干尸不知道什么原因一直在附近转悠，狐狸对他已经是恨之入骨，不过眼下多一事不如少一事，先回到酒坊再说。他趁小孩不备跳回了原来走过的那些房子，然后趁着干尸注意力分散的空当，慢慢从屋顶移动到了酒坊隔壁。

酒坊已经不像刚才那般清净，狐狸躲在女儿墙后看到两个干尸慢慢转到酒坊里，兴许也是进去偷酒喝的。可不一会儿当走出酒坊时，其中一个手里提着刚才被狐狸干掉的那个干尸身体，另外一个提着干尸的脑袋，正在招呼周围的干尸过来看。看到这番情景，他不禁暗自好笑，心想：“也好，这倒省了老子不少气力。”

附近的那些干尸开始慢慢围了上来，不一会儿便将酒坊围了个里三层外三层，那两个干尸站在当中兴致勃勃地比划着发现过程。狐狸趁机数了一下，就这些酒坊附近的有四五十个。女儿墙的边角正好起到一个角度良好且稳定的脚架作用，他取出枪架在墙上，将脑袋慢慢凑到瞄准器边，透过三点直线看到酒坊内那些陈年白酒堆正好处于子弹射程之内而且视野良好，他开始静静等待着，等待着最好时机的到来。

酒坊边上干尸围得差不多了，见时机已经成熟，狐狸果断扣下了扳机，只听得“砰”的一声，那个提着干尸身体的家伙还没有反应过来到底是怎么回事，便被爆了头，子弹射穿他的脑袋后径直向那些酒缸飞去，当场将一个大酒缸打成了碎片，酒缸内的酒一下子散出来流了一地。小日本的步枪设计的确不错，历经几十年仍然性能良好，再加上狐狸百步穿杨的射击技术，已经能够当狙击枪使用。那些干尸是一千多年前的东西，并不知道枪的威力。狐狸拉出弹壳后又重新上膛快速瞄准了另外一个，提着脑袋的家伙也还没有反应过来，“砰”一声自己脑袋被打开了花，子弹穿过后又打破了一只更加大的酒缸，顿时酒坊内外地上流满了酒，他手上那只一直在嘟囔的脑袋随着枪声滚落到了酒里。射出第一发子弹时干尸们还没反应过来，第二发射出后几个反应比较快的根据枪声回过头，发现了躲在屋顶的狐狸，打算向他冲来。狐狸看看是时候了，将已经准备好的土制炸弹点了一个扔了过去。对方见到一个冒火的黑球过来，觉得好奇，目光都被土制炸弹吸引忘了动作，只见炸弹不偏不倚砸到了酒坊门和屋顶女儿墙之间的那块地方，“砰”一声巨响当场便炸开了花。几个靠得比较近的干尸立刻被爆炸气浪掀翻在地，伴随着火星飞溅到地上的白酒上，酒坊周围顿时成为了一片火海，过于集中的干尸显然连逃跑的机会都没有，那只仍然嘟囔着的脑袋也被卷入了熊熊火海之中，干尸被烧的烧，踩踏的踩踏，简直就是一片地狱火海。

狐狸知道这还不是最高潮的，继续躲在女儿墙后慢慢掐算着时间。几十秒钟后，伴随着一声“轰”的巨响，酒坊整个像是土飞机被炸得飞了起来，整个山洞也被这巨大的爆炸震得剧烈摇晃，山洞顶部因为强震被硬是错开几道缝隙，岩壁上方稀稀落落滚下来一些大石头，将个别站在边上的干尸给压成了肉泥。就连狐狸都没想到这次爆炸竟然会搞出这么大的动静，直到酒坊再次着地山洞深处仍然不断传来隆隆巨响。

再次探出半个脑袋张望时，之前那些被烧着的干尸已经不见了踪影，酒坊附近只剩下几个还算是完整地站在那里，其余的不是成了碎片就是被炸成了好几截，天空中不时散落下一些黑色的灰烬和残骸，初步估计此次作战消灭敌人五十以上，超额完成了作战任务。

搞出这么大的动静还达不到目的那是不可能了，他赶紧一边避开注意力，一边沿着东南—东—东北的方向快速向铁匠铺移动而去，当再次经过布店时本打算收拾那个屡次和自己作对的小干尸，可不让他出现偏出现，要他出现此刻却又不知跑哪里去了，便只能作罢。狐狸沿着屋顶往前来到了城门口铁匠铺附近，探出脑袋观察一下，发现虽然周围没有敌人，但此时屋子边上并没有垫脚物，下去容易上来难，狐狸眼睛扫了一下，找到边上一个能快速翻上屋顶的铺子后这才跳下地面快速向铁匠铺内赶去。

铁匠铺墙上之前挂着的许多斧子和刀具都不见了，还好铁棒可能因为使起来不顺手所以在角落里一根不少，狐狸拿起一根铁棒正待返身而出时，想了一下转回来又拿了一根这才离开。可正当他一脚刚踏出铁匠铺的时候，只听得“嗖”一声，一发弓箭贴着他的头发飞进铁匠铺深深插进了墙上，若是速度再慢上几分之一秒，弓箭便要直接射到他脑门了。

狐狸抬头一看不禁大呼命苦，原来人算不如天算，刚才下墙的地方前方岩壁拱出来一块把后面的情况给挡住了，拱壁的后面正是那扇城门，也千不该万不该，他忙着战斗愣是把站在城门上的那两个最先看到的守卫给忘记了。当绕到铁匠铺时因为背对城门并没有看到他们，可守卫却看到了他，而且从上而下视野十分良好，弓箭正是出自两个守卫其中之一，幸亏只配备了一把弓箭，否则他定是死路一条。

狐狸见形势对自己不利，赶紧找了个地方躲避起来。因为守卫所在的位置较高，所以弓箭射程相当之远，而且他们眼力也不错，如果不除去这两个守卫，肯定没有办法活着离开这里，更何况刚才选中的那个上屋顶的地方却正好在他们射程之内。为什么只能在选中的地方上屋顶，换一个地方就不行？那是因为他选好的地方能够直接在屋顶上连续移动一直到城池最南端，如果换成其他地方，过了几个屋顶后就必须下到地面。

这次是一场步枪和弓箭的对决，狐狸躲在墙后取出步枪找了一个适合射击的角度，对准那个刚才朝自己放冷箭的就是一枪，只听“砰”一声，拿箭的守卫脑袋立刻开了花，直挺挺地从城门上栽了下去，可弓箭却并没有被一起带下去。边上另一个见他手中铁棒能够在这么远距离击中同伴，也有所警觉。狐狸看到他蹲下捡起那把弓箭，便举枪瞄准了他的脑袋上方，只要一起身就能爆了他的头，可那个守卫好像学精了，就是不肯伸出脑袋。

狐狸一边移动一边瞄准着，他打算用这种方法把对方引出来，不管怎样子弹的速度肯定要比弓箭来得快，可对方仍然迟迟不肯起身。好不容易过了一段时间，见守卫偷偷从空隙处探出脑袋，狐狸以为有机可乘，赶紧扣下扳机，没想到他竟然只是做了一个试探动作，很快又缩了回去。

这下不管狐狸怎么移动，对方是再也不肯探出脑袋。一开始狐狸以为他是害怕，可是直觉告诉他有些不对劲，直到远处传来轻微的脚步声，他这才反应过来原来守卫是故意和他拖延时间，看上去躲避实则是在等待增援，看来这些干尸虽然身体干，但脑子并不干，如果再这么耗下去会对自己越来越不利。

他拼命思考着，最后决定孤注一掷采用釜底抽薪的办法。狐狸来到墙边将步枪靠在墙角，举起双手走到屋前停了下来。城门上的守卫其实一直在偷偷观察着他，此时见他手上那根厉害的棒子不见了，而且又在空旷之地，便也渐渐壮了胆子从墙后慢慢探出脑袋，可就在露出整个脑袋后却又出其不意缩了回去，狐狸并没有被他的这番举动骗到。

见对方果真是一动也不动，守卫偷偷拉满弓箭，先是探出半个脑袋，然后突然起身瞄准狐狸，弓箭“嗖”一声直奔狐狸而去，可没想到却已经中了圈套。狐狸知道如果弓箭要命中目标，射出后身体必须不动保持一段时间平衡，射出去的箭才能够完美到达目标，所以当看到对方引弦射出的那一刻，立刻一个侧滚翻来到步枪边用近乎于甩枪（甩枪：充分预估目标的角度和距离，在还没有完全瞄准目标的时候开枪，通过预估的角度差和时间差来对子弹移动方向进行修正以达到击中目标的射击方式）的方式对准守卫就是一枪，伴随着“砰”一声，狡猾的守卫脑袋炸开，也应声从城门落了下来。

此刻周围的脚步声越来越近，他赶紧收好枪拿起铁棒往腰上一插，踩着地上一迭倒扣的箩筐，轻轻一蹦借力攀上了屋顶。几秒钟后，围捕而来的援军出现在他视线之中，数了一下有三四十个，除去那些正在救火的，估计布店方向应该已经没了敌人。他一边观察着，一边仔细盘算着下一步作战方案。

战机往往只会在瞬间出现，而且转瞬即逝。狐狸趁他们离自己还有十几米距离的时候，一边观察一边沿着空当快速向布店方向移动而去，由于对方移动方向和自己正好呈九十度所以并没有被发现。没多久再次来到布店前方，屋顶望下去看到之前被烧死的两个干尸已经变成了焦炭，加上被围观的干尸踩踏断成了好几截，看到这里他不禁唏嘘不已，不过这样也好，对他们来说早死早超生，省得如此人不人鬼不鬼，就当是超度了。

由于布店门口的屋顶只能通往酒坊，并不能一直连续行往城池东南，所以从这里上去后爬过几个屋顶必须再次重新上屋顶。正往前移动的时候，没留神突然“嗖嗖嗖”耳边一阵风声，他赶紧一个低头，只见一把斧子从头上方飞了过去，转过头一看竟然又是那个小干尸，正站在下面对着他傻笑。狐狸平日里做事光明磊落，最见不得黑手之人，而且正是仇人相见分外眼红，他被激怒了，不除掉他便是心里不快，但是就这么毙了他又有些不解恨，摸了摸腰间，还有好几个土制炸弹，便决定和对付刚才布店门口两个干尸一样，烧死他。

小干尸见狐狸在腰间摸东西，赶紧转身想逃，但毕竟晚了一步，狐狸拔掉盖子然后点燃土制炸弹对着他用力扔了过去。说来也巧，不知道是瞄得准还是小干尸运气背，炸弹在空中划了一个抛物线后不偏不倚地卡在他头上被斧子劈开的地方，只听得“砰”一声，这如幽灵般的小干尸立刻陷入一片火海之中。附近留下来搜索的干尸听见动静赶紧向这里赶来，有眼尖的发现了站在屋顶上的狐狸，借着跑动的力量顺手将手上的斧子和刀具抛了过去，不过都只是擦着他的身边一一飞过。

见自己被发现也不再躲避，狐狸举枪瞄准跑在最前面的那个脑袋就是一枪，然后顺势又撂倒几个，歼灭对方后他看到地上那个小干尸虽然在火堆里躺着，可好像还在动弹，便上前对准他脑袋补一枪超度了他，然后快速向东南方向撤离。

这场游击战下来，狐狸没有伤到分毫，不但顺利得到了绳子和棍子，还成功消灭了一大半敌人，弹药消耗也仅仅不到三分之一。

看到城门守卫被干掉，铁匠突然决定带领其余所有干尸全部向城南快速集结，他仿佛醒悟过来跟在闯入者后面转太不划算，因为一直处于被动局面，闯入者是要离开的，直接聚集到城南可以变被动为主动以逸待劳。

狐狸并不知道对方已经改变战术，来到城南处，正打算往前跑的他却突然闪回了墙后，因为前方空地上那些干尸正集结在一起，手持武器杀气腾腾地等着自己。

看到这幅情景他开始有些顾虑，单打独斗的话一发子弹一发子弹解决起来易如反掌，但如果群起而攻之，手中的并不是冲锋枪，撂倒几个以后自己就没了退路。而且和这些顾虑相比，还有一个更重要的问题：这么久没有回去，如果汉娜等得太久找了过来该如何是好？

可事情就是那么凑巧，担心什么偏就来什么。汉娜一个人在楼阁那里等了许久，看到狐狸还没有回来本就有些担心，正犹豫是不是要回去找他，这时候又传来酒坊爆炸发生的巨响，她以为是狐狸出了什么事，所以正向城池方向赶来。

狐狸躲在墙后盘算着该怎么冲过这条封锁线，因为这已经是他们的最后一道屏障，却也是最难逾越的一道。他再次探出头看了一下对方的数量和布局，估计剩下的基本上都在这里，此刻正三五成群聚集在一起，如果一字排开会好对付许多，现在不管他往哪里跑都会有很多敌人冲来。

这时候他再次看到几个干尸正围在铁匠周围比划着什么，想必铁匠是他们的头。擒贼先擒王，狐狸算了一下距离，发现铁匠距离虽远但是也在射程之内，顿时计上心来，打算和他们打一场心理战：先射铁匠，然后用激将法把他们一个一个引出来，如果一起冲来就先用土制炸弹对付，他看了一下，腰上还有三到四个土制炸弹应该能够抵挡一阵，然后把他们引到一边自己从另一侧逃脱，当然不肯过来也最好，躲在墙后面一个一个耗掉他们。

狐狸慢慢移动到城池西南，找到一个最好的位置瞄准铁匠扣下扳机，可惜那些干尸动来动去，其中一个成了铁匠的替罪羊，狐狸爆错头后立刻又开了第二枪，铁匠虽然有了警觉但终于没有逃过爆头的命运。他一被干掉，其余的干尸都开始躁动起来，狐狸见鱼上钩，一发一发扣动起来，一边射一边故意在他们面前跑动暴露自己，其中几个中计开始向他跑来，都被先后撂倒。起初他们迫于狐狸手上的步枪，未敢大举进攻，但是此刻显然都被激怒了，不知道是谁带的头，干尸们突然一拥而上向他冲了过来。

狐狸见状赶紧绕到屋后，借着房屋的掩护快速从城池西南绕到东南，转出了城池向楼阁跑去，干尸们并没有放弃，紧紧在他身后追赶，一边追一边扔着斧头镰刀之类的武器。这时候他看到了来找他的汉娜，汉娜也发现他正气喘吁吁跑过来，刚想问发生了什么，狐狸一把拉过她就向前跑，汉娜看到他身后黑压压地跟着许多干尸而且正凶神恶煞地冲来，明白了是怎么回事，赶紧跟着拼命向楼阁方向跑去。身后的动静渐渐小了，狐狸回头看到那些干尸已经停下脚步不再追赶，只是在那里拼命扔着斧子这才松了一口气。

城楼

两人再次来到楼阁所在的那个大坑边上，汉娜在一边呼呼喘着粗气。为了避免另生枝节，狐狸不敢怠慢，他走到坑边探头观察了一下坑底情况后便从腰上取下两根铁棒和绳子，正打算拿起一根准备插进脚下泥地时，突然感觉到后腰部一阵剧痛，还当是之前和干尸战斗时受了伤，回头一看，却发现汉娜右手中指和食指正作出钳子状，用生气的眼神死死盯着自己。

“干嘛拧我？”狐狸揉着腰部生气地说道。

“你为什么要骗我，让我一个人等在这里?”

汉娜说着说着眼睛居然红了起来，像是受到极大委屈一般，狐狸最是见不得女孩子在自己面前哭哭啼啼，更何况现在也不是哭的时候，看着汉娜火气也一下子跟着冒了上来：

“就为了刚才让你一个人等在这里？城池里面多危险你知道吗？对方根本就不是人你知道吗？我这都是为你好你知道吗？如果带你一起去，说不定这会儿都被困在那里了。”

“你……那为什么要骗我，让我去找那个什么脚印，其实什么都没有。”

汉娜伤心地问道。

“靠，这能怪我吗，不骗你去找脚印，你问问自己，会让我一个人去吗？”

“你没试过怎么知道？”汉娜有些不服气，而且狐狸发现她眼泪愣是没出来。

“我已经试过了，只不过你没发现，反正也是个善意的谎言，再争也争不出个结果，我们两个现在能够完整站在这里就是最好的证明，好男不和女斗，原本还以为只有上海女孩作，没想到你也那么作。”

狐狸对于此时汉娜的举动非常不满意，因为从大局上来说，他的做法并没有错。而且以他看来汉娜这个女孩子虽然不错，但是过于好强，好强虽然不是坏事，但是在不该好强时好强便是要坏事的。

“这件事情等我们出去后再作理论，到时候你爱怎么样就怎么样，要是觉得不爽要打要骂随你，但是现在我们必须抛开个人恩怨，一切要为了离开这里而让路，否则大家都出不去。你也过来一起帮忙，我现在把棒子固定好，等我把绳子绑好后你帮我把这绳子用力往外拉。”

说完也不管汉娜同意不同意便将绳子的另一头扔给了她，自顾自开始在那里将棒子往地里插。虽然棒子很粗很结实，但正因为如此，就算再柔软的泥地也耐不得这么一直用力往里插，才进去三分之一就不动了。他从地上拿起另外一根棒子开始对准它往下杵了起来，之所以要拿第二根棒子就是因为这东西一头尖一头扁平，扁平的那头可以用来当榔头使用。

“呯呯呯”一阵猛砸后，铁棒深深插进了地里，用力摇了摇发现纹丝不动十分稳妥，狐狸取过绳子打了个水手结后套到棒子上用力一勒，然后使手势示意汉娜往后拉，开始检查起绳子是否牢固。测试完毕后他将绳子引到坑边检查了一下坑口有无碎石或者锋利的口子，因为如果有碎石或者锋利口子，绳子一负重后在上面摩擦会被弄断，确认后这才将绳子放了下去。只听得“哗啦啦”的声音后，绳子直接被放到了坑底。

狐狸站起身看了看站在身边的汉娜道：“我现在下去，你在上面看着点，如果有什么动静就开枪。”

由于攀在绳子上用长枪不方便，狐狸将步枪和汉娜的手枪换了一下后别在腰上，还特地问了她会不会用长枪，汉娜没回答，只是白了他一眼把头一偏。狐狸知道她在生气，不过他相信短枪使得那么好长枪也一定不会差，因为长枪比短枪更容易瞄准，便也没再多问拉着绳子开始慢慢下了坑。

汉娜见他安全下到第一阶坑底，也打算跟着下来，却被示意留在原地，因为还没检查过干涸的护城河，如果两人一起下来，万一出现什么危险逃也来不及。干涸的护城河虽然不比坑深，但是也要将近三四米，而当狐狸往下攀爬这段距离时，从汉娜位置看过去是个视觉盲点，另外整个护城河底的三分之一也处于她视线盲区之内，所以必须靠自己查探。

狐狸往河底张望了一下，并没有发现任何可疑情况，而且身上还有土制炸弹壮胆，观察完坑底后抬头看了看汉娜示意一切正常，然后将绳子往左腿上一缠，慢慢从护城河边降了下去。一踏上坑底，却是突然发现脚下感觉十分奇怪，像是踩到了柔软的棉花上一般，但走了两步却并没有发现任何泥泞感觉。蹲下来用手摸了一下，发现脚下踩的并不是泥土，而是一种从来没见过的奇怪物质，又原地跳了两下，并没有特别情况发生，掏出和汉娜交换而来的格鲁鲁再次沿着护城河兜了一圈，也没有其他异常。

狐狸抬头看着楼阁，此刻楼阁的大门在他头顶上方两米左右距离，必须先攀爬上墙才能进入。他从腰上掏出刚才用来当成榔头的铁棒，原地后退了几步，算好角度和高度后对着楼阁大门下方突然加速跑动，在距离墙面二三米处时一个高跳，两手紧紧握着铁棒向正前方的泥土层用力一插，速度加上力度，铁棒犹如针入豆腐一般瞬间就没入了一半，当然他对于这次的动作是有所保留的，因为他并不想让铁棒完全没入土墙内，而是要借着它往上爬到楼阁入口。

狐狸双手拉着铁棒往上一跳，一个引体向上借力翻上去踩到了棒子上，此时楼阁大门最低处正位于他胸部高度，站在铁棒上伸手轻轻去推大门，没想到这扇已经尘封千年的大门像正等着他一般，开始“咯咯咯”转动开来，一股潮霉之气从里面扑了出来，他赶紧跳下棒子后从护城河爬回了第一阶坑底。

看里面的气散得差不多了，狐狸再次下到坑底嗅着潮霉之气是否存在，确认安全后这才走回绳子边将绳子拉紧三次，这是他下来前和汉娜约好的信号，因为无法从上面看到下面情况，而且为了避免声音引出一些不必要的麻烦，所以选择手势和绳子传递信号。

收到信号后不一会儿，汉娜也跟着从上面降了下来。狐狸本打算将她托上铁棒，不过显然她并不领情，汉娜跑到铁棒下面跳起后犹如翻单杠一般往上一拉一旋上了铁棒，然后踏着铁棒翻进了门，动作流畅程度并不亚于他。狐狸的动作显示出一种阳刚之力，汉娜这一跳却充分展示出了她的阴柔之美。

狐狸见汉娜进了门，怕她一个人贸然前进，不敢怠慢，赶紧跟了上去，汉娜走到他边上，狐狸只当是她已经不再生气，可没想到汉娜自己动手拔出了他腰间的格鲁鲁，然后把步枪往他手中一塞。看到这丫头气还没消，狐狸打算找个机会破解掉这层尴尬，想起刚才她的动作，便问道：“你这如此好身手是从哪里学的？”

汉娜没理他，转过身自顾自向前走着，狐狸快步上前一把拉住她的胳膊：

“好了，别怄气了，现在我们两个落到这番田地必须互相协力，共同战斗才能安全离开这里。刚才是我不对，不应该把你一个人留下，现在我向你赔礼道歉，还不成吗？”

他赶紧做了个大鬼脸，可没想到对方听了这话只不过是转过头扔给他一对卫生球眼，然后继续把头一转不再理睬。狐狸心思缜密，见汉娜听得这话并未消气，知道是自己说的话没有点到位，或许她并不是因为被一个人留下来才生气，赶紧补充道：“我知道撒了谎不对，不管是什么理由不应该骗你，你生气呢也是应该的，我现在郑重为刚才撒谎而道歉。”

说完，狐狸毕恭毕敬立正后在汉娜面前行了个正规的军礼，这是他发自内心的一个动作，因为在他的眼中，行军礼是最庄重的也是最高级别的礼仪，可汉娜却被他这个动作给逗得不禁“扑哧”笑出声来，说道：“你倒是对错误认识得很深刻嘛！”

“是的，对错误的认识一定要深刻，否则容易再犯。你现在不生气了吧？”狐狸一本正经问道。

“生气？如果你道歉后就不生气，这是对你的放任，同时对你检讨自己的错误也是没有好处的。这样吧，这次先把过给记着，接下来根据你的表现再考虑是否把过给撤了。”

汉娜也学着军人语气一板一眼说道。因为爷爷是军人，所以她虽然没有当过兵，但是从小在爷爷的影响下也有着军人一般的气质，虽然平日里是看不出分毫。

“谢谢首长关心。这样吧，等我们出去后，我带你到上海吃好吃的，用来作为补偿。”

“好吃的？小笼包吗？”

“报告首长，不是小笼包，是面。”

“面？面不是北方人吃的吗？上海怎么也会有面？”

“是本人秘制的一种叫爆鱼菊花面的面，很好吃的。”

“爆鱼菊花面？这是怎么个吃法？”

“爆鱼就是把鱼放在油里炸，然后放进加糖的酱油汤里浸，冷却后取出做浇头，菊花，是辅以菊花茶，清凉解渴，可解爆鱼油炸火气，非常适合女孩子品尝。”

“看来你对吃很有讲究嘛。”汉娜笑着说道。

“上海男人多少都是喜欢做点的，再加上我本人对吃也是非常讲究，等到上海后让你尝尝我的手艺……”

刚化解了信任危机，此刻狐狸却突然闻到一股奇怪的味道正从楼阁内飘了过来，

“闻到什么没有？”狐狸问。

汉娜跟着嗅了起来，一股不知如何用言语形容的怪味已经飘到了他们跟前，这味道既非粪便之臭，也非塑料燃烧之臭，更非东西腐烂之臭。

“是一股恶臭。”

“对，一股恶臭，好像是从里面传来的。”

狐狸指指漆黑的楼阁深处后左右看了一下，发现墙上有一个照明火把，便走了过去，确认不是机关后这才将火把取了下来，点燃后和汉娜一起向楼阁深处行去。

说来也怪，火把一点燃后恶臭立刻消失了。两人沿着阁楼走到深处，看到一个台阶和一扇紧闭的大门出现在眼前，应该是通往二楼而去。狐狸示意汉娜等在原地，打算自己上前开启大门。

可火把交给汉娜转身走向大门后他发现，一离开火把恶

臭又再次向他袭来，而且比刚才门口处更甚，臭得有些让人窒息。狐狸实在无法忍受赶紧退回到汉娜身边，当再次靠近火光时，臭味又消失了。虽然不知道到底是因为臭味怕火还是这火把有什么讲究，为了避免再次被恶臭所袭，他们只能一起上前，用力推开了通往二楼的大门。

只听得“咔哒，轰隆隆”的巨响，还没将门推到底，门后好像有什么机关驱动一般开始将门自动打开。两人不敢贸然进入，站在门口静观其变。隆隆声持续了好长一段时间，直到出现“咔哒”一声后才停止，大门已经完全开启。

这是一条和一楼格局完全不同的道路。之前进入底楼大门后是一条直接将他们引入通往二楼楼梯的路，但是在二楼却什么也没有，眼前除了周围一圈外墙，就只有起到支撑作用的几根大柱子，连天花板上也没有任何迹象表明是否能够通往楼上，可狐狸深信之前外面看到塔状建筑就表明肯定有路通往塔楼，而且楼阁本身就有三层，所以一定有一个隐藏的台阶存在。

他一边观察周围，一边寻思如何才能找出暗道，最后将注意力停留在了那几根大柱子上面。大柱子总共有九根，传说中龙有九个儿子，每根柱子上面雕刻的正是龙的九子，而且每一个看上去都形态各异栩栩如生，每根各九个，九根共八十一个。这柱子被称为九纹龙柱，是中国古代至尊的象征。不过对于一般人来说，就算把九条龙全部放在面前也未必能够说出其中一半，更别提它们的长幼顺序了，可狐狸不同，所有的龙在他眼里那是再熟悉不过的事物。

柱子上的每条龙都是呈左右排列绕着柱子成一个圈，在那些龙的正下方设有一个扶手。上去用手轻轻一搭，发现九根柱子应该都是能够转动的，便用力转了其中一根，那根柱子上的龙在他的发力下转了一个方位，同时他也注意到那些龙的正上方有一片祥云，而且大小和龙十分匹配，祥云正好能将下面的其中一条给罩住。看到这里他暗自一笑，原来是这么回事。汉娜在一边发现了他的表情，问道："看出其中的名堂了？"

"外行看热闹，内行看门道，这个谜并不难解，你看这里总共九根柱子，每根上面九条龙，虽然看上去是八十一条，但其实每根柱子里面要用到的只有一条，这样的话就是九根柱子九条龙，只要用数字一到九来根据它们长幼排序，长子是一，次子是二，再加上九根柱子的布局，我可是想不出还会有什么其他的解法。"

他知道诸葛亮研究的是后天八卦，所以一定是数字五在最中间。狐狸走到最当中那根柱子前，将龙的第五个儿子狻猊转到祥云下后，只听得"咔哒"一声，空旷的黑暗中传来一声轻微的声音，不过此刻周围什么事情也没发生，接着他便开始按着五字中宫的飞星顺序依次将其他的八根柱子按照辈分大小分别转到了相应位置。可能有的看官要问了，狐狸是怎么算出方位的？在地底连东南西北都搞不清楚，怎么能够把机关当成儿戏一样随便去转呢？其实很简单，他的方位并不是从柱子里面看出来的，对于狐狸这么谨慎的人来说，绝对不会把屋内的东西作为重要参考依据。大家还记得他和汉娜爬上来的那扇大门吗？中国古代建房，必定是坐北朝南向，所以大门一定是在南方，正是这扇大门告诉了他准确的方位。

当把最后一根也就是第九根柱子上面的龙转到祥云正下方时，伴随着“咔哒”一声，九根柱子之间的天花板上传来了窸窸窣窣的声音，之后“轰隆隆”的巨响打破了楼阁内的沉寂，屋顶上一排螺旋状的梯子开始慢慢降下，狐狸朝汉娜笑了笑，拉着她一起向楼梯走去。

转过楼梯来到楼上，看到原来塔楼并非是在三楼屋顶上建造，而是建在楼阁第三层内，入口就在他们前方不远处，想到即将能得到诸葛亮的神石，又能够离开这里，狐狸心跳也不免开始渐渐加快起来。

楼阁的楼梯虽然有些狭窄，两个人并排走在一起不免显得有些局促，但是对于两人来说，之前历尽艰险一路走来已经让他们做好了并肩战斗的准备，更何况，青年男女之间靠得很近的那种微妙的特别感觉也在驱使着他们继续保持着这种状态。

塔楼内并没有安排什么机括，就是一座非常普通的宝塔，两个人转过几个圈后终于来到了塔最高一层，那是一间二十平方米左右大的房间，在房间中央放着一个贡台，贡台上供着一个很大的碗状物体，从位置上来看，狐狸推测贡台上放的应该就是传说中诸葛亮的那颗神珠。

两个人擎着火把慢慢来到贡台前一看，碗状物内有一泓清水，很清很清几乎没有任何杂质，碗状物底部，一颗如夜明珠一般颜色漆黑的小石头静静躺在那里，正由内而外散发出淡淡的光芒。狐狸看了看汉娜，经过再三犹豫后还是将手伸了过去，那颗珠子虽然在水中，但是摸上去感觉有些热乎乎的，好像有阵阵能量此刻正通过他的手向他全身不断传输。狐狸知道在还没有搞清楚到底是怎么回事之前，为避免意想不到的情况发生，必须尽快处理这颗珠子，于是便赶紧将它放进了贴身的口袋，珠子离开手后刚才那种奇怪的感觉又突然消失了。

正当他觉得好奇的时候，突然脚下的大地开始传来阵阵咆哮和怒吼，那声音让两人听得有些不寒而栗。“不好，地震了。”狐狸赶紧第一时间拉着汉娜快速向楼下跑去，一路跑过楼阁内的宝塔入口，又跑过九纹龙柱来到大门，此刻楼阁晃动已经越来越激烈，站在门口的汉娜没站稳，差点被晃得掉到护城河底，狐狸赶紧伸出手一把死死拉住了她，把她重新拖回了身边。

突然护城河底部传来阵阵“咕噜咕噜”的声响，狐狸隐约记得这声音，知道大事不好，果然几秒钟后护城河底那块奇怪的土地与坑壁的接缝处，因为之前的地震产生出许多的缝隙，此刻正从里面钻出来许多白色的物体，原来这就是之前在通道中见到过的导致日本兵变成白毛怪的真正凶手。

两人本来准备跳下去拉着绳子爬出大坑，但是眼下大坑里已经布满了这种东西，从绳子上返回完全不可能了，狐狸和汉娜都不想变成白毛怪。就在片刻迟疑间，那些白色物体已经快速从四面八方包围过来，开始沿着楼阁下面的墙壁往上爬来。万般无奈之下，唯一的退路只能是再次返回塔中，当然他也知道这是下下之策，因为逃到塔顶后就是死路一条，不过如今也只能如此。

两人赶紧再次向塔楼顶部跑去，一路跑一路沿途关上了所有能关闭的门以求拖延时间。气喘吁吁地跑到塔顶后，外面再次传来了巨响的咆哮声和吼叫声，狐狸知道这些声音并不是来自那些白色物体，到底是从哪里来的呢？

突然，一阵比八级地震更加剧烈的天摇地动将两人震翻在地，狐狸艰难地从地上爬起来，他发现汉娜已经被甩到了楼梯口，正打算过去把她拉过来，可紧接着又是一阵剧烈摇晃，只听得“啪”一声巨响，六角形的塔楼好像撞到了什么东西上面，一个角被撞出来一个大洞，能够看到洞口外的岩壁正在向后移动。

那个大洞足足有半个人高两个人宽，狐狸爬到洞口探出脑袋一看，没想到却是差点被吓掉半条命，原来他们现在正在塔楼顶端，塔楼下方是楼阁，但是楼阁下方已经不再是之前的大坑，取而代之的是一个黑色的巨型物体正在楼阁下方缓缓向前移动，刚才的咆哮和天摇地动应该正是这个巨型物体发出的，此刻楼阁和塔楼就好像是一个背在蜗牛身上的蜗牛壳一般，被下面那巨型怪物驮着摇摇晃晃向前走去。他推测或许是因为拿走了那个珠子才惊醒了这巨型怪物，此时回忆起来之前护城河底自己伸手摸过这东西，不禁觉得一阵恶心。

这东西也不知道会把他和汉娜驼到哪里，而此刻“咕噜咕噜”的声音已经离他们越来越近，只要冲破最后一道防线就会把他们两人给吞噬。情急之下，狐狸突然发现前方头顶隐约有阳光射入，应该是刚才炸毁酒坊时弄出来的缝隙，而且下面那个东西往前移动时会带着塔楼左右摇晃，摇晃时塔楼离岩壁上的那些植物根系最近的距离只有一米，看来值得尝试一下。

“你有恐高症吗？这次我看必须要搏一下了。”狐狸走过去拉起汉娜。

“现在到底是什么情况？”汉娜并没有看到这一切，有些云里雾里。

“要离开这里，只有从这个口子逃出去。我看了一下，前面有阳光，岩壁上有不少植物的根系，塔楼离开那些岩壁最近的时候只有一米距离，应该可以跳上岩壁从缝隙爬出去。”

此时白色物体已经大军逼近，它们正打算从楼板的缝隙中钻进来，有两个已经钻出了半个身体。

“再往前移动一点就是最好的机会，错过了这段岩壁，我们可能就永远也出不去了，老样子，让我这个盗墓的先上。”

狐狸将汉娜拉到洞口后等待着机会，此时身后已经有几个白色物体钻过了楼板，更多的开始前赴后继钻进缝隙向他们逼近。狐狸探出半个身子，这样可以使身体离岩壁更加近，几乎只需伸手便能抓住岩壁上的树根，他看准前方一根粗根，瞅准机会轻轻一纵稳稳拉住了它，那树兴许是长了数千年了，根须十分茂密而且牢固，用不着担心会断。汉娜见狐狸已经安全上壁，也跟着调整好姿势，抓住机会轻轻一跃，在他右方几米处上了壁，回头一看此时塔楼内已经布满了白色物体，只要再晚上几秒钟，两人就和那些白毛怪一样的下场了。狐狸上壁后目光一直没有离开汉娜，见她也上壁成功，做了一个向上的手势，两人迅速抓着树根向上方爬去。

几分钟后，两人终于再次相会在久违的阳光下，汉娜一把紧紧抱住了狐狸，而狐狸此时也不再掩饰自己的真实情感，伸出双手将她紧紧拥入怀中，两人为了能够离开这不寻常的地下世界而紧紧抱在一起，又或许，是因为发生在他们身上的某些微妙变化。

天谴之村

tianqianzhicun

前情提要　狐狸和汉娜冒险闯过了干尸瓮城之后见到了神秘的城楼，但如果要想攀爬上去就必须借助工具，而要想取得工具就只有再次回到古城，狐狸设计让汉娜留在原地后一个人单枪匹马大闹古城取得工具返回，两人攀爬上城楼后终于设法离开了地下世界。

遗迹

狐狸突然想起什么，他轻轻放开汉娜，从贴身口袋中小心翼翼取出从塔楼内得到的神珠，想看一下这颗被诸葛亮如此重视的珠子到底是什么来头。此时珠子捏在手里仍然能够感受到微微能量从中传来，但显然已经不似之前那般强烈，借着日光狐狸发现原来珠子是半透明的，有些像琥珀，又有些像黑水晶，里面好像包着什么东西，此刻正在一动一动犹如跳动着的心脏一般。这一发现让他顿时来了兴致，赶紧用两只手指捏起珠子对准太阳仔细看了起来，透过阳光的照射他发现在珠子中间，有一些很小很小的类似结晶结构的物体，跳动的正是这个。看到这里他就搞不懂了，这到底是生物还是石头？

“好了，先回村子再说吧。”

汉娜从边上伸出手，在狐狸呆滞的目光前挥了几下。

“汉娜，能不能答应我一件事？”

“什么事？你说吧。”

“这珠子十分奇怪，回头我想带回去好好研究一下，你可千万别告诉任何人哦。”

“这个……那好吧，不过我有个要求。”

“什么要求？”

“研究出什么结果要第一个告诉我，因为我也想知道这到底是什么。”汉娜笑着说道，对于她来说这颗历经千辛万苦得到的珠子有着特殊的意义，自然也是很想知道里面到底隐藏着怎样的秘密。

“好，我答应你。”

有了汉娜这句话，狐狸放下了心，然后将珠子再次贴身藏好。根据太阳高度来算，两人从进入乱葬岗到现在，折腾了也快大半天了，到时候肯定还得帮汉娜找个适当的理由来解释这一切，于是狐狸在汉娜的带领下一边往村子方向赶去一边仔细琢磨起来，可就在这时，却听汉娜突然说道：

“奇怪了，这里……这里怎么不是逍遥村所在的那座山，我不认识这里。”

对于大部分在城市里长大的人来说，任何的一座山都是大同小异的，无非就是小溪、山谷、大树而已，但是对于从小在山里长大的汉娜来说却并不是这样，她很小的时候就开始跟在爷爷的身边在山里打猎，长大以后也经常跟着父亲进山勘察，绵连十几里的大山内埋藏着她许多美好的童年回忆，不管是快乐的，还是悲伤的，因此她能够准确而又清楚地记得哪里是哪里。可此时出现在她眼前的这片森林却并不属于她记忆中曾经的任何片段，是一块完全陌生的地方。

“你不是说就算在地下走也能够知道地面上相对应的位置是哪里吗？”狐狸也觉得十分奇怪。

“是啊，周围方圆十几里的大山，我从小就和父亲还有爷爷都走遍了，所有地方都记得，但是却从来没有来到过这里。”

汉娜看着周围陌生的环境，试图从中找出一些记忆，但最后还是失败了。

“我不知道我们现在在哪里……这里我完全不认识。”

汉娜用迷茫的眼神看着狐狸说道。

“难道我们跑到隔壁的山上了？可这显然是不可能的，逍遥村虽然没有位于大山正中，之前进山的时候也没发现是靠在山边上，就算我和汉娜两个脚程再快，从进入工事后到现在，没走出超过二十里地，更何况从进入地下工事到这里，一路上还遇到了那么多奇怪的事情。就算没遇到，按照以前急行军的速度，也根本不可能走出大山范围。”

狐狸不禁皱起了眉头，开始思考起来：汉娜看上去并不像是在开玩笑，而且根据她的性格也不像是会在这种时候开玩笑的人，会不会是因为她爷爷和父亲从来没有带她来过这里才会这么说？狐狸知道很多大山里都隐藏着一块被当地人视为禁地的地方，在那种地方一般都有着一些十分恐怖的传说，而汉娜又这么年轻，结合之前所遇到的事情，他爸爸或者爷爷故意不带她来这里也是有可能的。

“会不会是你爷爷和父亲故意没有带你来过这里？”

“当然不会啰，我很小的时候就把这座山来来回回全跑遍了，哪里长着一些什么树，哪里有大石头都很清楚，但是眼前这些我从来没见过。”

狐狸知道现在过于拘泥研究这个并没有任何意义，他看了一下手表想估算一下时间，可这时才发现手表早就已经停了。没想到这军用手表也会有不灵的时候，不知道是不是之前和那些干尸作战时一不小心给磕坏了。不过想必那些游客找不到导游应该会去报警，到时候会有巡山的人来找他们，只是待在原地的话，就算救援队早上出发，按照他们的搜索速度，找到这里至少也需要两天时间。其实之前进山时狐狸就一直坐在旅游巴士上勘察地形，他参考的依据是太阳，所以对于逍遥村的方位变化了如指掌，不管环境如何改变太阳永远只有一个，只要根据太阳角度算出方向，应该就能找到回逍遥村的路，顺利的话半路上就能遇到救援队伍。

几秒钟后，两人戏剧性地交换了位置，变成狐狸带着汉娜向逍遥村方向赶去。又走了足足两个时辰，狐狸腹中开始有些打鼓，之前一路战斗，虽然在离开前吃了一些东西，可第二天的早饭午饭已经被落下两顿，而且一直处于运动状态，能量消耗过大，所以他打算先把五脏庙给先祭了再说。

两人行到一棵大树下，狐狸取过步枪，对汉娜说道："先休息一下，你等在这里，待会儿让你尝尝上海男人的手艺。"

说完对汉娜微微一笑，便提着枪去打猎了，汉娜则在那里捡起柴禾准备生火野炊，十几分钟后，汉娜已经将野炊东西准备完毕，可是却见到远远的狐狸正背着枪空手走了回来。

"唉，这山里也真奇怪，附近兜了一圈竟然连一只兔子和野鸡都没有看到，大概是你们打猎打得太猛，都被你们打光了。"狐狸垂头丧气地说道。

"这怎么可能呢，说猎人把野生动物给打完了纯粹就是瞎扯，爷爷的几个好朋友，都是山里世代打猎的老猎人，虽然他们平时靠打猎为生，但是有着自己的规矩，很多东西不是说想打就能打的，就算是野猪、山鸡这样的野味也不是所有的都能捕猎，作为合格的猎人，一般只捕猎保证一日三餐的量，最多将这些野味拿到集市上去换点生活必需用品，根本就不会去拿这些东西发财。如果你是在这森林里的猎人，把这里附近的生态破坏掉了，对自己有什么好处吗？”汉娜听到这话显得有些生气，反问狐狸道。

“我只是随便说说而已，何必生气嘛。再说了，我们走到现在，的确是一只小动物都没有见到，你不觉得奇怪吗？”

“这有什么好奇怪的，说不定附近的动物闻到你的气味都躲起来了，谁叫你跑那么快的。”

汉娜这话说得一点没错，狐狸以前当侦察兵执行侦察任务的时候，经常要一个人在敌后丛林里潜伏上很长时间，必须自己捕猎而且不能被敌人发现，因此以前他的捕猎水平并不比那些老猎人差，但或许是因为刚憋了许久从地下钻出来，再加上回村急切，心情没有那么镇定了，而且越是无人的原始森林，里面的动物越是有灵性，对于人的气味可是十分敏感，发觉稍有情况就溜走了。

“唉，算了，只能将就一下了，本来还打算来顿大餐呢，看来只能先吃点压缩饼干充充饥了。”

狐狸从袋子里掏出一块压缩饼干掰了一半给汉娜，“这可是特制的，别吃太快，否则在肚子里涨开来要被胀死的。”说完他便开吃起来，同时一边观察周围的环境。汉娜也有些饿感，但是却并不似平日里那么强烈，可能一直处于极度紧张状态下人不太容易饥饿吧，不过看到狐狸开吃起来，便也将饼干塞到了嘴里尝了一口，发觉是甜甜的巧克力味，味道特香，刚想大口往嘴里塞，想起他刚才的特别嘱咐，只能忍住慢慢品尝起来。两人就这样你看看我，我看看你，在那里闷声吃着饼干却不敢说话，因为都怕被噎，可此时狐狸的脑瓜却仍然没有停下：

“老子以前出去打猎哪有空手而归过的，还不信这个邪了，要不是担心她一个人在这里危险，我非逮着猎物才回来不可，现在在这丫头面前空手而归多没面子。”他还是不死心，看了看周围，发现前方不远处有一块平坦之地，而且地势相对较高，树林也不是十分茂密，万一周围有什么动静能很快察觉，是块相对安全的地方。他打算把汉娜留在那里，然后再去附近兜一圈，哪怕打只山耗子也好。一秒钟后，他想到了一个借口：

“汉娜，前面那块地看上去很安全，现在趁日头正旺，待会儿你先到那里休息一下，顺便晒掉点身上的晦气，我去前方看看情况，争取找一条最快的回村快捷路线，否则就算方向对了，万一跑到前面发现得绕路的话要浪费不少时间。”

“你又要一个人去啊？”

“恩，这样的话我们两个人至少可以有一个能够保存体力，以备不时之需嘛，否则我们一直这样消耗体力怎么行呢，我都要快撑不下去，别说是你了。”狐狸笑嘻嘻说道。

“又小看我了。你是你，我是我，别把你的情况套到我的身上来。”汉娜显然对他的这句话有些不开心，不过她却并没有听出来其实狐狸是在故意用这句话激她。怎么个激法，且听我慢慢道来。

狐狸知道她因为之前被自己骗过，一直记在心里，所以这次如果再编个什么谎言让她一个人留下，说不定又要好心办坏事儿。他知道这小丫头人是非常不错，可就是好胜心太强，所以要先挫挫她的锐气，然后再让她自己往套里钻，只有让她自己亲口说出留在这里，这事儿才算完美。其实说到底，狐狸这家伙的好胜心并不比汉娜差，甚至还要强那么一点点，要不是他是故事的主角，说不定我会更加偏向于让他留在原地。

“汉娜，你看我们两个人一路上经历了那么多，也遇到了那么多不可思议的事情，能够安全走到这里原因是什么？”他突然用很严肃的语气问汉娜。

“为什么？”汉娜觉得很奇怪，刚才看他还嘻嘻哈哈的怎么突然变得这么严肃了，不知道他葫芦里面到底卖的什么药。

“那是因为互相信任。我们两个人刚开始相处时就像那针尖对麦芒，从下旅游车开始就是，你盯着我我不服气你，到了乱葬岗一直到掉进那个死人洞后，还是互相怄气斗嘴，但后来却能够克服那么多困难，从一般人不可能走出来的地下一路来到了这里，为什么？就是因为我们互相信任，虽然之前我骗过你一次，但是那也是不得已而为之。不谈了，那都是过去的事情了，不管怎样我们已经离开了那个恶心的地下世界不是吗？按照之前我的预估，如果他们动用直升飞机的话，这里就是必经之路，前面那块坡地树少目标显眼，如果有人等在那里，直升机飞过就能发现，这样我们就得救了。我们兵分两路，你在那里等直升飞机，我去周围看看有没有快捷路线，现在是下午，争取天黑以前回到逍遥村……”

狐狸开始发动连珠炮似的口水战进攻着汉娜，其实他知道直升机根本就没办法飞到这里所以也不会有什么飞机救援，可毕竟汉娜的社会阅历没有他那么丰富，可怜的她被这场猛烈的口水攻势攻击得立刻败下阵来，经过一番思考后，回道：

“那好吧，我在前面山坡上，你早去早回。”

狐狸正等着这句话呢，趁她还没来得及回过神，留了句：

“好的，我很快回来，我们坡上见。”

话音未落，人便已经一溜烟儿跑得没了踪影。为了保证自身安全同时又为了不错过可能出现的搜救人员，汉娜找了坡上一棵枝叶并不怎么繁茂但看上去还算结实的大树快速爬了上去，环视了一圈后对于周围视线相当满意，当然此刻她也看到了狐狸，那家伙正向着远处一片丛林快速行去。狐狸前方的那片林子看上去长得要比周围的密，因此只能看到他跑进林子，但是林子里有些什么却看不见。

狐狸之前对这片茂密的树林里躲着小的野物还抱有一些希望，因此当他跑去的时候就已经开始在幻想几分钟后提着野兔山鸡在汉娜面前炫耀的场景。可到了树林后才发现自己太乐观了，这片树林虽然看上去茂密，但却只是覆盖了一小块区域，就好像一堵高墙般将后面的一片荒地给遮挡了起来。说它是荒地或许并不太贴切，因为在这片荒地中还存在着一些被覆盖在草丛下的残垣断壁，那些残垣断壁看上去至少已经有了上千年历史，时间犹如野草一般早已经将它们湮没在了历史的洪流之中，若不是他的闯入，或许再过上几百年甚至上千年，也不会有人发现这块地方。

整个遗迹看上去就像是一座巨大的绿色孤坟，正静静躺在一片绿色的怀抱之中，狐狸看到眼前的情景颇有些意外，不过他想既然有遗迹就说明有人曾经在这里生活过，只要有人存在的野外，就一定会有一种东西：老鼠。说到老鼠他是再熟悉不过的了，老鼠和人一样喜欢吃好吃的，山里的老鼠吃的又多是山珍，因此味道要远比山鸡野兔之类来得更加美味，扒皮去内脏放在火上一烤，那就是人间极鲜美的野味珍品，就算是五星级饭店也未必能够找到如此天物，以前在执行任务的时候他没少吃，而且就是怎么也吃不厌，因为一方水土养一方鼠，不同地方的老鼠烤出来的味道是各有特色的。当回味起那些被脍炙过的鼠肉时他口水都流了出来，不知不觉腹中传来一阵吼叫。

狐狸提着枪向最边上也是离他最近的那堵墙走了过去，这时一股潮气突然扑面而来，他立刻停下脚步仔细闻了一下，还好并不是阴气也不是霉气，只是越离遗迹近这股潮气也变得越来越重起来，他紧紧握住枪并且拉开了保险，随时准备迎接可能出现的情况。

向前慢慢行了十几米后来到墙边一看，墙后已经基本上被一人高的野草所覆盖，看样子这堵墙应该是一座屋子的外墙，同时前方不远处还有另外一座屋子的残垣断壁，整个遗迹看上去像是一个被荒废的村庄。

狐狸端着枪沿着断壁边的草丛一路翻找想看看是不是能够找到一些小动物活动的痕迹，可翻了半天也没有任何发现，潮气突然开始变得越来越重，让人感觉到胸闷，周围光线也渐渐暗了下来，他抬头一看，天空中乌云正渐渐聚集，预示着一场倾盆大雨即将来临。山里天气多变，从目前情况来推测这很有可能会是一场雷暴雨，而且规模不小，别说淋雨，单就森林里遇到打雷那也是危险非常的事情，他决定赶紧先找一间能够避雨的屋子，然后回去把汉娜叫过来在这里躲过这场雨再说。

狐狸向四周张望了一下，发现二三十米开外有一栋屋子看上去至少三分之二结构是好的，应该能够起到挡风遮雨的作用，不过还是必须先要确认一下是否结实，否则为了躲雨反而被压在下面那是非常郁闷的一件事情。看了看头上的云应该还有几分钟时间，他下意识加快了脚下的速度，一边赶过去一边顺道观察了周围的环境，发现去往屋子途中左手侧地上有一口约半人多高的井，虽然修建已久，但是仍然十分完好，静静杵在那里。

狐狸来到屋子边大致检查了一下，发现那里尚算牢固，应该能够承受住风雨雷电的考验，最关键的是里面有一块相对干燥的地方，躲在那里既能烤火又可以避免因为地面潮湿而带来的导电。天上的云已经聚集得更加紧了，查看完毕后他赶紧向汉娜所在的方向赶了过去，争取在大雨到来之前将她带到这里。

正在树上观察情况的汉娜看到狐狸突然冲出树林向自己

方向赶来，以为他遇到什么事情，便赶紧从树上跃下后向他跑去，两人再次会合后狐狸什么话也没说，拉着她就向林子里跑。

“发现什么情况了？怎么那么紧张？”汉娜一边跟着跑一边问。

“马上要下雷暴雨了，我在前面找到一块躲雨的地方，必须在下雨前赶到那里，否则就来不及了。”狐狸拉着她快速穿越树林。

“雷暴雨？可我刚才在树上没有看见有雨云啊？”

“相信我就是了，我们快点躲到前面的屋子里，等雨过了再说。”狐狸见她慢下脚步，返身拉上她继续快速往屋子跑去。

不料正当即将再次迈出林子的时候，只听得“啪”一声巨响，伴随着一阵强烈的冲击破，一个惊天动地的炸雷将前方不远处一棵大树硬生生劈成了两半，一半倒向他们的左侧，另一半向两人直直压了下来，那棵大树足有四五人环抱粗细，虽然已经被劈成两半但其中任何一半树干也都有两三人环抱粗细，被砸中的话就算医好了恐怕也仍然是扁的。狐狸心里暗自惊呼好险，亏得刚才汉娜速度慢下来自己去拉了一下，否则这雷定是要劈到自己天门了。

此刻被劈开的大树正来势汹汹直扑他面门而去，狐狸反应快，赶紧往边上一跃然后向另一棵大树方向跑去，可跑了没两步突然察觉汉娜没有跟来，回头一看发现她仍然站在原地，抬着头惊恐地看着压下来的大树，兴许是被刚才的炸雷给吓呆了。

倒下的树干因为分支极多，而且最细的枝节也有孩童手臂一般，因此降落时被周围几棵树的树枝所挡降低了一些速度，但那些树枝毕竟顶不住它那极重的分量，一阵劈里啪啦树枝被压断的声音后，树干快速向汉娜压去。

千钧一发之际，狐狸再次出现在她面前，此时带着她跑已经来不及了，看到头上那些树枝他急中生智立刻把汉娜连拖带拽拉到了一棵也是有两人环抱粗细左右的大树脚下，然后快速把她压蹲下，自己则弓起身子团成一团紧紧抱住了她。

“轰隆”一声惊天动地的巨响使得整个大地发出了一阵颤抖，头顶的树枝被震落下许多残叶和断枝掉落在两人的身上，直到过了好长时间周围才恢复平静。

差不多被树叶残枝覆盖住的狐狸慢慢直起身子，摇了摇头抖落掉在头上的杂物后低头看了看汉娜，还好她毫发无损，只是此刻正用惊恐的眼神看着自己，看来是吓得不轻。

狐狸笑了笑，站起来拍了拍身上的杂物，伸手将汉娜轻轻拉了起来。汉娜回过神来，看着周围的一切有些不敢相信自己的眼睛，她看着狐狸一句话也没有说，却是轻轻拉起了他的右手。狐狸起先并没有留意，被她这么一拉才突然感觉手臂上火辣辣的，低头一看，原来是自己右手手臂上正在汩汩向外冒着鲜血，肯定是刚才大树粗壮的树枝被折断后形成的尖口给划开的，伤口虽然算不得很深，但是已经能够看到里面白花花的肉。

入画

汉娜赶紧从自己衣服上扯下一块布帮他包扎起来，狐狸没有说话，只是微笑着一边看着她帮自己处理伤口一边观察着周围的一切。此时遗迹上方的天空中仍不时传来阵阵雷声，十几秒钟后前方地面传来了暴雨打在地上所发出的劈里啪啦声响，不过奇怪的是雨却并未出现在他们两人头上，只是在整个遗迹上空倾泻着。汉娜包扎完毕后默默看着狐狸，狐狸也默默看着她，直到又一声惊雷出现，才将两人拉回了现实中。

“看来这雨还真奇怪，这里一点都淋不到。”汉娜看着狐狸的眼睛说道。

“我看现在已经不需要去屋子避雨了，刚才还好你跑得慢，否则我们就被雷到了。”

狐狸自己也笑了起来，两人又不约而同向前方望去，只见那棵大树被劈得已经只剩下了一个烧焦的树根，遗迹上方天空乌云密布，遗迹范围之外的天空却是一片晴朗。看到这里狐狸不禁啧啧称奇，天下竟然会有如此奇观，虽然在城市里也会偶尔遇到过一条马路东段下雨西段阳光的景色，但是仅仅正对一小块范围内的降雨打雷而且并不移动却是从未见过，不过惊奇过后他却是多了一些思考：为什么这里会出现这样的景观？眼前所发生的事情会不会和村子变得如此破败有关？又或者，这个遗迹有可能不仅仅只是一个简单的遗迹，而是一次历史事件的见证。狐狸抬起头望着头上透过树叶洒落下来的斑驳日光，因为他突然想起了一个曾经听到过的和这奇怪现象有关的传说。此刻时间仿佛又回到了数年前的那个夜晚……

小时候每天晚上父亲总会告诉他一个传说，都是一些曾经发生在这个世界上却罕有人知的故事，这天他所要讲的，是一个传说中遭受天谴的天谴村的故事。

天谴村原本并不叫天谴村，但是个非常神秘的村子，因为它有着非常非常古老的历史，传说一直可以追溯到上古时代，黄帝和蚩尤打仗时因为蚩尤吃了败仗灵魂被锁进指南车，他的手下四散逃亡，其中的一支一直从平原逃进大山最后在那里定居下来，天谴村的村民就是他们的后代。村子里的人由于历史问题除了偶尔会派出一两个人离开村子去外面进行一些生活必需品的交易外，基本上不和外界有任何接触，没有人知道村子的具体位置，因此很多人并不相信村子的存在。

当时有个贩私盐的贩子无意中从他们那里换到了一块极其珍贵稀有的黄晶玉，黄晶玉又名黄金玉，是黄金脉矿和玉石脉矿因为受到某些特殊影响，两种分子慢慢融合后产生出来的一种特殊物质，它具有黄金的颜色和玉一般的剔透，是举世罕见的宝物，后来那个盐贩子意外靠这块黄晶玉发了家，成了当地一个土皇帝，有了权势后盐贩子开始打起村子的主意，先后派人跟踪了好几次最后终于找到了村子的具体下落。后来有一天他带了许多人进山打算逼村民交出更多的黄晶玉，因为他相信很有可能附近有一个黄晶玉矿，可村民根本就不知道矿在哪里，唯一的那块黄晶玉也是很久以前祖上传下来的，当时不知道怎么阴差阳错换给了他。小贩对于村民的话自然非常不满意，胡乱杀了几个人之后让他们去找黄金玉矿，并且说好几个月后会再来，如果到时候交不出东西就要屠村。贩子离开后的一天晚上村长受到先人托梦，让他们完成两件事情：第一件是在村子里找个隐蔽的地方挖一个地下工事，等那天到来的时候让他们躲进去；第二件事是将村子的多余屋子全部拆光后摆成一个特殊的布局，老天爷到时候看到这个信号会出现保护他们并且惩罚所有入侵者。于是村民们开始按照先人的嘱托修改了村子的造型，同时挖了一个用来藏身的地下工事，躲进去后便忐忑不安地等待着那一天的来临。当盐贩子带着大队人马按照说好的时间来到村子后满村子搜了一遍没有见到一个村民，当即恼羞成怒，正打算放火烧村时突然乌云密布狂风大作，短短十几秒后天就完全黑了下来。盐贩子只当是要下大雨，却不料一个闪电下来第一个将他给劈成了焦炭，手下见到这番情景，有的立刻躲进屋里避雨有的打算转身逃跑，但此等禽兽天理岂能容之，短短几分钟内所有歹人都被老天爷收了去。雨后村民们从地下工事里回到村子，发现整个村子都已经被夷为平地，地上只剩下那些歹人已经变成焦炭的残骸，而且村民还发现村子范围之外根本就没有雷暴雨迹象。为了感谢先人的启示和老天爷的庇佑，他们把村子又重新恢复成了先人梦中所述的样子，也希望借此能够让先人一直保佑他们不再受到外来侵袭。后来这个村子又先后经历过几次这样的事情，所有歹徒都被老天爷通过这种方法给收拾了，再后来那个村子就突然神秘消失了，这个故事是他父亲在一个一千多年前的古迹里亲眼看到的记载。

只要是没找到的就都能被归类为传说，而且当时狐狸父亲告诉他这个故事的目的并非是要他去寻找这个天谴村，只是想告诉他不要太贪不义之财否则必遭天谴。狐狸长大后曾经好奇地问过父亲，父亲说是上次去西南大山探险时在遗迹里看到过一次记载，后来再也没有发现任何文字或者口传记录，对于天谴村存在的真实性不能确定，再说本来就很少有人知道村子存在，更不知道村子的名字叫什么，狐狸父亲就干脆用天谴村去命名了，只不过天谴的并不是村民，而是进村的歹徒。

“难不成眼前这个就是传说中的天谴村？被自己怀疑了十几年的传说现在反而被自己误打误撞遇到了？如果这里真的就是天谴村，那么说明世界上可能真的存在黄晶玉，可是村子为什么会突然消失，此时又在这里出现呢？”

他觉得村子消失的原因很有可能和刚才自己所见到的奇怪现象有关，既然被自己撞见了，稍微花个几分钟研究一下，说不定能够解开困扰父亲和自己十几年的谜团。

狐狸仔细观察着周围的一切，并且琢磨着奇怪现象所产生的可能原因，因为他很清楚虽然中国古代的许多传说故事听上去都很玄，但是并不代表故事没有真实性可言，而且其中说不定还隐藏着许多历史的真相。就好比眼前这个天谴村的奇怪雷电现象，雷电的产生是因为正负电荷的互相作用，这种正负电荷大量存在于空气中，而某些特殊的地形环境会导致某一块区域的气压变得很低，如果这块特殊的地形地下也存在着和天空相对应的正负电荷，那么便会和云层内的产生作用，从而导致奇怪雷电的发生，所以村子的地下一定存在着什么东西，这也是村子受到天谴的真正原因。

可即便是揭开了天谴的原因，但还有两个疑问没有解开：村子下面到底有什么，村子又为什么会变成如今的破败模样？对于未知世界的探索让狐狸充满了动力，此时回村的事情已经被他暂时束之高阁，取而代之的是想着怎么揭开这个村子的神秘面纱。一边的汉娜并不知道他在想什么，不过一路行来已经对眼前这个神秘却又厉害的男人渐渐有了一种信任感，因此也并没有问太多。

雷暴雨来得快去得也快，不多时劈里啪啦的雨点声轻了下来，乌云也渐渐散开，一缕阳光劈开云层洒落到整个村子的上方，两人眼前出现了一道美丽的彩虹。

狐狸借机绕着村子大致检查了一番，可当看完整个村子布局后却是突然被震惊了：

“这村子，这村子竟然和妇人画中记录的一模一样……”

没错，整个天谴村之内的所有屋子数量总共也是七间，而且布局和画中一模一样，为北斗七星排列丝毫不差，这也是逍遥村原先的布局，想来冥冥中自有安排，自己是注定和天谴村有着一些解不清的渊源了，只是等待着自己的不知道到底是福还是祸。

“看来逍遥村只是一个翻版，这里才是真正的出处，从画中所描绘的情况来看，很有可能记录的就是这个村子以前所发生的事情。”

看到这里他基本上已经能够断定作画之人曾经来过这里，而后来又有人在画上加了一笔，单就这一情况来看，至少有两个人知道天谴村的所在，父亲所见到的古迹中记录是真实的。此刻想到那座被特别加上去的小山，以及画中小人出现的那个特殊眼神和手势，狐狸又再次激动起来：“没想到误打误撞找到了真正画中的村子，这下应该能够揭开隐藏在画里的真正谜底了。”

为了避免被汉娜看出此行的真正目的，他尽量按捺住心中的激动，找到了小人在画中所在的那间屋子位置，那间屋子位于北斗七星勺柄和勺斗正中，眼下只剩下了几堵破墙留在那里，不过在墙边上有棵两米高的小树，狐狸赶紧爬上树并沿着画中小人所指方向望去，可令他大失所望的是从这个角度看去正好有几棵郁郁葱葱的大树挡住了视线，也无法从树叶缝隙中观察到任何线索。看到这里他只得失望地深深叹了一口气，这一切都被汉娜看在眼里，她并不知道狐狸为何叹气，只当是因为没有找到出路。

“能找到路吗？”汉娜站在树下抬着头问道。

“前面被大树挡住了，什么也看不见。”说完狐狸打算从树上往下跳。

“你小心点儿，那么高还是别跳了，爬下来吧。”

“没事儿。”狐狸还不死心打算最后再看一眼那个方向，可一瞟眼，大树边上一块黑压压的东西突然映入了他的眼帘，定睛一看，那些东西就好像流动的水一样正在向他们的方向移动，而且速度移动之快有些匪夷所思。狐狸怕自己看错，重新整了整精神再一看，没错，的确是黑压压的一片东西，一转眼的工夫就逼近到了村子边上。狐狸刚想让汉娜小心点，可就这么一转头的工夫，那些东西却突然不见了。

“看到什么了？”汉娜发现了他的表情。

“一大片黑压压的，什么东西倒是没看清，跑到村子边上就消失了。”

“会不会是什么鸟的影子，被你看错了。”汉娜说的没错，森林里经常会有一些身形巨大的鸟类在空中飞翔，在太阳照耀下它们的影子会变得非常巨大，粗看就像是一大块黑压压的影子。

“哪有长成圆形的鸟，天上的情况我也看着呢。”狐狸跳下树来到汉娜面前，拍拍衣服上的泥土后从汉娜手里接过刚才让她保管的步枪。

“反正还是小心为妙……”话音未落，突然从身边草丛里传来一阵阵“咔拉咔拉”的声音，狐狸知道这声音来得蹊跷，说不定就和刚才看到的那黑压压的东西有关，打算赶紧招呼汉娜撤退到林子另一边，可没想到此时“咔拉咔拉”的声音已经开始从四面八方将两人团团包围在内。

突然，有许多黑色的东西从草丛里钻出后向他们冲了过去，只听得“砰”一声枪响，狐狸已经扣动了扳机，一团绿色的浆体在他前方几米处散开后洒落到地上，那是冲在最前面的一只被打烂的巨型甲虫，看上去约有巴掌大小，长着螳螂一般的前臂和蟋蟀一样的大腿，通体漆黑，刚才打算趁两人不备跳起发动突然袭击，看它们的前臂，如果被夹住的话至少是要伤掉好大一块皮肉。汉娜见狐狸开枪也跟着“砰砰”开了两枪，那些甲虫兴许是震慑于枪的威力或者是巨大的声响，都一时停止了攻势全部又躲回了草丛里，狐狸抓紧时机赶紧拉起汉娜往前方跑去，只是四处草丛里已经都是这种东西，陷入团团包围之中根本找不到任何出路，而此时对方只是暂时撤退，相信过不久就又会再次集结起来向他们发起进攻。果然，十几秒钟后周围再次响起“咔拉咔拉”的声音，而且越来越响，此时更多的甲虫开始向村子赶来并且源源不断地向他们逼近，两人身边的空地已经越来越小。

如果无法尽快找到出口就要成为这些甲虫的腹中之物，狐狸可不想落得这么个死法，他眼睛往周围扫了一圈，看到了进村子时发现的那口井，此刻父亲的传说再次出现在他脑海中，看来只能搏一回了。他拉着汉娜用最快的速度跑到井边一看发现这是一口枯井，好在并不深，于是赶紧对井下开了一枪，借着子弹出膛时的亮光果然发现里面隐藏着什么。

“不管能不能进去，就算是个死洞口也认了。”他一边琢磨着一边对汉娜说道：

“井的下面有一个洞口，这是我们唯一的希望。”

向汉娜使了个眼神后赶紧从身上掏出之前在地下城池那里做的剩下的几个土制炸弹，引燃后开始向周围的那些甲虫扔了过去。伴随着“轰轰”几声巨响，或许是因为刚下过大雨的缘故，淤泥削弱了炸弹的威力，那些甲虫并没有被炸死多少，更多的只是被裹入了泥土之中，还有一些则被震塌的建筑给压在下面。趁着周围一片混乱狐狸赶紧跳下了井，然后将汉娜接了下去，一入井只闻到一股潮霉气扑面而来，不过两人也顾不得那么多了，逃命要紧，狐狸帮着把汉娜推上井口边一个隐蔽的洞口后自己也跟着钻了进去，两人拼命向洞口深处爬去。

被炸晕的那些甲虫再次集结后卷土重来，黑压压一大片开始向井里发动着冲锋，井底到洞口那一人多高的空间在成千上万前仆后继的甲虫源源不断地涌入后立刻就被填满了，后面的甲虫进入后便能直接沿着两人逃走的路线追去。就爬行速度来说人类是远远不能和甲虫比的，更何况这东西还能蹦跳，原本他们身后和甲虫拉开的十几米距离没过几秒钟就已经被赶了上来。

狐狸听到身后声音越来越近，也顾不得礼节不礼节，伸出手推着汉娜的屁股希望她快点往前走，好在此时周围渐渐开阔起来而且前方还出现了一道石门，石门看上去厚重无比，应该完全能够阻挡住它们。两人起身后用尽最快的速度跑进石门，一起用力推动石门将甲虫给堵在了外面。

门后传来阵阵“咔拉咔拉”的声音，想必是那些甲虫正在拼命撕咬和挣扎着想进入，不过石门十分结实，渐渐地门口动静小了许多。两个人你看看我我看看你，不禁觉得非常有趣，因为好不容易逃出地下，还没沐浴到多久的阳光此刻却又被逼到了地下，不禁感慨世事弄人，看来只得继续在这里做一个“地下工作者”了。狐狸拍了拍身上的灰尘打算寻找一条出路，不过这时候却突然注意到汉娜正生气地看着他，眼神也有些不对劲，便赶紧问她：

“怎么了，干嘛又虎着个脸？”

“你刚才做过什么好事了？”

“我？刚才……”狐狸突然想起刚才因为过于慌乱，推了她几下屁股。

“哦，原来是那个啊，刚才情况紧急嘛。”

“哼，紧急也不能这样子啊。”

“好了，知足吧，你就被手摸了两下，看看我。”

狐狸一边说一边转过身，汉娜用手电筒对他屁股上一照，原来他屁股后面已经被甲虫那螳螂般的前臂划了几道，裤子都划破了，正露着一点腚呢。

“哈哈！”看到这里她大笑了起来。

“别幸灾乐祸了，现在知道是怎么回事了吧，我要是不推你，我屁股就没了。”狐狸摸了摸屁股道。

“真服了你，好吧，这回原谅你了，回去帮你缝一下。”

“别，我怕受凉，就这里缝吧。”说完他从包里取出缝线和钩针，这是本打算用来缝伤口的，他带了不少缝线，没想到这时候却派上用场了。

“就这里？这怎么缝啊？”汉娜有些为难。

“你不好意思我还不好意思呢，可没说就在这里脱下裤子让你缝哦。”

狐狸接过手电向周围扫了一下，发现周围就像是一个防空洞，生活用品应有尽有，什么锅碗瓢盆桌椅床橱，只不过都已经烂了，这里应该就是天谴村村民挖的那个用来躲藏盐贩和他手下的地下工事。他一边检视房间内的物品，一边寻找着是不是有什么其他出路，因为入口已经被甲虫封锁，石门又是完全封闭，如果这里曾经有人住过，单有一条通道显然无法达到通风要求，所以一定还有其他通道，可能的话还不止一条。这时他看到房间尽头一个角落里有一扇小门，门后应该还有其他空间，决定先到门后去转转。

走入门后一看，这里是一间一间隔开来的起居室，里面生活设施也是一应俱全，从这规模中完全能够体会到当年天谴村的村民建造这个地下工事时花了何等的心血，整个空间好像是飞机机舱坐席一般被分成左中右三部分，中间是两条走道分割，走道一直通往黑暗深处。他仔细检查一番确认没有危险后，这才将汉娜叫到门前，然后脱下裤子伸手递了过去：

“麻烦就这么将就着吧，我先附近看看，缝好叫我。”

汉娜笑着接过裤子后开始帮他缝起来，狐狸则在另一边兜看着周围。说实话，那背着步枪穿着短裤的样子看上去的确有些好笑，如果有面镜子说不定他看了自己也会笑出来的。

不一会儿门外传来了汉娜的叫声：“裤子缝好了，拿去吧。”

他听到后赶紧跑到门口接过裤子穿上打开了门：“好了，进来吧。”

汉娜看着他笑了笑，然后跟着他继续向前探去。起居室的尽头还有另一扇门，比刚才他们进来的那扇大了许多。狐狸刚才查看的时候就发现了，但是因为裤子还在汉娜那里，万一发现什么情况穿着裤衩到处跑并不雅观，所以没去开门。这会儿两个人一起推开门后出现在他们面前的却是一幅特殊的场景：门后的角落里躺着好几具骷髅，这些骷髅在地下存在时间已久，已经变成了深色，上面覆满了灰尘，而且一半陷入地里，粗看好像是化石一般。这些骷髅躺在地上并非寻常死者一般四肢垂地，全部都是左手放在胸前，右手弯曲伸过头顶，左脚伸直右脚略微弯曲放在左脚上方，看上去十分诡异。看到这里狐狸不禁“咦”了一声。

“怎么会这样的？”

“这姿势怎么，有什么特别吗？”

“一般人在这种地方死去，要么坐着要么躺着，绝对不会刻意摆出这种样子，这姿势是仿照古代北斗神捉鬼的姿势而来，是用来辟邪和对抗一些不好的东西，可能他们死前遇到了什么情况，所以才会做出这种古怪的姿势。”

此刻狐狸突然想起了那幅画中的隐形妖孽，如果这里就是画中村子的原型，那么眼前的骷髅以这样怪异的方式出现便是很好理解了，因为有妖孽的存在。想到这里他不禁脊背一凉，难不成自己已经踏进了画中那个曾经出现过妖孽的地方？虽然并没有百分百把握画上的村子就是天谴村，但是太多并非偶然性的巧合却让他不得不去相信，倘若即便有半分的可能，那么接下来的这段路程恐怕也是没有那么太平的。

天谴者，天怒天毁也，这个世界上的许多事情单纯按照事情表面去思考是肯定无法寻找出答案的，如果不断进行联系和推敲，说不定能够从另外一个角度解开它的秘密。联想起之前自己想到的天谴原因，狐狸脑筋一转，这个妖孽会不会和天谴有着什么联系呢？

“又在想什么了？怎么老是一个人偷偷闷想，别忘了我们可是说好一起合作的。”汉娜的话将陷入沉思的狐狸拉回了现实之中。

“我在想他们为什么会在死后摆出这么奇怪的姿势，是他们自己摆的还是别人帮他们摆的？”

“依我看应该是别人帮他们摆的，你看……”汉娜一边说着一边按照这个姿势比划起来，只不过她的手根本就无法做到和骷髅一样弯曲的程度。

“这里手根本就拉不过去，所以肯定是别人帮他们摆的。”

狐狸看了她的这个动作不禁哈哈大笑起来，“真有你的，我现在终于知道了……”

“知道什么？”汉娜十分不解。

“你很适合当喜剧演员，哈哈哈哈……”

狐狸被她那可爱的举动逗得捧着肚子开始大笑起来，可是汉娜却是有些莫名奇妙。

“你的笑点真低。”汉娜白了他一眼。

“好了好了，我们还是先找离开这里的路，不闹了不闹了。”狐狸一边笑着一边向前走去，不过此刻心里已经更加多了几分防备之心。

前方是一个高约三米的大空间，根据位置推算应该是位于天谴村正下方，虽然刚才地上下了一场大雨，可是这里给人的感觉却并不潮湿，而且他发现手电筒灯光里也并没有看见什么灰尘。

天谴村的故事流传到现在至少已经有一千多年的历史，在当时如果要在地下建造这样一个空间，从工程难度上来说是根本就不可想象的，不是亲眼所见狐狸绝对不会相信古人竟然会有如此大的能耐，更何况这里各种各样的设施一应俱全，村民们能够在这么早以前就完成如此规模的地下建筑，看来天谴村的秘密比想象中的还要多得多，此刻他又不禁开始对他们的历史慢慢感兴趣了。

可这个念头仅仅是在脑海中闪了一下却又被打消了，因为当他走到墙边检查一堆堆在地上的瓦罐时，无意中发现了一些情况：瓦罐边上是墙角，由两面土墙构成，可这里的土墙和先前房间里的墙表现出了些许不同，刚才的是泥土抹光而成，而眼前的这面墙因为某些原因导致墙上的泥土部分剥落，在手电筒光照下那些剥落的泥土后隐约透出一股淡淡的光芒。狐狸看到后赶紧走上去取出探路钉将泥洞捣大，发现这里墙上的泥土都是后来抹上去的，在被捣开的地方泛出淡淡的金黄色，看到这情况他赶紧换了另外的地方做了尝试，果然，整个空间内好几处被捣开的泥土后面都泛出了淡淡的金黄色。直到此时他才明白过来，原来天谴村的地下竟然隐藏着一个如此惊天的大秘密，之前一直认为这里都是天谴村村民建造而成的想法不成立，或者说不完全正确，因为这里根本就不是一个从泥地里面挖出来的地下工事，结合刚才里面没有灰尘以及上面下雨下面不湿的情况可以断定，这里一定是一个由一整块黄晶玉构成的空间，这块巨型黄晶玉呈中空状，因为空间巨大因此能够容得下所有村民，同时狐狸还发现黄晶玉的内部边缘好似被人为打磨过了一般十分光洁。能够出现一块较大的黄晶玉就已经足够让人惊讶，眼前这黄晶玉不但大到能够让那么多人居住在里面，而且内部经过了如此细致的加工，这不得不让他产生更多的疑问。

此时他突然想起一件重要的事情，赶紧再次回到刚才检查过的那个起居室，随便挑了一张靠墙的床后站在床上取出探路钉。因为这里是地下室冬暖夏凉，土质并不干燥，因此探路钉插进墙后一路长驱直入，直到他的手指触碰到墙面，据推测这里应该就是单纯的土墙，后面并没有其他东西。

“看来黄晶玉应该就是导致村子受到天谴的罪魁祸首，隔壁那个空间外围墙壁后面都是黄晶玉规模巨大，可它又是怎么被精雕细琢后埋到地下的呢？又是谁雕琢的呢？看这规模似乎并不像是村子里这几十号人能够在短时间内完成的，多数是村民在挖地下工事的时候找到的，这黄晶玉和妇人的画还有画中描述的那个隐形妖孽有关系吗？”

看到这里，狐狸的脑海中打出了一连串巨大的问号。

“发现什么了是吗？”汉娜看他举动有些奇怪便走了过来，狐狸听到脚步声，赶紧将探路钉塞到口袋里然后盯着土墙一边看一边说道：“后面那个空间有些奇怪，那里并不是泥土墙，泥土都是后来封上去的，可这里都是天然泥土，搞不懂到底是怎么回事。”

狐狸一边思考着一边嘟囔道，琢磨了一会儿后他转身又钻回了那大空间研究起来，汉娜看到他认真钻研的样子不禁暗暗点头，此时的狐狸多么像正全身心投入工作的父亲啊，父亲每次搞研究的时候也会这样全身心投入。

“不知道父亲现在到底在什么地方，还好吗？”

想起下落不明的父亲，汉娜不禁心里一阵难过。

狐狸返回大空间后一直在研究着，总觉得这个空间很不寻常，而且不是一般的不寻常，背后似乎隐藏着什么天大的玄机，他感觉只要找到这个玄机就能够揭开一切谜团，不过当务之急是要先找到那条曾经帮助居住在这里的村民输送空气的通道，古时候并没有什么排风设施，如此规模的地下空间通风口一定很大，足以容得下一个人进出。

“入口在井那边，从井口到这里没有特殊工具空气无法传送，所以这里一定不会是封闭的空间，我们必须先找到那个通风口，或许那就是我们的逃生之路。”

蝠怪

“这里那么大，我们两个人分头找吧，每人一边。”

“也好，我左边你右边，以手电筒为信号，不过……”狐狸看了一眼前方茫茫黑暗，“这里虽然看上去十分平静，安全起见还是谨慎点好，一有情况立刻开枪。”

汉娜点了点头，两人分开各自进行地毯式搜查，那些在地上的所有东西，即便是一个破碗也都被拿起来翻了个遍。有的读者会问，他们为什么不用蜡烛来寻找风口呢？那是因为用蜡烛寻找风口和出路只能用于较小的封闭空间或者是通风顺畅的环境，这种如此规模的大空间，就算给他十根大蜡烛，也恐怕连一半都还没查完就全部点完了，所以必须靠自己观察。

十几分钟后两人已经将这里的周围搜了一圈，汇合到了空间的最深处，现在就只剩下了一个地方——整个空间最中间放着的一张石头祭台。石头祭台上面有一些香炉和盆子之类的容器，应该是供祭祀之用的。整个祭台看上去犹如一个巨大的箱子，想必是由一整块岩石雕刻而成，在祭台的周围还雕刻着飞禽走兽和花草树木。

两个人你看看我我看看你，因为就单从祭台的规模和体积来看，十个狐狸也未必能够推得动，更何况现在就他们两个，不过这张大祭台的出现却是更增加了狐狸的信心，因为没有第二个出口这个大祭台是没办法被搬到这里来的。而且这祭台不可能平白无故放在当中，或许有什么蹊跷在里面，他揣摩着是不是自己操之过急，遗漏了什么细节。

狐狸弯下腰把手电筒放到地上后将脸贴凑到了祭台最下方一看，原来祭台并不是直接贴在地上，四个角有轻微的弧度，下面露出了一条大约一个硬币厚度很狭窄的缝隙，从这条缝中能够隐约感到里面传来阵阵微风。发现这一情况后他赶紧取出蜡烛点燃放到缝隙边缘一试，果然，整个祭台下方各个方向都能送出阵阵微风，看来下面必定是通风口无疑，但怎么才能移开这么重的祭台呢?

他站起来后拿着手电筒绕着祭台转了两圈，一边转一边思考着，直觉告诉他这祭台只可智取不可强攻。狐狸伸出手轻轻抚摸着雕刻在祭台周围的一圈图案，感觉着上面是否存在能够被推动的可能，但很可惜所有的图案都仅仅是雕刻，其中并没有隐藏任何的机关。

汉娜在一边看着狐狸的举动一边帮忙检查着，突然她的手无意中碰到了香炉，本以为会将香炉给碰倒，可伸手一扶却发现香炉好像是牢牢粘在了祭台上。

“会不会和祭台上面的香炉有关？”

狐狸被这么一提醒，立刻将注意力转到了祭台上，经过观察果然发现桌子上的香炉数量有些古怪，眼前总共有五个香炉，这个数字显然是多得有些不寻常，因为祭台一般只会放上三个用以供奉三公。这些烛台上面都积着一层灰，香炉里的泥土好像是刚放进去一般还很湿润，不过并不是所有香炉内都有香土，而且每个里面的香土还都不一样，有的几乎被填满，有的放了一半，还有的根本没放。

狐狸打算拿到眼前研究一下，但是伸手去取时却发现它们都好像是生在祭台上一样，根本取不下来，而且提起后会从祭台内部传来轻微的“咚”声，他双手捧住另外的香炉又轻轻提了一下，从祭台里面再次传出“咚”声，只不过这次发出的声音比刚才的要高出一点。

看来这是几只有问题的香炉，而且祭台里面一定有什么玄妙之处，联想起那些雕刻，很可能藏着什么提示，于是赶紧蹲下来仔细研究了一下，看了好长一段时间，终于从这些精美的图案中发现了一些蛛丝马迹，原来祭台上雕刻的内容，正是一年四季里人们生息劳作时的不同情景，而每一个季节中又都体现着村民们不同的情趣和状态：春天，村民们在田里播种劳作；夏天，村民们在知了的叫声中消暑；秋天，村子大丰收，村民们把那些粮食都囤积起来；冬天，大雪覆盖了整个村子，万物俱休。只不过这四季却并非是按照春夏秋冬的正常顺序雕刻的，而是按照夏冬秋春的顺序显示。

“这里只有四季，上面却有五个香炉……”

站在一边的汉娜仿佛也发现了这个端倪，聪明的她知道了狐狸的意图，只是她并不知道这其中的玄妙之处。狐狸听到了她说的这句话却没有作声，而是继续仔细检查其中的细节，因为他心里非常清楚四季和五行的关系。

在中国古代传统文化中，存在着一种能够联系世间万物的理论：五行。五行是使用金木水火土这五种存在于大自然的物质来揭示各种事物不同属性的理论。五行并非单纯指金木水火土五种具体物质，而是将万物的五种抽象属性具体化，并且利用这五种物质间的相生相克来揭示抽象属性之间的关系。五行起源自中国古人数千年来对于大自然的直观观测和论证，它们在中国历史文明长河中占据了重要的地位，也是典型的用物质客观存在去说明抽象事物的最好例证，在这个世界上有许多抽象的东西无法用西方物质科学研究和考证，但可以用五行去解释和探索，例如东南西北中这五个方位所产生的不同能量对于同一个人在不同时间的影响，又或者事物之间相克相生的根源等等诸如此类的虽然抽象但确实存在的现象。

中国古人根据五行研究派生出了许多门派用以造福人类，例如中医的五行经络研究，古代的五行风水相宅，还有古代的音乐韵律，也即中国最早的宫商角徵羽五音，由于它们都源自五行，因此其内容也是能够相通的，例如利用姓名第一个字作为风水相宅根本的五音相宅法。

狐狸是研究五行八卦的，看完整个四幅图后便已经联想到了它们和五个香炉间的关系，眼前所出现的很有可能是一个利用春夏秋冬和五音关系进行解密的机关，这两者表面上看并无直接关系，实则都有一个共通的地方，那就是五行，而从香炉内放着不同泥土数量能够发出不同声音来看，基本上可以判断这是一个用声音排列来破解的机关。如今要做的，只需解开这春夏秋冬四幅图即可。

“金木水火土五行你有没有听说过？”

狐狸问站在边上的汉娜。

“春天所有植物开始发芽大地回春，代表着郁郁葱葱的向上生长，为木；而夏天炎炎烈日当空，犹如炙烤一般，代表火；秋天则是五谷丰登，庄稼呈现一片金黄色，同时也是收割时节，收割需要镰刀，所以秋天代表金；至于冬天，寒冷异常，冰天雪地，所以五行中为水。”

“可是这里只有春夏秋冬四季，你刚才也只说了木火金水四个，那么还有一行在哪里？”

“还有一行就是土，土在五行中是最中间的位置，我们说的中土就是这么来的，土最重要是四向之本，不过呢却也是最调皮的，经常会偷偷躲起来，它的确也隐藏在四季里面，不过没有学过五行的人是永远也找不到的。”狐狸有些骄傲，笑着对汉娜说道。

“快明盘吧，别玩神秘了，也不看看都什么时候了，要是再找不到出口错过救援队怎么办？”汉娜显得有些生气。

“好吧，一年共有四个季节，每个季节三个月，土隐藏在每个季节的最后一个月，也就是三月、六月、九月和十二月。五行能够代表世间所有一切的属性，不单单是四季，还有人身上的心肝脾肺肾以及十二生肖属相，同时也代表着中国古代的五个音符宫商角徵羽，你看祭台上的五个香炉，虽然看上去是香炉，可我倒觉得它们应该并不是用来插香的，而是用来……”

狐狸从地上捡起一块破碎的瓦罐，对着香炉的边上轻轻敲了一下，只听得“叮”一声，虽然并不清脆但是尚还入耳的声音传了出来。

“噢，你的意思是用这个来弹奏？”

狐狸没有回答，继续用瓦罐碎片敲击着剩下的四个香炉，果然每个香炉发出来的声音都完全不同，汉娜不禁被他的这种能力所折服，同时也折服于狐狸的细心以及渊博的知识。

“我这个人不怕机关，就怕没机关。”

狐狸乐呵呵笑着，用开玩笑的语气说道，对于他来说这个祭台的确算不得什么机关，在他眼里看上去倒是更像一把特大号的锁，找到钥匙开锁就是轻而易举的事情，不存在任何危险。刚才试听的时候他已经牢牢记住了五只香炉的音调，便开始按照夏冬秋春和五音相对应的声调敲了其中四个，最后一个不用说，自然就是和五行中土相对应的那个声调“角”。

敲击完毕后只听得祭台内传来一阵声响，仿佛是什么东西被拉了起来，紧接着“咔嗒”一声，整个石头大祭台突然一分为二分成左右两半裂了开来，出现在祭台下方的是一条两人宽的通道。整条通道用石头修建而成，一直延伸到远处的黑暗之中，阵阵微风正从通道另一侧传来，隐约能够听到时断时续的潺潺水声。狐狸看了看汉娜，说道："又要走地下通道了，这次女士优先吧。"

汉娜显然对他此时的幽默有些不满，白了他一眼后打着手电筒走进了通道。不过狐狸心里很清楚，先走的在下后走的在上，这样更加有利于及时发现周围情况，因为这里不同刚才那个大空间，井口后的地方是条死路，可这条路通往其他出口，很难说会不会有什么不该出现的东西突然钻出来，如果有的话居高临下更加利于做出准确的判断。

眼前这段黑暗对于这两个已经经历数次大风大浪的年轻人来说算不得什么，反而是之前在地下待了太长时间，此时再次回到地下好像有一种莫名的亲切感。两人一前一后在通道内走了一段路程后，走在后面的狐狸开始感觉通道周围环境并不似普通地下环境，警觉的他快步走到了汉娜前面。

"喂，不是说女士优先嘛？怎么又抢道了？"

汉娜见狐狸突然窜到了自己的前面，不知道他葫芦里到底卖的什么药。

"嘘！"

狐狸伸出手，放在嘴上做了一个不要出声的手势。汉娜见状立刻安静下来，知道他肯定发现了什么，两个人在幽暗的通道内静止站立了几秒钟，可耳畔除了呼呼的风声之外，便没有了任何的声音。

“怎么了？”汉娜轻轻问道。

“我之前以为这下面有条什么通道能够通往地面，但是走到现在才发现台阶的角度一直在往下，刚才我停下后听到风声都是从下方传来，看样子这未必是一条通往地面的路，而且前面越来越空旷，安全起见还是……我走在前面吧。”

狐狸这招闻风辨位的绝技来自于他的父亲，若真的再往前推的话便是他父亲当年的救命恩人：一个三十年代来到上海的法国神父。当时没人知道他究竟是何方神圣，只知道他在法租界能够呼风唤雨影响力非常大，而更为奇特的是这位法国神父虽然会说一口流利法语，外貌却是黑头发黄皮肤与普通中国人无二，不知道和中国有些什么渊源。

闻风辨位主要是依据风在不同环境下所产生的不同速度以及所吹过物体所产生的不同气味来辨别是来自地上还是地下，因为风来自地上和来自地下的速度以及表现出来的气味完全不一样。存在于地表的事物因为接触阳光较多所以都偏阳性，不管是有生命的动物植物或者没有生命的例如石头流水，都会在它们表面产生一种因为经常接触阳光后才会产生的菌体，姑且将它们如此称呼吧，当风吹过以后这些菌体会被带起后散发到空气中；而在地底下的事物因为不和太阳接触，所以这些事物体内和体表也会产生出一些物质，阴性的物质，这些物质也影响着那些从地下穿过的空气并使之产生一些细微的变化，例如改变风的流动速度或者不同气味，又或者发出不同声音。当然，这种细微的差距必须有天生特殊体质加上后天特殊调教才能熟练掌握，这也是狐狸和普通人最大的不同之处，所以即便不使用任何工具，单凭眼睛耳朵和皮肤甚至舌头，他也能在漆黑一片的环境中辨明不同的环境，找到出口逃出。

现在是越走越往下，他开始隐隐感觉到从前方吹来的风中带着一些不是普通地下环境所能够产生出的气味，看来不远处一定有个地形特殊的地方。安全起见他再次取过步枪，警觉地在前面打起了前哨，汉娜见他如此这般也不多做口舌之争，取出枪紧紧在后面跟着。

狐狸打着手电筒向前探索着，虽然仍是在通道内，但此时速度已经不能再像之前那样快了，两人就这样一前一后一句话也没说，整个通道内只剩下他们的脚步声和呼吸声，偶尔还伴随着呼呼的风声，渐渐地他们听到周围开始传来阵阵潺潺流水声，听声音远处应该有一条地下暗河，所踩的地方也开始从泥土地变成了砖头地。

狐狸示意汉娜停下脚步，他将手电筒往周围照了照打算看看下面是什么环境，一照不要紧却是差点没有把他的魂给吓掉：此时他们已经不知不觉来到了一处非常高的台阶上，台阶约两米宽，两侧是向上卷起的泥土护墙。之前他一直以为这些泥土是山泥，直接连通着岩壁和台阶，后来才发现原来在这些泥土护墙边上的岩壁并没有和护墙相连，两者间有一条约一米宽的缝隙。岩壁下端有个向台阶下方突出的弧度，这个弧度虽然是和护墙错开，但是却和护墙之间形成了一个视觉上的误差，人走在台阶上很难察觉到，只有探出头去才能发现那条缝隙，之所以被称为高台阶，是因为在台阶下方就是一个无底深渊，流水声正是从深渊的底部传来，想必下面有一条很宽阔的地下河流，而且水流速度巨大，听着就有些瘆人。

也不知道什么时候走到这个台阶上的，之前因为并未发现脚下是深渊，所以并不感到什么，可此刻见到真相，两人不禁后怕起来，如果刚才一不小心脚下磕碰什么的或者掉到边上就直接栽进深渊了，即便不是摔死也会被下面的激流淹死。这里上下落差可能有几百米，在这种环境下人就显得极其渺小了，犹如一粒灰尘，仿佛随时会被吹到下面，此刻站在台阶上听着从深渊深处传来的阵阵激流声，便好像是听见了来自地狱的怪物吼叫，而且这声音开始变得越来越响，让人不禁有些不寒而栗。

“我们还是快点往前走吧，这里，这里实在是太吓人了。”

站在狐狸身后的汉娜开始恐惧起来，催促着他加快脚步。可此刻脚下的台阶坡度十分陡，稍有不慎便会人带人一同滚落进无底深渊，而且由于有坡度存在，速度加快的话最后只会越跑越快一路向前冲去，这是非常危险的行为，纵使狐狸身怀绝技身手不凡，遇到这种情况也不敢轻易怠慢，他稍微安抚了一下汉娜后，这才一步一步慢慢向前走去。

前面的台阶不知是因为恐惧还是黑暗，对两人来说显得越发漫长，仿佛是一条永无止境的台阶。好不容易又走了几十米，狐狸借着他那双敏锐的眼睛终于看到前方不远处出现了一座平台，看来那里就是通道的尽头了。在平台上竖立着一堵巨大无比的墙壁，墙壁不知用什么材料所造，整个墙面泛出微微的红光，把平台另一半的情况全部给遮挡了起来，而在那堵墙上还能隐约看到一扇小门。

“前面那堵墙上面有扇门，说不定是我们唯一的希望。”

“墙？门？哪里有墙？我怎么什么也没有看见啊？”

汉娜循着狐狸的方向望去，只是什么也没有发现。

“你什么眼神哦真是，不就在那里么？”

狐狸刚想指给她看门的位置，却突然发现墙上什么东西也没有。

“刚才明明有一扇门的，难道是自己看错了?”狐狸不禁觉得奇怪。

突然，狐狸听到了一声很轻的“咔”的声音，就在他们附近。汉娜好像也听到了，一把拉住了狐狸。

“嘘，你听。”

狐狸冲她点点头，示意自己也听到了。其实之前他就已经听到过几次这声音，但是因为又要探路又要注意脚下，因此没怎么放在心上，可刚才的那一声实在是过于明显，就连汉娜也听得真切，不免警觉起来。汉娜在好几分钟之前也隐约听得有什么东西在身后跟着，只是数次回头都没有发现任何动静，当时只当是脚下流水声太响，自己听错了，后来声音消失了一段时间。可就在刚才，她又听到了奇怪的声音，这次是听得十分真切。

“好像没什么动静，怕是下面激流的声音传来的回声。继续往前走吧，等到了平台那里再做定夺。”

狐狸听了一段时间后耸了耸肩示意什么也没发现，汉娜听他这么一说担心或许真的是自己神经过敏，看看平台就在前方二三十米开外便也不再多问，紧紧跟在他的身后一起向平台走去。

可才刚走出三四米，汉娜突然听到身后发出一声巨响，回头一看不知道从哪里钻出来一个东西蓦地朝她扑了过来，她一下子被吓呆了，愣愣站在那里看着，失去了反应能力，黑影瞬间来到她的面前正打算伸出一双爪子将她整个抓起，这爪子无比巨大，即便没被抓住若是轻轻勾一下估计也是整个人都要被勾穿。

就在这千钧一发之际，说时迟那时快，只听得“砰”一声，一束橘红色的闪光快速飞向黑影，直扑黑影面门而去，只听得“哇”一声怪叫，黑影身上顿时喷出一团黑水溅了汉娜一身。

“快跑！”

狐狸一把拉起愣在那里的汉娜向平台快速跑去，由于他们已经离平台不远再加上台阶坡度陡，两个人几乎是连奔带跳地冲上了平台，可因为速度太快最后都失去平衡滚落到了平台边缘，只要再差上那么一两米的距离，就会直接掉进平台下的无底深渊。

狐狸起身后赶紧用手电筒顺势向身后一照，想看看打中的到底是个什么东西。其实之前早就有了防备，虽然不知道那是什么东西，但肯定十分狡猾，这东西起先一直躲在暗处，并且利用下面那些激流声掩盖着自己的行踪，不过从周围环境来判断它能够躲藏的地方也只有一个，就是两人脚下的台阶下方。

我在明敌在暗，更何况这里是人家主场，不管怎么防备都是会防不胜防，而且台阶地势险要，引起冲突地形对他们十分不利。刚才他故意假装没发现是因为看到台阶即将走到头，到了平台对方就无法继续悄悄跟踪，如果要发动攻击的话平台前方应该就是最好的地点，所以干脆来了一个将计就计，果然那东西如他所料在台阶尽头处冒了出来，不过因为从台阶下方钻出来的话必须要绕个圈子才能到台阶上方需要花费一些时间，狐狸正是抓住了这个机会，用甩枪击中了它发出幽光的眼睛，这个世界上不管再厉害再巨大的生物，它们的眼睛永远都是最薄弱的环节，而且长期在地下生活的生物，虽然视力退化但是眼睛对光仍然十分敏感会第一时间发生变化，虽然对方狡猾，但是这一枪子吃的并不算冤。

对方没想到自己会着了狐狸的道，出师不利没抓到猎物不说还白白失去了一只眼睛，此刻正在那里怒吼着，狐狸用手电筒一照，发现了刚才找不到这个怪物的原因：眼前出现的是一只长着翅膀猪鼻獠牙尖耳利爪的怪物，粗看外形很像是一只蝙蝠，但是细里一看却是长得要比一般蝙蝠更加丑陋和恐怖，想必已经是在地下生长了千年万年的老蝙怪，说不定都已经成精了。蝙蝠善在黑暗中活动，且因为脚下有钩爪能够倒立悬挂，所以之前能够一直悄悄躲在长长的台阶下方。

只是当它突然发力从台阶下方飞到空中再做出俯冲的动作需要先后发出两次方向相反的力道，虽然只有短短的零点几秒，而且因为狐狸精准的枪法，加上蝙蝠怪自身体重所产生的强大冲力和子弹的射击力，两股力量相加后造成的伤害更剧，一只眼睛当场被打瞎，也不知道它平日里吃的是什么东西，从眼睛中喷出的黑水是腥臭无比令人阵阵作呕。那怪此刻实在是疼痛难忍，只能拼命扑腾着翅膀，希望用这种方式来缓解疼痛。

一张翅膀，狐狸和汉娜都看惊呆了，原本这东西体型已经够大，单就身子来看犹如一头成年棕熊一般，此刻再加上那双巨型翅膀，张开来后足足有五六米宽，随便一扫怎么也得有千钧之力，被扫到一下或者是扑倒一下岂是闹着玩的，狐狸决定干脆来个一不做二不休，子弹上膛准备好第二次发射。

只见他瞄准对方后趁着那怪正在空中扑腾的机会扣动扳机又是一枪，旧伤未愈又添新伤，而且都是极痛之伤。可怜那怪还没来得及调整过来，从另外一只眼睛里也喷出一股腥臭黑水，在空中扑腾了几下后便没了力气，一头栽入下方那潺潺激流之中。

从蝠怪突然窜出到一头栽下，整个过程前后仅仅不到几秒钟，此刻汉娜仍然尚未回过神来，因为刚才她就在怪物正前方，那东西眼睛里喷出来的腥臭黑水没少溅到她身上，一边狐狸也是因为过于紧张和激动头上直冒冷汗。

打下大蝠怪后赶紧用最短的时间检查了一下手里这把已经算是陪着他出生入死的步枪，另外也检查了身上的弹药，此时才发现身上剩下的弹药已经并不富裕，其实之前在干尸那里他犯了一个大错：不应该浪费那么多弹药。人的一生中很多事情是自己无法预测的，虽然他算到即将到达塔状工事，却不知道自己还会遇到那些甲虫和如今出现的巨型蝙蝠，也不知道剩下的这些子弹还能够陪着他们两人走多远。

狐狸走到汉娜身边轻轻拍了拍她，惊魂稍定的汉娜却又突然开始为身上那些黑乎乎的腥臭黑水所困扰。因为黑水已经渐渐变成了黏液，那味道实在是太难闻以至于有些让人头晕，不但腥臭而且黏稠，随着黏液开始浅浅收干，她有些无法行动自如，仿佛被什么东西裹住了一般。狐狸发现了这一情况赶紧帮她一起去除着身上的黏液，只是才撸了两下，突然一声啸叫巨响从身后传来，回头一看，身后不远处一团黑色正带着一股腥风从两米外的深渊下窜上半空，又是一只巨型蝙蝠正打算向他们发动进攻。

身边开始传来汉娜的求助声，此刻她行动开始越来越困难，那些黏液好像正慢慢将她捆绑住一般，而她的表情也开始变得越来越痛苦。事不宜迟，狐狸再次举枪瞄准蝙蝠怪头部开了一枪，只是这次却是射偏了，子弹擦着蝙蝠怪的天门直窜向洞顶后在岩壁上反弹了几下，撞击出好几个火花。他开枪后立刻向汉娜反方向跑去，由于所处的平台被前方的巨墙给挡住，身边又是漆黑的万丈深渊，活动范围有限只能跑上一小段。

那发子弹不但没有打伤蝙蝠怪反而是激怒了它，只见它扑腾了两下翅膀后开始向狐狸发动攻击。听得身后响声大作腥风袭来，就在对方即将接近后脑勺时他瞅准一个机会向边上顺势一滚躲过了袭击，只是因为预估有误突然感到左侧手臂一辣，原来那蝙蝠怪伸出锐利的爪子本来准备抓他肩膀的，虽然躲开了但因为利爪太长擦到了他的手臂。怪物由于俯冲力过大没来得及刹车爪子擦过狐狸手臂后直接探进了平台边缘的地里。见一次扑空打算顺势一转再次发动袭击只是爪子已经卡在地里无法动弹，只见它突然使出蛮力用力一提，平台边上一大块土地竟然让它给掀了起来，随之还跟着塌陷了一大块。

狐狸这次算是见到了怪物的真正威力，寻思着如果这么耗下去，这平台根本不够这蝙蝠怪掀几次的，但是就在这观察环境的当口却是又发现了新的情况：汉娜身后不远处好像有一个黑影正在悄悄向她靠近，可汉娜只是忙着急于挣脱身上的黏液，并没有察觉到身后的情况。

“汉娜，小心身后！”

狐狸此刻能做的只能是大声提醒，因为这时候刚才袭击自己的那只又向自己扑来了，他不是三头六臂，当务之急是在逃跑中寻找机会。可身后是悬崖死路一条，前面是汉娜总不见得把这蝙蝠怪也向汉娜方向引？狐狸突然急中生智脑筋一转开始向斜里跑去。

这次他是好心办了坏事，本想提醒汉娜的却不料她身后那本来慢慢在地上走的蝙蝠怪被这么一叫给突然惊了起来，此时正张开翅膀用力拍了几下然后往空中一跳直接向前方冲去，它的前方正是汉娜，汉娜刚才听到狐狸提醒刚回头一看，不料正看到一只大怪物张开翅膀伸着利爪向自己冲来，这阵势岂是普通人能受得了，只见她两眼一白被当场吓得昏了过去。

狐狸见她这么突然倒下去，心里不禁暗暗叫苦，那怪瞬间便来到了汉娜跟前，他见跑过去救已经来不及，也顾不得背后有蝙蝠怪紧追正打算搏一下开枪去救她，却没想到汉娜眼前那只蝙蝠怪突然绕过她转身径直向自己冲了过来。

狐狸没料到瞬间会有这一变故，既然汉娜没事也就放下了心，赶紧再次转身向右侧跑去，因为眼下右侧是唯一去处，先把两只蝙蝠怪引开汉娜的身边再说。右手边是一小块平台，再上去正是那条刚才走过的台阶走道，原先追赶狐狸的那只蝙蝠怪因为刚才他的拔枪动作一耽搁已经离他越来越近，见猎物向台阶方向跑去，打算抓住机会将他一把抓起。

只听得一声啸叫，身后那只蝙蝠怪拍了两下翅膀后瞬间窜上天空。狐狸听得身后怪啸知道对方又要故伎重演，此时却突然改变战术来了个身后折返，那蝙蝠怪再次扑了个空，而且因为致命的冲撞再加上角度的原因使得它以近乎九十度直角向石头台阶撞了过去，只听得“轰隆”一声巨响伴随着山石的倒塌，蝙蝠怪和被它冲撞而断开的石头通道一起滚落进了下方无尽黑暗，另外一只见到同伴突袭失败，知道对手不好对付也不再继续恋战，向后一转再次遁入了黑暗之中。

好不容易脱离了险境，狐狸这才敢小松一口气，只不过看身后那段已经被撞断的通道断开的地方有好几米的距离，原路返回已经是不可能了。他将视线再次投向了那堵硕大的巨墙。巨墙上面此时根本就没有显示任何的出路，怎么才能穿过这堵巨墙成为了眼前一个最大的难题。

他一边思考着一边向汉娜走去，这堵墙看上去高度至少有十几米，而宽度则更是跨越了整个平台，要想从边上绕过去和从上面翻过去显然是不可能的。来到汉娜身边大致检查了一番，还好没有受到什么伤害，只是暂时晕了过去，此刻狐狸突然对刚才蝙蝠怪在她身边的反应和变化开始心存芥蒂，到底是什么原因使得蝙蝠怪会突然掉转方向向自己冲来？这时候鼻子中传来的汉娜身上那些黏液散发出的恶臭开始引起了他的注意：

“会不会是因为这味道救了她，蝙蝠怪把汉娜错当成自己的同伴了？”

刚才那几只蝙蝠怪虽然已经死的死逃的逃，但是他知道蝙蝠素来是群居动物，如果无法及时找出一些自我保护的方法，即便能找出通过巨墙的方法，但是在这段时间内难保会不再有任何其他的敌人出现，如果能找到某些让自己和汉娜变得更加安全的东西，这才是当前自己应该做的事情。

看着静静躺在身边的汉娜，狐狸一边轻抚着她那仍显稚嫩的婴儿肥脸庞，一边不禁有些暗自自责起来，当初若不是自己的那个谎言，或许这个女孩子也不会被卷入这场风波之中。她能够和自己出生入死一路走到现在狐狸也是从心里暗自佩服她的，这个女孩子在他眼里显得有些与众不同，她身上所流淌的血液里隐藏的某种元素和自己身上的何其类似，正是这种元素，两个人才能屡次逢凶化吉互相照应，一路并肩作战直到这里。可是对于接下去的路，狐狸却并不感到多少乐观，出现在面前的已经是远远超出自己想象的东西，而且和之前的地下之行相比，地下工事是传说中出现过的事物，不管怎么说多少都是有些线索可循，但自从跨进天谴村范围之后，事情开始变得有些无法控制，黑色的甲虫、天谴村地下工事、刚才的这些巨型蝙蝠怪，本不属于这个世界的东西却都出现了，而这一切到底是怎么回事？此时身边所剩弹药已经不多，现在前有高墙后无退路，周围的黑暗中也不知道还隐藏着多少危险。

他知道作为一个男人，不应该轻易放弃，但是对于这么一条永远也无法知道尽头在哪里的路，此刻却开始渐渐感到迷茫，虽然之前在汉娜面前他从未曾表露出过些许，可任何事情都会有一个极限。眼前的一切虽然还没有触碰到他的底线，但是却已经让他开始渐渐感到了一种压抑，一种自从当上赏金士到现在从未有过的压抑。以前执行任务基本上都会按照自己所设想的方向去发展，所有的一切都在自己的掌控之中，但是这次却不知道到底是怎么回事，身边出现的一切不但犹如脱缰野马一般开始不受自己的控制，最后反而渐渐将他给掌控了起来，使他成为了命运沙漠中一颗渺小的砂子，刚进逍遥村时的那种胸有成竹到如今为了求生开始疲于奔命，这样极大的形势反差所造成的失落或许就是他此时最深刻的感受，而且冥冥中总觉得好像有某种东西，仿佛一根无形的绳子将他紧紧捆绑住，让他无法施展全身的解数，就好像此刻在汉娜身上的那些黏液，纵使怎么挣扎也无法逃脱。这可是以前从来没有过的事情，一切就好像是一团乱麻，却又好像是人生，无法选择但是必须面对，他觉得必须要先找出一个头绪，只有顺藤摸瓜，才能够想办法改变眼前的这一切。

周围渐渐恢复了平静，除了被撞断的通道上偶尔有些碎石滚落深渊发出的声响以及下方黑暗中传来的激流声外，便只剩下了两人的呼吸声。躺在身边的汉娜轻轻动了一下并且从喉咙里发出了一些声音，可能是在说梦话吧，狐狸本来想叫醒她，但是看着她那张可爱而又疲惫的脸庞，他不忍心，汉娜跟着自己一路奔波已经很久没有休息过，而且还承受着如此巨大的压力，虽然这里并不是一个适合休息的好地方，但是……

“如果真的在这里挂了我也认命了。不过，如果有谁要伤害汉娜，至少得先从我的尸体上面跨过去。”

狐狸如此这般想着，他突然想起了刚才站在台阶上的时候好像隐约看到过巨墙上面曾经出现过一扇小门，通过小门还能看到巨墙后面的情况，仿佛是一片树林。他转身再次将手电筒照向巨墙刚才发现小门的位置，却依然什么也没有看到。

轻轻放下汉娜后来到墙边伸出手摸了摸墙，希望能够用手发现其中的奥妙所在。说来也奇怪，这堵墙并不似山洞之内的普通岩石般冰冷，甚至还有些温热，可用手在周围沿着小门位置摸了一圈后却并没有发现什么特别之处，狐狸不禁脑子里面犯起了嘀咕，他越来越相信刚才的确看到了那扇小门，否则不会这么凑巧小门的位置墙壁会有温热的现象。莫非这墙的温热和消失的小门有什么内在联系？

正在他绞尽脑汁思考时，身边不远处黑暗的深壑下方突然传出来一阵“轰隆隆”的响声，他赶紧跑回汉娜身边轻轻摇了摇她打算把她叫醒，可是汉娜并未醒来。狐狸向四周张望了一下，发现在不远处平台靠近高墙的地方有几处凹陷下去的地形，边上是一些土丘，若是将人放在里面粗看上去并不一定会发现，而且汉娜现在全身都是腥臭粘液，躺在那里就算有什么东西靠近，按照刚才所见或许也只会把她当成自己的同伴。

狐狸赶紧抱起汉娜找了个离墙角最近的凹陷处轻轻放下，因为她身形娇小正好能隐蔽在凹陷处，看到这里总算放下了心，然后赶紧另外找了一个土丘躲到后面潜伏起来。

没想到深壑下面的声音响了一下后便没了动静，他趴在地上等了好一会儿什么也没有发生。从土丘后慢慢走出后来到平台边缘打算向下张望一下，可脑袋还没探出平台，突然一阵“劈里啪啦”的声音从深壑下方传来，听上去就在前方不远处，而且移动速度之快令人咂舌，狐狸第一反应就是肯定有什么东西从下面贴着岩壁窜过来了，赶紧转身，只是他还没有来得及跑出两三步，身后便是“哗啦啦”一大片黑影从下往上一腾而出，他一个前滚翻趁势翻到了一个比较小但聊胜于无的土丘后面，待落地时步枪已经紧紧架在面前。

那“哗啦啦”向上腾出的黑影正是刚才袭击他们的蝙蝠怪，大致数了一下眼前这群至少有十几只，看到这里他也不禁心里立刻发了毛，且不说对方数量是两位数，就是两三只同时发动进攻自己也根本无还手之力，不过看着他们的去向却好像并不是冲着他们而来，都争先恐后直接向头顶上方飞去，沿着它们飞行的方向，发现原来在很远很远的高处隐约有一个出口，那些蝙蝠怪此刻正拼命向上方出口挤过去。不过这出口对于他来说可是犹如登天一般。

就当他以为一切都已经过去时，突然又是一大片蝙蝠怪冲了上去，这次的数量比刚才还多，至少有四五十只黑压压的一大片，不多时就把那个本来就不大的出口给遮没了，正在纳闷这些蝙蝠怪怎么这会儿都拼命向上冲去时，突然又是好几只冲了上来，只不过这次并不是拼命往洞口飞去，而是一边飞一边做着殊死搏斗。

他数了一下先飞出来的总共有五只，这五只蝙蝠怪此时正争先恐后地往上逃命，而在它们身后跟着的第六只举动却是显得和其他所有不太一样，只见它从下面快速追赶上去后对准其中一只飞得最慢地扑上去就是一阵拼命撕咬，速度之快力量之狠远远超过刚才那几只对付自己的，另外四只见到它们两个撕咬在一起觉得是个机会，仿佛说好了似的突然调转方向一起向第六只蝙蝠怪发动了突然袭击，就这样五对一在空中展开了一场昏天黑地的恶战，打得不可开交。

第六只蝙蝠怪好似并不惧怕其余五只，却反而是越战越勇，虽然其余几只已经将它身上咬得遍体鳞伤几乎连肠子都快抓出来了，但它的战斗力却丝毫没有减弱，在见到从自己身上流出来的那些液体后开始变得更加疯狂，不多时第一只被它追上的蝙蝠怪翅膀被撕裂脖子也被咬断，“轰”的一声重重从空中掉落在狐狸眼前几米远的地方，消灭了一个敌人后那只奇怪的蝙蝠怪更加来了斗志，开始向另外一只发动猛烈攻击。说来也奇怪，它好似天生会打架一般，每次都是死盯着其中一只拼命撕咬，并不会左面这只一口右面那只一爪，而这一切自然没有能够逃脱狐狸的眼睛。看到这里他不仅暗自啧啧称奇，这东西不愧是生长了多年的东西，看来也是有点灵性之物，只是不知道第六只蝙蝠怪到底有些什么不同之处会有这么强的战斗力？而刚才那么多蝙蝠怪的快速飞出是不是因为害怕它而逃跑呢？

空中的这场恶战已经开始陷入白热化状态，个个都已经杀红了眼，几只黑影围在一起也不知道谁是谁了逮着就咬碰着就抓，不多时只听得“轰隆”一声，又一只蝙蝠怪被掀翻在地，落到了平台上。

想必是刚才第六只追来前它们本打算一起逃跑，而其中一只被咬住后其余四只想来个趁火打劫变被动为主动一起发动突然反击，这样说不定都能有逃生的可能，只是低估了第六只的战斗力，本就是一群乌合之众的联盟看到两个同伴先后被快速消灭后，见大势已去顿时失了斗志，剩下的三只原先打定的主意开始发生变化，因此都不再恋战，而是打算分三个方向逃去。接下来就只能博谁的命大。

狐狸正躲在边上看戏呢，一边看一边推测着那家伙会去追其中哪一只，但是接下来的意外一幕却出现在他眼前，让他看得心惊肉跳：那两只掉落在狐狸面前死去的蝙蝠怪，此刻突然睁开了眼睛，扑腾着各自的翅膀，然后突然站了起来，伴随着两声啸叫再次腾上了天空。

“怎么？它们没有死？可是刚才明明……就算没被咬死，这么高重重摔下来也是必死无疑，怎么又飞上去了？”

这边还没看懂，接下来的事情让他却是更加看不明白，那两只刚才躺在自己眼前的蝙蝠怪飞向空中后，并不是继续向第六只发动攻击，而是突然分散开来和第六只蝙蝠怪一起兵分三路追逐另外三只分散而逃的蝙蝠怪而去。

远处的黑暗中传来阵阵撕咬和惨叫，逃跑的那几只哪里是它们的对手。不多时黑暗中已经没有了任何声音，只听得三只蝙蝠怪一边扑腾着翅膀一边各自叼着一只被咬死的战利品降落到了平台上。

经过一番仔细比较他这才看清那几只蝙蝠怪的不同之处：三只杀气腾腾的蝙蝠怪眼睛并不似之前攻击他的那几只，之前攻击他的那几只和此时被扔在地上的三只一样眼睛是绿色的，因为狐狸清楚记得当时射击第一只蝙蝠怪的时候瞄准的是绿色的眼睛，可现在眼前出现的这三只眼睛却是红色，更奇怪的是他看到在它们身体周围仿佛有着一圈雾蒙蒙的东西。其实这东西他刚才就发现了，只不过因为间隔太远而且光线不好，无法看清楚到底是什么，只能隐约看到蝙蝠怪周围有一圈很稀薄的亮光，此刻三只怪物落在近处，总算看出了一些眉目，那是一些极小极小的橘红色小虫，正围绕在它们身体周围飞翔，就好像是一群蚊子一般。而且更加匪夷所思的是，这些橘红色亮光渐渐开始变得越来越亮，不知是何原因。狐狸虽然知识渊博，但是对于这种奇怪的小虫子却是闻所未闻。

“看来这地下世界对于自己来说还是有太多深奥的秘密隐藏在里面。”

因为刚才见识过这些东西的厉害，狐狸此刻躲在土丘后面是大气不敢出一下，只能是静静等待着，可偏不巧这个时候在一边的汉娜不知道怎么回事，可能是因为做了个什么梦在梦里发出了“哼”的一声，这声音在平时没有人会在意，但是在这大战之后的沉寂中却是非常吸引人的。

第六只蝙蝠怪显然是听见了哼声，它立刻警觉地抬起头，慢慢向汉娜所在的方向走去，狐狸急中生智从身边捡了一块小石头，向刚才被它踩在脚下的那只蝙蝠怪扔了过去，小石头在地上滚动发出了“咕噜噜”的声音，最后停在了它身边。第六只蝙蝠怪听到声音回头一看，只当是刚才脚下那只并没有死，于是又走了回去后伸出它的利爪，对准地上那只颈部就是一抓，一滩浓黑的血水立刻蔓延到了地上，蝙蝠怪成了汉娜的替罪羊。

眼前这三只虽然大获全胜，但狐狸看它们此刻好像没有任何想离开的意思，而是静静待在那里，仿佛在等待着什么。之前看到两只被咬死的又自己爬起来再次飞到空中，已让他感到十分离奇，之后它们的转变阵线更是让他觉得不解，直到几分钟后发生的一幕，让他明白了到底是怎么回事。

十几秒钟后，三只胜利的蝙蝠怪开始拍打起翅膀仿佛在迎接着什么事情的到来，倒在地上那三只本应该已经死去的蝙蝠怪也犹如抽搐般开始慢慢动了起来，每动一下从它们嘴里便涌出许多的灰色小飞虫，这些小飞虫和另外三只身边那些橘黄色的飞虫除了颜色外完全一样，胜利的蝙蝠怪见有小飞虫飞出后便不再继续踩在它们身上，开始走到一起看着它们身上所发生的变化。地上那三只不断抽搐着，嘴里飞出来的小飞虫越来越多，原本在身体周围的那些灰色飞虫开始渐渐变成了橘红色，而且越来越亮。几分钟后，原本已死去的蝙蝠怪又渐渐开始有了力气，一个个扑腾翅膀挣扎着站立起来，就好像之前什么事情也没有发生过一般，不过当它们恢复正常后那些小虫子的亮度又开始变暗，当变成和另外三只身上亮度一模一样后，第六只蝙蝠怪带着其余两只走了上去，招呼它们一起飞向空中，然后做了个盘旋俯冲后向深渊下方黑暗处飞去。

血战

看到这一切后狐狸惊呆了，简直不敢相信这匪夷所思的一幕几秒钟前就出现在自己面前，若不是不远处地上那摊脖子被割断的蝙蝠怪身上流出的腥臭黏液，说不定会怀疑自己因为压力过大产生了幻视。之前那两只先掉下来的肯定也是这个原因再次复活，只不过因为注意力集中在对面的一对三所以没有察觉，第六只蝙蝠怪之所以并不怕另外三只或许是因为它知道自己即将有两个新的同伴出现，可这一切到底是怎么回事？为什么蝙蝠怪会死而复生？和那些神秘的小飞虫到底有些什么关系？看来不但是眼前这块巨大的墙壁，在这黑暗的深壑下面也隐藏着什么秘密，只是那些秘密更加可怕，但愿它们不要在此出现了。

他暗自祈祷着刚打算回到汉娜的身边，突然头顶上方再次传来一阵劈里啪啦的声音，心里暗自大叫一声“不好”，赶紧就地趴倒在汉娜身边一动不动，静静地抬头观察着上方的动静。

原来是刚才那些争先恐后向上方出口亡命而逃的蝙蝠怪大概都知道危险已经离去，正打算全部返回，但是可能因为惧怕某种东西，所以都围在一起形成了一个大堆，近一百只蝙蝠怪层层叠叠、黑压压一大片的场面十分壮观，再次将上方的出口给遮蔽了起来。

随着耳中那挠心的噼里啪啦声音越来越近，狐狸那颗提吊着的心又开始紧张起来，这回可不是什么侥幸心理能够逃脱的，只要是被它们其中任何一只发现，两个人必死无疑，而且是死无全尸。

可是偏偏哪壶不开提哪壶，突然间只听得身后传来一声清脆的“砰”一声。这声音非常小，起初他还以为是汉娜发出来的，但是此刻她仍然是处于半昏迷状态，应该不是她所为。狐狸将目光移到巨墙上，发现身后的巨墙上不知道什么时候出现了一个符号，这个符号非常特别而且十分巨大，高度有一人多高，从形状上来看有点像是甲骨文，但是并不能看出来是个什么字，更加奇怪的是这个字竟然是从巨墙之内渗透出来的，狐狸完全想不出这些到底是怎么做到的。

突然间，他想起了父亲当初在和自己提起天谴村传说的时候，好像给自己看过这个符号，只是因为当时太小不能理解符号的意义，而且后来也曾经在父亲的工作日志中翻到过，印象当中隐约记得这符号并不是单独存在的，而是一连串符号的其中之一，当时父亲认为这是他们的文字，此时当他看到眼前符号在又一声轻微的“砰”声音发出后被另外一个新的字符所替代后，一个灵感顿时在脑海中浮现出来：“说不定这些符号代表的并不是文字，而是数字！”

狐狸此刻终于揭开了他父亲一直没有能够揭开的关于天谴村的最大的谜，他的父亲在二十多年前因为一个偶然的机会发现了天谴村的资料，并且得到了一些在他看来是天谴村的密码的字符，也就是给狐狸看的那串字符。他一直在努力尝试破译出这段字符到底代表着什么意思，只是没想到自己的研究方向已经错了，因为一直在把这几个字符当成文字破译，翻遍了所有的甲骨文却都不得要领，这并不能怪他，任何人只要不是亲眼看到此刻墙上这些字符的显示方式，是完全不可能把它们和数字联系在一起的。

狐狸隐约记得当时父亲给自己看这些字符的时候共有八个，能够记得这么清楚是因为虽然当时他还小，但是天谴村的这些符号和他生日的末尾数八相同，也正好是八个，所以只要提起天谴村便会想起来那个村子里隐藏着八个字符的密码。

这都是很久以前的事情了，虽然已经记不得全部八个字符完整的结构写法，但是大致的样子仍然能够识别，从刚才第一声“砰”的声音发出到现在，巨墙上已经显示到了第三个字符，目前为止这三个字符都是按照相同的间隔来显示的，大概是每五秒钟出现一个，从时间上推算，再过二十五秒钟，巨墙上一定会发生一些什么事情，联想到之前自己从通道下来时所看到的墙上那扇奇怪的门，狐狸希望过一会儿这一切都能够真的如自己想象那般全部联系起来。

反正已经是没有退路可走，他大致估算了一下自己若是带着汉娜跑到刚才看到的小门位置，二十五秒时间完全足够，而且最关键的是从之前的情况来看这扇门并不会开启太久，到时候能够帮助自己把那些蝙蝠怪挡在门外，只是这扇门的位置偏不凑巧位于巨墙另一边的边缘处，也就是这些蝙蝠怪即将经过的地方。如果躲在原地静静等那些蝙蝠怪通过，虽然能够毫发无损，但是洞口下次什么时候开就不是他能够决定的了，可要是自己带着汉娜这么过去，肯定会和蝙蝠怪迎头相遇，如果无法及时进洞，那么这场死亡游戏就到此结束。

正在他思考时，“砰”的一声，墙上又跳了一个字符，时间正在一分一秒过去，狐狸非常清楚人生就是一个选择的过程，选择了才会有机会，只有无能的人才只能一直被命运选择，生死各安天命吧。

想到这里又看了看躺在身边的汉娜，他决定冒这个险：从汉娜身上扯了些黏液抹到自己身上，此时黏液已经开始变干，好不容易才将身上大部分涂满，忍着巨臭将步枪往身后一背后将汉娜驮了起来，开始弓着身子沿巨墙边缘向前快速移动着，只要一行动，那么这就是他唯一的机会。

那群正在向深壑返回的蝙蝠怪中有那么一两只眼睛贼尖，已经看到了巨墙上跳动的字符，并且正打算往这边赶来，狐狸听得远处传来拍打翅膀的声音知道有敌人靠近，但是此刻已经身不由已无法停下，只能置之死地而后生，听到声音后干脆一鼓作气地向门位置冲去。两只蝙蝠怪一开始并没有看到狐狸，正在移动时却突然发现一团黑影正贴着墙根快速移动，知道一定有活物在那里，便加快速度向他冲了过去。狐狸提早几秒到达印象中门位置前，只是门并未打开而蝙蝠怪已经快要冲到眼前，他赶紧将汉娜轻轻放在地上然后拔出步枪瞄准起来，他已经知道蝙蝠怪的软肋是眼睛，但是因为太远无法进行瞄准所以并不急着开枪，而且还有一个更加重要的原因：此时眼前仅仅是两只，但是只要枪一响，其余的几十只都会蜂拥而至，对他来说开枪越晚就越是能争取到更多的时间，虽然此刻已经紧张到了极点，但他知道必须控制住自己，这不是仅为了自己，还有汉娜。

两只蝙蝠怪已经越飞越近，就在即将向他发起攻击时，狐狸瞄准其中一只扣动了扳机。只听得“砰”一声，枪声在整个山洞内回荡，慢慢沿着岩壁向上传去，果不出所料顿时惊动了那批蝙蝠怪。被瞄准的那只猝不及防，还没来得及发声子弹就从它眼窝里面窜了进去然后窜出后脑勺，顿时从空中掉落黑暗之中，边上那只被这枪声惊了一下，还没明白过来怎么回事狐狸抓紧机会上膛然后又是一枪，也跟着刚才那个同伴一起翻落下去。

后面的那一大群蝙蝠怪见前方两个同伴在两次声响后都掉了下去，隐约觉得发生了什么，突然将速度降了下来，等反应过来后还是仗着数量多前赴后继向它冲了过去。

“这帮子烂番薯臭鸟蛋，刚才见得那怪东西后一个个跑得比兔子还快，这会儿倒是又变得杀气腾腾的，还真他妈会欺软怕硬啊。”

狐狸转过头看了看墙上的符号，已经全部消失了，可是门却迟迟没有打开，虽然有些恼火，不过恼归恼，手里的枪却还是要继续放的。这蝙蝠怪虽然个子大攻击力惊人，但是大也有大的好处，因为目标也变大了，若是让他在这么点距离打两只麻雀的眼睛，那可是难度相当大，但是打这蝙蝠怪，一枪一个不带还价。

又撂倒了两只冲在最前面的蝙蝠怪后，身后巨墙上终于出现了“轰隆隆”的声音，随之而来的便是刚才他在台阶上看到的那扇门慢慢打开了，这扇门约两米高两米宽，是个接近正方形的入口。

刚才的确没有看错，这里是有扇门，如果不是他的观察力强，或许真的只能和汉娜永远留在这个可怕的地方，只不过有一点估计错误，那就是洞口打开的时间是在最后一个字符消失的五秒后，亏得他刚才尽量晚开枪争取了些许时间，否则就是洞口打开两人也没有命进入。眼前那些蝙蝠怪距离他已经只有不到几十米远，狐狸来不及抱起汉娜，反正就在洞口边上，赶紧将她往门内一推，自己则边打边撤退到了门后。门后是一片小树林，而且因为附近岩壁上的特殊矿石作用，虽然光线并不强，但是已经足够看清周围的事物，这光线从上往下将整个树林照射得犹如仙境一般，不过此时并不是赏景的时候。

蝙蝠怪见猎物进洞，而且又伤了几个同类，不禁恼羞成怒加快速度向门口冲去。有两只个子最大飞得最快的眨眼间便已经来到前方二十几米处，狐狸见对方来势凶猛知道有机可乘，赶紧举枪瞄准其中一只的翅膀根部骨头处。只听得一声枪响，翅膀被击中的这一只突然偏离原先飞行轨迹，和身边那只撞到了一起失去平衡后一起掉到了平台上，由于速度太快在它们落地后仍然被速度和自身体重继续带着翻滚着向门口冲去，好在巨墙坚硬无比，“轰”一声巨响后只是被撞得微微震了两下却是不伤分毫，可怜那两只蝙蝠怪却是伤得不轻，已经奄奄一息，正一左一右堵在门口，把半扇门给堵了个严实。后面更多的蝙蝠怪也已经杀到了十几米开外处。

狐狸见门口被封住赶紧趁机把汉娜抱到身后的墙边，同时站在门侧面警戒，只要有东西进来就开枪，必要时也做好了最后的肉搏准备，只要把这些蝙蝠怪留在洞口，汉娜的生命就能得到保全，而且他知道这门应该不会开启太长时间，只要坚持几秒或者十几秒，就能摆脱这些怪物的纠缠。

巨墙内部再次开始传来隆隆的声音，这意味着门即将关闭，狐狸此时才稍微松了一口气，可没想到就在这时，门口那两具蝠怪尸体突然被掀开，紧接着一只身形巨大的蝙蝠怪探出了丑陋的脑袋打算从门口冲进来，只不过此时门已经开始关闭而且速度很快，蝠怪猝不及防被卡在了门缝里并且由于翅膀被夹住无法动弹，门缝变得越来越小蝙蝠怪更加拼命挣扎，只是此时已经是进也不得退也不得。

狐狸见那怪物被卡住，脑袋正在自己脚前方不远处，不禁一股恶气突然生出，本打算开枪直接爆了它，不过想想这太便宜对方了，便上前对着那丑陋的蝙蝠怪脑袋就是一顿乱踹直到解气了才转身向汉娜身边走去。蝙蝠怪虽然身形巨大但是这身骨肉岂是能和巨石相抗衡的，随着门缝越变越小，只听得“咔嚓咔嚓”的骨头断裂声，几秒钟后，那只自寻死路的蝙蝠怪硬是被活生生卡成了两半，“噗噗”两声，它的两只眼珠子也被挤得爆了出来，狐狸因为背对着它，一个没防备两股腥臭黑水从蝙蝠怪眼窝里喷出来顿时溅他满后背都是，好在挡住了汉娜，否则她肯定又要被再次喷个全身。

转身一看门已经完全封闭，蝠怪的上半截躯干滚落在地上，此刻正张着嘴巴露出里面两只大獠牙，眼窝处两个大洞还不停地向下淌着黑水，看上去不但恐怖而且恶心。不过此刻他的注意力并没有停留在它的身上，因为狐狸无意中发现一个很奇怪的情况：蝠怪下方的地上竟然没有半点腥臭黑水。他将视线向上移动到蝠怪身上，看到一滴一滴的黑水的确是从它身上往下流淌着，可当黑水滴到地面上后仔细一看，却好似钢笔墨水滴入水中一般瞬间便化开了。

可是脚下踩的并非是水也并非是沙子，而是一片真正的泥土地，难道是自己眼睛看花了不成？狐狸走上前去瞧了个仔细，才发现了其中奥妙：在那半截蝙蝠怪尸体下方地面上有许多微微泛着绿光的半透明虫子，样子看上去有些像蚜虫，不过比普通蚜虫还要小几号，此时正在那里围成一堆哄抢着滴下来的黑色液体。那些流出来的腥臭黑水遇到空气后变成了十分稠的黏液，滴落在虫子身上后就好像胶水一般立刻裹住它们，换成一般昆虫肯定会被活活困死，但是它们却并不惧怕，一只一只争先恐后地往黑水下方挤去，看上去就好似许久没有吸收到如此甘露一般希望被黑水封裹，当黑色液体滴落后它们又立即分散开将粘在身上的黑水运走，然后换下一批蚜虫继续上前领受。正是因为这样所以乍看上去就好像滴落后化开一般。

接下来出现的一幕却是让他看了感到更加后怕：原来在蝙蝠怪尸体边上有一个蚁巢一样的东西，此时更多的蚜虫正从里面源源不断涌出，它们仿佛已经不再满足于那滴落的黑色液体而是将整个尸体给团团包围起来，不知是哪一只蚜虫首先开了个头，其余密密麻麻的立刻跟着涌上蝠怪尸体，不再像之前看上去那么温文尔雅却好像都有着神奇的本领，纵使蝠怪皮粗肉糙，被它们一扫，却也已经只剩下了骨头，还有更多蚜虫正从里面赶来，已经密密麻麻布满了蝠怪身体，这一切仅仅发生在瞬间而已。

狐狸心想好险还好进门后没把汉娜放在那一边否则岂不是

就这样变成它们盘中餐了，可这句话还没在脑海中消失，那些始终无法挤到内圈的蚜虫突然掉转方向开始向他们冲了过去，狐狸顿时反应过来自己背后被溅到过不少黑色液体，再回头看看躺在地上的汉娜，此时她前方不远处也已经有好几批蚜虫从远处的蚁巢里钻出来正向她快速移动过去。狐狸大叫一声不好，赶紧跑过去一个罗汉大背背起汉娜就向前方跑去。

他们此时所在的小树林前方有很大一块草地，里面的杂草有一人多高，在树林和草丛之间则是一片开阔地，好在那些黑色液体溅到身上后就立刻开始渐渐凝固，再加上狐狸这家伙逃命的时候跑得比刘翔还快，才短短十几秒钟便已经把树林远远甩在了后面，他并不敢大意，直到一口气跑到离开树林十几米处才停下脚步，回头望去，或许是因为那些蚜虫嗅觉范围有限又或许是因为其他什么原因，并没有跟着出来这才放下了心。

狐狸站在原地喘着粗气，不过却并不敢把汉娜就这样放下，之前的那些蚜虫都是在泥地里筑巢，所以他不敢找泥地做落脚点。本打算看看附近是不是有什么更加安全的地方，抬头向前方望去，发现在那一人多高的野草后面隐约显现出一些建筑物的顶部，那些建筑物看上去似乎有些眼熟。有建筑就一定有安全的落脚点，狐狸赶紧继续背着汉娜拨开草丛向建筑物方向行去。

草丛并不是十分茂密，所以在里面前进的速度犹如平地一般，可就在即将穿过草丛刚才露出顶部的建筑物完整地出现在他面前时，他惊呆了，眼前的一切，与其被称为建筑，不如用艺术品来称呼显得更加合适，因为它们都是取材自一种黄中带绿的半透明状材料，表面光滑，和隐藏在巨大空间墙后的材料完全一样。

“黄晶玉……”

狐狸不禁脱口喊了出来，一小块黄晶玉便能带给天谴村如此毁灭性的灾难，谁能想到在天谴村的地下深处竟然还隐藏着这么大规模的黄晶玉建筑群！这些建筑布局朝向和地面上发现的天谴村遗址几乎完全一样，正是古画中村子的翻版，不，或许古画中的村子是根据这里所画才对，所有的房屋布局完全不差分毫，看来古画、消遥村、天谴村和眼前的建筑之间一定有着某种说不清道不明的渊源，还真是误打误撞越撞越正，这么多黄晶玉也不知道能值多少钱，两个美国应该能买下来吧，不过当务之急是怎么想办法先离开这里，否则有钱没命花，等于是白搭。

狐狸的脑子飞快转动着，虽然他和汉娜一心想要离开这个地方，但是此行却是为了古画中隐藏的秘密而来，不解开这个谜团对于他来说会是毕生的遗憾，如果画是根据这些建筑所作，那么真相就应该隐藏在这里！反正来也来了，真的什么都找不到也算是彻底死心了，接下来只剩俩字：开溜。于是决定再到那个画中小人所在的地方去看一次。在认了一下身边并没有什么危险后，他将汉娜背到了那间屋子里面。

屋子的大小比例和画中完全一样，只是并没有任何家具和摆设一片空荡荡的。狐狸来到窗口后将汉娜轻轻放在脚边，然后从窗户中学着画中小人一样向窗外望去。整个黄晶玉村子仿佛再次回到了数千年前画中的那番场景，只是此时那个角色换成了狐狸，或许是冥冥中的安排吧，可是他并没有想到，这个举动却是差点带给自己和汉娜一场天大的灾难……

循着窗户望出去，左前方是一片树林，一直和刚才蚜虫爬出来的那片相连，在树林深处隐隐约约显示出一个和周围并不相符的巨大黑影，而且还泛着微微的亮光，看上去是有什么东西隐藏在那里，除此之外树林里并无其他特别之处，看到这里他心一动，决定抽几分钟去瞧个究竟。

汉娜此时仍然昏迷无法继续带着前进，不过这里离开树林有一段距离，而且屋子比地面高出一米，同时门口正对树林，从那个方向能够一眼就看到大门，狐狸决定将她留在门口。快速进树林探上一探后立刻返回相信并不会用去多少时间。主意已定，他将汉娜轻轻抱起放在门口，便快速向那个黑影方向赶去，每走十步便回头看一眼，汉娜仍然静静躺在那里。

“我去去就回来，马上。”

狐狸心里默默说完取下身上的枪，摸索着走进了树林，不过为了安全起见，进树林前他扯了许多树叶将自己身上的黑色黏液尽可能地擦了个干净，实在够不到的便在树上拼命地蹭几下，看看基本去除得差不多了这才向黑影方向行去。树林里环境和刚才出现蚜虫的地方如出一辙，不过好在地上并没有什么蚁巢，看样子算安全。走了一段后来到黑影跟前，发现那是个两米多高的什么东西，但是被厚厚的树叶所覆盖，看不出究竟是什么，而且奇怪的是他刚才看到这黑影表面是有些许地方发出淡淡的光，但是靠近后这些光却消失了，要想看个究竟就必须拨开厚厚的树叶。稍微犹豫了一下后狐狸转身看了看汉娜方向，但因为被树叶遮挡已经无法清楚看见对方。狐狸鼓起勇气用枪口快速拨开树叶，却是发现了一个奇怪的东西：眼前是一个半封闭式样的祭坛，祭坛周围用粗线条雕刻着许多事物。整个祭坛分为两部分，下半部用来摆放一些祭祀物品，上半部左右两侧摆放着两盏万年油灯，油灯的中间供奉着一座雕像，雕像的样子十分古怪，眼睛里面好像还特别装了什么东西似的能够发出光亮，这光亮正是刚才站在屋子窗口时看到的。狐狸凑过脑袋仔细研究了一下发现这东西看上去应该是一整块东西雕刻所成，可是为什么会发光呢，而且正好在眼睛发光？吸引人的并不仅仅是雕像的眼睛，而且还包括上面的粗线条和这祭坛本身，他一开始看到这些雕刻的时候就觉得有些眼熟，但是却一时想不起来，直到一股熟悉的味道飘进了他的鼻子后终于反应了过来。

记忆中使用过这粗线条的，正是用来存放妇人古画的那个黑色盒子，上面的雕刻使用的正是这种风格，味道也是一模一样，看来这个祭坛和放古画的黑色盒子有着相同的渊源，说不定这里就是那个盒子的出处，想必更多的秘密隐藏在祭坛之内。

借着手电筒观察了一圈，原来祭坛和黑盒子一样，上面的雕刻也记录着一个遥远的故事：很久以前一群人从一个非常遥远的地方背井离乡来到这里，他们在一座山中修建了一个村落。

“看来这应该是眼前这个天谴村真正的来历。”

狐狸一边看一边想着。

“可是为什么村子里的人会一个都不见了呢？”

他按照顺序一点一点看下去，可是接着出现的画面让他出了一身冷汗：有一天突然山里出现了什么东西，村子最后沦为一个恐怖的地狱，村民万般无奈下只得逃到地下，后来在地底下发现了大量黄晶玉后利用这些材料在地底复制了一个天谴村并且住了进去，可是之后附近开始出现怪事，经常会有不明生物来攻击他们，最后他们制作出了这样一堵巨大而暗藏玄机的墙壁用以抵御怪物。不过随着时间的推移这堵墙渐渐失去了作用，因为他们发现村子里也开始出现了一些奇怪的东西，部分村民开始慢慢死去，他们知道可能是触犯了什么不好的东西时日无多，就将这里的所有情况记录了下来，连同其他一些重要的东西让村子里面一对童男童女从一个地道带了出去，其他人全部留下向老天爷悔过，所以这才有了这个祭坛。

“难道这里有暗道？”

看到这里他突然一阵暗喜，既然童男童女带出去的画能够落到妇人手中，说明这里一定能通往外界，看来真的是天无绝人之路，附近应该隐藏着一个暗道，必须想办法尽快找到，这样就能和汉娜离开这个鬼地方。

狐狸之所以一直以为这里是个鬼地方，除了之前所遇到的那些古怪事情之外，他还对另外一件事情耿耿于怀，想必细心读者也曾经留意过，那便是狐狸和汉娜从塔状工事逃回地面之后，汉娜以为自己从小在山里长大，两人准备返回逍遥村，但是走了很长一段时间后汉娜说并不认识这里，可按照之前的脚程两人并没有能够跑离这座大山，那么他们到底遇到了什么事情？这里又到底是哪里呢？之前因为忙着寻路和战斗，狐狸一直没时间去思考这个，不过此时出现的这些画面，却是又将他拉回了之前的疑问之中。

“那个画中小人要指引的到底是什么东西呢？难道就是这个祭坛？可是这个祭坛能告诉我什么呢？而画上后来的一笔到底是谁加上去的？”

狐狸绕着祭坛兜了一圈，却是再也没有发现其他任何有价值的线索，最后他将所有的注意力集中到了雕像上。这是一个看上去有些诡异的雕像，外形四方高度约二十公分，除了之前发现的那一双会发光的眼睛之外，造型也是非常　人。雕像总共分为上下两个部分，上面部分是一只长相十分奇特的怪物，怪物的头部轮廓并不是十分清晰，看上去好像外面套着一个什么袋子，头部以下是与头部大小完全不匹配的庞大身躯，身后长着一双翅膀，但并不是之前蝙蝠怪那种翅膀而是椭圆形羽翅，从比例来看非常大，它的身子犹如蛆虫一般圆滚滚的，露出半截，再下面就是雕像的下半部分，看上去犹如四四方方的石头，整体粗看上去却是有些像古代的玉玺。

见到这东西后他第一反应也以为是一个玺，不过一般玺上面刻的都是吉祥之物可为什么要祭祀这个怪物呢？这怪物和这里的村民消失有什么联系吗？想到这里他的手不由自主地向那只雕像伸了过去，因为他想看看，这个形似印章的东西下面到底刻着一些什么？

取过雕像翻过来朝底部看了一眼却是有些失望，因为什么也没有发现，不过既然此刻出现在这里，一定也是有什么特别之处的，说不定是解开画中秘密的钥匙，于是也没再多想，直接打开背包将这个古怪的雕像放入了身后那个陪着他经历了那么多风波变得十分脏的背包之内，此时出乎他意料的事情发生了，只听得远处传来“咔咔咔”的声音，紧接着从祭坛后方吹来了一阵幽风。

见有情况狐狸赶紧收包拔枪，慢慢向前方声音传来的地方走去，行了十来米后发现前方不远处几棵小树之间的空地上出现了一条密道，一股幽风正带着微微的寒气从密道中缓缓向外吹来。看到这里他明白了，这条一定就是祭坛上所描绘的故事中那对童男童女离开这里时用过的暗道。看到这里不禁心中一喜，打算立刻返回带着汉娜一起从这里离开这个鬼地方，就在此时，远处却突然传来了汉娜的惊呼声。

狐狸听到声音赶紧向屋子方向跑去，只是之前不知不觉走入树林太深，想离开时才发现原来这些树林并没有看上去那么简单，就好像一个迷宫一般，最后费了好些周折才找到进来时的那条路，可当他跑出树林向屋子方向赶去时却看到了惊险的一幕：汉娜不知什么时候已经恢复了知觉正在那里挣扎着，在她的身下有许多泛着微微绿光的东西正簇拥在一起将她向远处带去，粗看就好像整个人漂浮在地上一般。狐狸知道一定是刚才那些蚜虫正在搬运她，如果不及时把她救下恐怕以后再也见不着她了。

情急之下他一边跑一边快速举枪瞄准汉娜头部不远处扣动了扳机，“砰”一声枪响后汉娜立刻停止了移动，那些蚜虫被枪声一吓四散逃了开来。趁此机会狐狸加快速度向前方冲去，希望能够将她救下来，可没想到又才跑了没几步就在快到达那块草地边上时只听得“哗啦”一声，前方整个地面连带上面的野草突然陷落下去一大块，他见状赶紧一个急刹车打算绕过那块塌陷的地面，却不料突然从地下探出一根东西以迅雷不及掩耳之势向他伸了过去。猝不及防下赶紧往前奋力一跳，只可惜那根东西动作犹如水中的海蛇一般十分灵活，而且最终还是缠住了他的右脚。见拉住了猎物那东西便开始用力往回缩去打算把他拉到地下，狐狸起先以为只是条蛇之类的东西所以被缠住后立刻顺势转了个身，打算从裤管里抽出那把一直藏着用来防身的刀，可没想到对方根本就不是蛇而且气力极大根本无法挣脱正在将他慢慢拖入地下，见无法脱身而且离坑越来越近，不管这东西是什么只要被拉下去必死无疑，无奈之下他只得挣扎着抽出步枪对准绑在脚上的东西开了一枪，那根东西被子弹打断后这才立刻缩回了地下。死里逃生的狐狸爬起来时再次看到汉娜开始移动并且离自己越来越远，只要被拖进树林，就没有办法再救回了。

汉娜没想到身上的那些黑色液体干掉后有着非常强的黏性，所以一直动弹不得只能任凭那些蚜虫摆布，她用求助的眼神望着狐狸呼救着，好在蚜虫们并未像刚才吃掉蝙蝠怪一样立刻把她吃掉，可能是想把她给活着拖入树林带入地下。此时距离蚁巢还有几分钟的路程，狐狸知道就算只有百分之一的希望也必须全力以赴，只是当他刚准备绕过塌下的地面冲过去时，突然“轰隆”一声巨响，伴随着汉娜的尖叫一个巨大的黑影从他身后的地下一下子冒出了地面。

狐狸没来得及回头便感觉到身后一股从地下腾出的气流伴随着烟雾差点将自己给卷了进去，他知道对方真身即现，怕故伎重演赶紧顺势向前一跳瞅准机会紧紧抓住了一边的一棵小树这才勉强站稳脚跟。回头望去，一个巨大的怪物出现在距离刚才自己所站的位置身后不足两米处，那怪物并没有全部将身体露出来，还有大半个身子藏在地下，不过仅仅是露出的这部分便已经有了足足四五米高，而且体积巨大，起来的时候将周围撞出来一个直径约好几米的大坑。

这怪物上半身拥有上下六只大足，每只足有成人大腿般粗细，一对正挥舞在身后的七彩羽翅泛着彩光，犹如蜜蜂一般的身体圆鼓鼓的，上面带有一圈一圈土黄色团状圆环，不但如此，它此刻从身上还分泌出一滴滴黏液状液体，在那些液体之中有八根犹如触手一般的柔软旁肢，刚才那根拉住狐狸右脚的正是其中一根，此时从伤口处滴着一滴一滴绿色的液体，那些液体在旁肢的挥动下到处滴洒着，滴到地上后就都突然变成了黑色，这些液体跟刚才从那些蝙蝠怪体内流淌出的液体一样也是奇臭无比，这些都不是最奇特的，仔细一看那怪物的头部居然长着一张巨大的人脸，只不过这张人脸是由不同的人脸所组成，那些被扭曲的已经变形的脸正满满地挤在怪物头部，极度扭曲的表情将它头部点缀得更加令人恶心和毛骨悚然，和这怪物相比，之前那些蝙蝠怪显然是已经帅多了。

狐狸并不想惹更多麻烦，救出汉娜离开这里是他唯一想做的事情，但眼下看来这东西不会这么轻易放过自己，更何况刚才已经断了它一条旁肢，当务之急必须先摆脱这怪东西的纠缠。

怪物偷袭不成反被断掉一根腹足不禁恼羞成怒，见狐狸跳到远处后改变了战术向他发起突袭。起先它只是在那里看上去呆呆地愣着，可几秒钟后却突然直起那肥硕的身子长啸了一声。狐狸正奇怪这家伙在干嘛，却突然听得从它身子下方土地中传来一阵轻微的隆隆声，声音在土里“隆隆”了一会儿后突然以极快的速度从地下向他袭来。狐狸知道大事不妙，但是因为距离太近，而且速度着实太快根本无法躲开，无奈之下他灵机一动，看到小树虽然还不到两米高却是韧劲有余便立刻拉着一根树枝借力窜上了树，前脚刚上树身下只感觉一个什么东西从地下突然窜了出来直向他的后门而去，不过还好那东西只是离开了地面不到三十公分便再次钻入了地下。

看到怪物的样子狐狸立刻明白了这一定和它的下半身有关，说不定正是尾巴之类的东西，就在正思考的当口隆隆声再次出现在了他的脚下，这次是直奔他所在的小树根部而来，只听得“啪啦”一声，小树顿时发出一阵剧烈的摇晃并且从根部开始裂了开来，幸亏他紧紧抓住树枝否则一定被掀翻到地上，怪物见袭击未成功立刻发动了第三次攻击，狐狸知道这棵树不是久留之地，只要再来最多两下整个树根就会被穿烂，可下地的话虽然对方尾巴仅仅能窜出地面不到三十公分，但是这点距离足以穿透一个人的小腿，也足够穿透一个倒在地上的人的胸膛，如果不小心受伤倒地一定会被活活穿死。

汉娜的呼救渐离渐远，狐狸向四周快速张望了一下，看到右前方不远处正是一间黄晶玉屋子，刚才路过的时候并没有怎么仔细留意，此时一看发现这黄晶玉屋子的材料和质地十分厚重，应该远远超过花岗岩之类，虽然那怪物的尾巴能够在泥地之内穿行，但是未必能够破碎黄晶玉，利用屋子应该能够抵挡住一阵它的攻击，而且如果刚才窜出的真的是怪物尾巴，那么此刻自己和怪物之间的距离应该就是它隐藏在地下的身体长度，这个长度也是它的攻击范围，只要跑出这个范围就能躲过攻击。

他趁那东西刚抽回尾巴再次蓄力的空当猛吸一口气后蹲下身子，借小树摇晃的力量一个翻转向前跳下了树，地上滚了一圈后开始拼命向屋子跑去。怪物见他被自己赶下树便转过方向打算直接向他发动攻击，只是隆隆声在地下传了一段后突然没了声音，那怪见他跑出自己的攻击范围，长啸一声后伴随着巨大的隆隆声响立刻再次钻入地下。

狐狸知道自己推测没错，这东西身子长度就这点，可是他并不敢掉以轻心，看样子对方并不像是逃跑，应该会从地下追过来，现在敌在暗他在明形势对他不利，如果那东西再次钻出地面可就不知道是身子先出来还是尾巴先出来了，转念一想后狐狸赶紧攀到边上一棵小树，然后借力攀上了其中一间黄晶玉屋子的屋顶。

你道他是要做什么？因为天谴村的屋子总共有七栋，呈北斗七星位置排列，看上去就像是一把勺子，他们逃进巨墙后所靠近的位置是在勺柄处，而画中小人所在的位置处于勺子斗和柄交接处，之前他跑出树林后遇到突袭的地方在勺斗附近，此刻汉娜已经被快要搬运到勺柄顶端，再过去一点就是巨墙边上的树林，如果躲避怪物的袭击那么拯救汉娜的时间就会被耽搁，无疑是眼睁睁看着她送死，可眼下怪物又躲回到了地下，无法判断它的存在和攻击方向，贸然去救的话自己很有可能受到伤害说不定还会送命，自己一死汉娜也必死无疑，必须想个既能脱身又能救人的办法，可如何才能既快又安全到达那里将汉娜从死神身边拉回来又能避开危险？通过观察他发现这些屋子之间的间距并不是很宽，应该能够直接在上面通过加速跑跳来前进。

此时他打算将干尸城中做过的事情故伎重演一次，这样也不用再怕那怪物从脚下发动突然袭击，只不过这次的难度显然是大了许多，不但必须连续跳过好几栋屋子，而且之前城中的屋子都是平房又有女儿墙，眼前的这些都是坡顶，再加上屋顶表面十分滑，能够平稳站在上面已经很不错了，又要跑动和跳跃，难度颇高，可此时已经容不得他再多做思考，即便是难度再大也只能硬着头皮上。

他突然朝后退了两步然后加速纵身向前一跃跳到了第二栋

屋子上，此时那个怪物并没有出现，就在他祈祷着并打算进行第二跳的时候，脚下的屋子却开始传来了轻微的震感，狐狸知道那家伙快出现了，虽不容怠慢却也并不敢轻举妄动，只是静静站在原地判断着那东西尾巴出现的位置。果然几秒钟后只听得“咔嚓”一身巨响，估计是屋子地板已经被穿透，根据声音大致判断了位置后赶紧一个快速冲刺向前方屋顶跳过去，前脚刚跃出只听得身后“哗啦”一声，刚才站立的屋子整个屋顶被掀翻了噼里啪啦开始往下掉，原来屋子的屋顶并不是用黄晶玉做的，只是普通的瓦片之类根本经不起怪物尾巴那么捣腾，不过在收尾巴的时候却是碰到了一点小麻烦，因为它的尾巴并不粗而且上面有倒钩，虽然穿透力很强但之前只是把黄晶玉地板钻出了一条裂缝并没有击碎，没想到在收回尾巴时被卡在了黄晶玉地板中。

怪物感觉收尾受阻突然开始用力甩动起尾巴来，这家伙身形巨大，发起蛮劲可是非同一般，经过穷凶极恶的甩动后，黄晶玉地板没有能够支撑多久就被甩成四分五裂。本以为能困住对方的狐狸站在屋顶上看到此情况大吃一惊，他没想到这东西尾巴这么厉害连坚硬无比的黄晶玉也被如此简单捣碎。此时身后的整间屋子已经被破坏变成了一堆碎片，见状他只得赶紧抓住机会继续快速向前跳去。

怪物仿佛看穿了他的想法，立刻发动了第二次攻击，短短几秒钟后，第二栋黄晶玉屋子也没有逃脱之前那间被彻底毁坏的命运，就这样一逃一击，此刻狐狸并不像是逃跑，倒像是在被身后怪物向前驱赶一般，后路不断被切断而前方已经没剩下几栋屋子，只要来到最后一间便是死路一条必须尽快想办法脱险，可身后怪物依然是不屈不挠地用尾巴在拆毁着一间又一间屋子，该如何是好?

这时候他看到不远处的汉娜正一边向他呼救一边挣扎着想从那已经干掉的黏液中挣扎出来，这些黑色黏液看似遇到空气后会丧失水分而变得越来越干而且越来越脆，裹在她身上的部分已经因为剧烈挣扎而脱落。蚜虫们自然不肯放过这些掉落下的好东西，有些开始争先恐后围上去争抢起来。狐狸一边向前跑一边示意汉娜稳住，然后取过枪瞄准汉娜身边那些离群的蚜虫瞄准射击。他是想通过这种方式来给汉娜信心，告诉她自己会在边上保护她，而且对方数量减少速度也会降低不少。可没想到意外的情况发生了：他的子弹同时击中了好几只蚜虫后将它们打成了碎片，从它们体内溅射出了一种绿色液体，说来奇怪，其他的蚜虫一见到这些绿色液体顿时犹如发了疯一般开始冲上去撕咬起它们的残骸，随着被咬死的蚜虫数量不断增加，地上出现了更多绿色液体，又有更多的蚜虫加入了厮杀队伍中，渐渐将汉娜给扔在了一旁。此时汉娜因为身上的黏液已经基本上全部剥落，赶紧从地上爬了起来，一抬头正看到狐狸在不远处的屋顶上一边逃命，一边挥动左手向后方指去对着她大声喊道：

“沿着树林向前跑……离墙越近越好……前面有个祭坛那里有个出口……你先走别管我……”

狐狸非常担心身后的怪物发现她，如果它向汉娜发动进攻，汉娜没有还手之力，虽然森林里面有蚜虫，但是并不在它攻击范围内，绕着走会比较安全。

汉娜看到他这副狼狈的样子知道不是儿戏，想帮却又帮不上，只能赶紧依他所言绕到树林边上躲开还在进行激烈交战的绿色蚜虫。此时那些蚜虫就好像是疯了一样互相疯狂撕咬，没多久地上已经是到处尸骸，这些尸骸发出的味道将更多的蚁巢中的蚜虫吸引过来加入战斗，战场覆盖面积越来越大，将树林和草丛之间的范围几乎全部覆满。

看到汉娜安全避开他这才放下了心，接下来要做的就是摆在自己眼前的难题：屋子尽头并没有紧邻树林，之间还隔开一块草丛带，再一直往前跳下去最后不得不下地，只要一下地就是死路一条，必须在短短的几秒内想到一个解决办法摆脱这种困境。

狐狸是一个善于观察和思考的人，越是危急时刻越是能激发出他那种极限反应能力，他一边观察着寻找机会，一边将眼光停留到了那些躺在地上刚才互相撕咬的蚜虫尸体，此时突然想起那个大怪物之前从地下伸出触须偷袭自己被打断后流出的先绿后变黑的液体，这个会不会和蝙蝠怪体内流出的是同一种东西？这些蚜虫因为绿色液体而变得狂躁，不知道怪物体内的液体能不能吸引它们的注意力呢？想到这里顿时心生一计，举起步枪瞄准屋子下面的怪物对着它肚子扣动了扳机。

狐狸的父亲从小便教他中国古代科学中的许多东西，其中也包括我国的国粹中医。父亲告诉过他在采集中药的过程中有一个非常重要的理论便是毒物附近必有克物，这是放之四海而皆准的理论。因为以前采集中药一般都是进入深山老林，深山里面有毒的动植物很多，采药人如果不小心中了毒就只能进行自救，而自救的唯一办法就是在毒物附近寻找克毒物。他的父亲以前就是经常单独进山寻宝，也屡次使用过这种方式进行自救脱险。

世界上很多事情其实并不是巧合只是缺少一个找到其内在联系的原因，只要找到内在原因就能够破解许多难题。前面已经没有多少路，必须冒次险，而胜算多少已经在他脑海中经过了精密预估：一直向前跑的话以自己的速度在屋顶上因为有黄晶玉地板阻挡因此能够逃避，但是怪物移动速度肯定要比自己快，即便是下地从屋子到树林这段路上没有阻拦也会被追上，必死无疑，更何况之前汉娜离开的时候地上蚜虫尸体才几十只，此刻已经是何止千万，如果这些东西沾到自己身上肯定无法脱身。一个是身后怪物一个是无数蚜虫，虽然眼下受到的是前后夹击，但是如果让它们互相残杀的话，岂不是可以坐收渔翁之利呢?

此刻开枪就是给那怪物放血，当然如果那能称得上是血的话，虽然流出来的是绿色，但滴落到地上后却会变成黑色，不管是绿色还是黑色，这两种颜色的东西刚才已经亲眼所见都能吸引到蚜虫，至于说是否是同样的物质，就他的知识来看，一方水土养一方东西，所以有绝对的把握能够达到目的。最关键的是那怪物为了追赶自己已经露出了地面，而且攻击时必定会露出肚子，这也正合他意。

“砰”一声，子弹带着狐狸的希望快速飞向怪物那圆滚滚的腹部，伴随着“扑哧”一声消失在了它的肚子里，这发子弹对于体型庞大的怪物来说并不能造成任何巨大伤害，仅仅是像人被蚊子叮了一下而已，没有任何痛感。对方只是有些纳闷，这个生物怎么能够用一根棍子让自己的肚子觉得痒痒的，不过见猎物即将被自己逼到死角，怪物稍事停顿后便又立刻开始继续向他发起攻击。

狐狸见对方没有任何反应赶紧子弹上膛射出了第二发，这次他瞄准的是怪物六根柔软触须的当中位置，这种叫无差别射击法，因为自己必须一直跑动而且对方身体也一直在摆动，高速运动下进行射击即便是再神的枪手也会产生偏差，更何况他还是反手放着回马枪。采用无差别射击法只要瞄准目标附近的副目标开枪，就算有误差也能够因为运动的偏差产生纠正，反而能够达到命中目标的目的。

果然，第二发子弹出膛后直奔其中一根而去，不偏不倚射断了怪物的第二根触须，从断须处顿时喷溅出了大量的绿色液体，刚才他射断的是触须中部，这回射到的是触须根部，喷溅出的绿色液体比之前更甚。怪物这回显然吃到了苦头，顿时恼羞成怒变得更加狂暴，扭动着庞大身躯加快速度和力量没命似的向狐狸袭去打算将他置于死地。狐狸才没那么蠢，见目的已经达到，顺便多补了一枪然后没命似的向前方奔去，因为他已经发现那一大片撕咬的蚜虫正在对方的移动轨迹上。

两间、一间，跳到最后一间黄晶玉屋顶上时怪物已经追到了身下，前方没有了退路，几米开外的地上便是成堆的蚜虫尸体，还有更多的正在源源不断加入战斗，战况相当惨烈。现在只剩下了唯一的一次机会，就是怪物尾巴窜出地板后收尾的那一瞬间。他估算了一下蚜虫尸体到刚才那扇隐蔽大门的距离，然后又估算了一下巨型怪物的攻击范围，两者其实差不多，不过最后还是咬咬牙孤注一掷，听到那东西尾巴从地下探穿屋子后立刻抓紧机会从屋顶跳下，一个前滚翻绕开蚜虫后开始沿着它们身边向前跑去。

随着身后“哗啦”一声巨响，最后一栋黄晶玉屋倒下了，“能够做的只是如此，接下来只能听天由命。”此时的他差不多已经脑子一片空白，除了求生的意志在催促着他不要放弃之外。狐狸知道这是自己最后的机会，用尽全力飞一样向树林冲去。

跑进树林后他立刻爬上巨墙附近一棵看上去尚算粗壮的树后紧紧盯着外面的情况，虽然这棵树比他的胳膊也粗不了多少。可没想到怪物见他跑进树林却突然停止了追赶，可能它也惧怕那些蚜虫，这倒是增加了狐狸的信心，只是这样如何能够把它给引过来？如果不过来自己是无法离开这里的，而且汉娜刚离开没多久，如果它转而去追汉娜又该如何？

见那怪物正打算返身再次钻入地下狐狸着急了，一口气接连打了好几发子弹，并且发发瞄准对方细细的腰部，此时身边子弹所剩不多，必须把怪物引回来否则汉娜必死无疑。他甚至已经做好了弹尽粮绝后再次跑出树林引怪物进树林的准备。

接连几枪后怪物或许是疼痛或许是挑逗又将它再次激怒，怒吼着回过身向树林方向冲来。狐狸看到它六根触须已经被自己打断了四根半，只剩下一根半在那里动来动去，触须根部已经出现了一个大洞，绿色的液体正从里面源源不断涌出来，在它肥硕的身体上画出了很粗的一条绿色后开始向地上蔓延。触须是它的命根子，命根子被打断，虽然怪物恼羞成怒，可无奈前方蚜虫众多，它又不敢进树林，只是在蚜虫附近保持着警戒同时用尾巴在不断向树上的狐狸发动攻击，只可惜因为刚才狐狸已经计算出它尾巴大致长度，所以当尾巴再次探出地面时只能在他前方一两米处出现却根本伤害不到他。

怪物也感觉到了只要再往前一两米就能将这个猎物置于死地，它决定冒个险。停下攻击后开始慢慢将身体向前移动。虽然没多少距离但是这点距离对狐狸来说却是致命的，因为他本来就已经躲到巨墙墙角，此时虽然看到对方要做什么，但是已经无路可退，只能祈祷着奇迹能够在死前早点出现。

只见怪物再次将尾巴探入地下，伴随着地下轻微的“隆隆”声后只听得“啪”一声，狐狸向前最后一跳，小树立刻被从根部打成两段。此时已经处于怪物攻击范围之内，他仿佛感觉到了怪物此刻内心的狂妄和暗喜，不过这一切已经都不重要了，“现在唯一的希望就是希望汉娜能够活着离开这里”。

“隆隆”声再次出现，一切都将在一两秒钟后过去，狐狸微笑地看着汉娜的方向轻轻闭上了眼睛。可没想到就在这千钧一发之际，地下的“隆隆”声竟然退了回去，前方出现一声巨吼，伴随着一阵恶臭传来。原来人算不如天算，怪物因为害怕而一直和蚜虫保持着距离，虽然它向前移动了一段但是仍然和那些蚜虫保持着距离，可因为之前狐狸在它身上开了一个大洞，再加上它一直在动使得体内大量绿色液体沿着它肥硕的身躯流到了地上，那些液体因为量太大没有来得及凝固一直流到了蚜虫附近，蚜虫天生对黑色液体异常敏感，此刻都停止战斗被吸引了过去，原本源源不断增援的那些也闻到味道转而围到怪物身边，有几只跑得比较快的已经沿着液体爬到怪物身上，更有甚者钻入了它身上那个洞里。刚才可能是因为体内被撕咬一时疼痛难忍它才停下攻击，见情况不妙打算逃跑，可是已经晚了，这么多蚜虫怎么可能放过这么好的机会，已经开始如潮水一般向它涌去，不一会儿它身上爬满了蚜虫，体内也钻进去至少成千上万只。可怜纵使有着庞大的身躯和力大无比的尾巴，对于这些微不足道的小虫子却是没有半点办法只能任凭它们撕咬。

“看来是天助我也，此时不跑更待何时。”

狐狸见怪物被蚜虫缠住也是欣喜异常，但是他并没有被开心和胜利冲昏头脑，他怕怪物最后会向自己使出必杀一击那是得不偿失，所以还是不敢立刻跑出树林，只是赶紧又爬上另外一棵小树后观察着前方的一切并等待着时机到来。

几分钟后伴随着一声巨吼，浑身爬满蚜虫的怪物在摇晃了几下后终于“轰隆”一声倒在了黄晶玉屋子的废墟边，地下的隆隆声也消失了，这时狐狸才放心地从林子里一边观察着一边走了出来。远处怪物的肚子已经被啃噬得只剩下了半个，正奄奄一息躺在地上，刚才那轰隆声一定是因为另外半个身躯承受不了巨大身体的重量，一头栽下来所发出的声音。

“死在我狐狸这个上海人的手里，也算是你的荣幸。”

狐狸看着那丑陋得只剩下半个身体的怪物，朝地上啐了口唾沫。压抑和死亡来临前的恐惧，此时都已经离开了他转而跑到怪物的身上，或许这个动作正是代表着他此时心情的最好表现吧。

那边那些蚜虫正在忙碌地拆卸着搬运着猎物，狐狸正一边看一边走，突然前方传来了汉娜的脚步声。

“你怎么又回来了。”狐狸生气地问道。

“我见你那么长时间没有跟过来，所以想回来救你。”

汉娜手上拿着那把格鲁鲁，气喘吁吁说道。狐狸对汉娜自己跑回来虽然有些生气，因为她这样若遇到什么情况，自己刚才事情就都白做了，不过怪物已经死去，而且她也是担心自己才返回，责怪她也没有什么意义便也不再说什么。因怕惊动了那些蚜虫，他暗示汉娜别再出声，然后带着她悄悄向祭坛方向赶去。

两个人沿着树林边上的空地快速向前跑去，不一会儿便来到了那个怪物刚才钻出来的大洞口。狐狸很好奇想看看这东西身板到底有多么庞大便探头向洞内张望了一眼，这一看却被他发现了奇怪的情况：下面是一个十分巨大的土洞，其中一侧角落到处都是人的骨头，很可能是天谴村原居民的遗骸，另外一边是一处深不见底不知道通往哪里的大洞，就好像是通往另外一个世界的入口一般，从底部传来阵阵湍急的流水声，而且透过黑暗还能隐约发现下面有点点亮光在动，很像夜晚的天空中的萤火虫一般，那亮光忽闪忽闪地在不断撩动着他的好奇心。不过因为落差太大而且下面情况并不明确所以只得作罢。

再次路过祭坛时，狐狸突然想起一件事情，他停下脚步从身后取过背包，从包里掏出一样东西。

“这是什么东西？”

见他如此举动汉娜不解问道。此时狐狸手中拿着的，正是刚才在祭坛上的那个怪物雕像。之前因为疲于奔命，狐狸忽略了一个线索，这个线索便是一直背在自己身后背包内的雕像，刚才他再次看到这个祭坛后才反应过来：怪不得刚才这怪物那么眼熟，想必它便是此时手上这个雕像的原型，因为不管外形还是特征，比如身后的羽翅、奇怪的头部，都是十分吻合的，只不过手中的雕像并没有实际的东西看上去那么恶心，可能是经过了几千年进化有所改变。洞里面的那些骸骨就是最好的证明，也完全符合祭坛上描绘的内容，只是之前有一点他认识错误，那便是这个雕像的作用，这并不是一个印章，雕像的下半部分之所以是平的，是为了表示这只怪物的属性，隐藏在地下的属性，而这些平的部分表示的是地面。

狐狸责怪自己反应怎么会慢了半拍，如果早点意识到的话也就不会有刚才这样的险情发生了。这时候一阵幽风吹来把他从想象中又拉回了现实，不管怎样如今已经是脱险也找到了出路，还是早点离开这里为好。

狐狸取出手电筒带着汉娜两人一前一后走进了那条漆黑的通道。这是一条螺旋状盘旋而下的通道，只能容得一个人进退，而且脚下的台阶并不是十分平整，下方是一片黑暗也不知道通往哪里，但是从传来的风声判断，高度是不会低的，一个不小心很有可能一脚踩空滚落下去。两个人只能扶着墙壁慢慢前进，通道虽然不太好走，不过好在一路上并没有意外情况发生。

也不知道行了多久，前方开始传来湍急的水流声，狐狸听得这声音十分熟悉，应该正是之前遇到蝙蝠怪的时候从下方黑暗中传来的水流，只不过之前那些声音经过了岩石山壁之间的传递，夹杂了更多的噪声，变得诡异和恐怖，此时却只是普通的激流声而已。通道前方传来的风也开始变得越来越大，看来他们两个现在已经来到了巨墙平台的正下方。

本以为能够一直下到底部的两人在又转过了几个弯后却发现前方的通道已经断裂，狐狸来到裂口处打着手电筒向下望去，在他们的正下方是一处地下河流的河滩，河滩上都是一些乱石，左手边过去不远处便是声音和风的源头：一条地下河道。他们此时所站的地方离河滩约有三米高度，不过这高度对于狐狸来说并不是什么难事，他转身将手电筒交给汉娜让她帮着照明，然后调整好姿势轻轻一跳下到河滩上。脚下的石头都是鹅卵石，很可能之前河水曾经没到过这里，也可能是河水的缘故将这泥土通道给冲塌了。狐狸检查了一下周围发现并没有什么危险后转过身在下方接着汉娜并且示意她往下跳。可能是时间过于长久的缘故，汉娜站在上面还没调整好却是突然感觉脚下一空，泥土通道竟然塌了很大一块。她只能借着坍塌瞬间的力向下一跳跳到了狐狸怀抱之中。狐狸见上面的通道好像还没完全消停赶紧拉着她跑出了通道。果然不出所料，伴随着隆隆的声音，这条通道从下往上一路塌陷而去，动静消失后抬起手电筒向里一望，六七米以内的通道已经尽数塌陷，看这情况就算是使用工具也已经无法爬回去了。

两人互相看了看后都不禁笑了起来，这一路上好像自始至终冥冥中有一种什么力量一直在将两个人向前方驱使着，不允许他们回头，他们或许也早已经习惯了这样的命运，也知道不管发生什么事情，唯有一路向前才能离开这里。

“好了，这下后路又没了。”

汉娜打趣地说道。

“路怎么会没呢，这么大一条路在你的眼前，你竟然看不到啊。有河就一定有路。我们只要沿着这条河走，就一定能够走出这座山，找到路出去。”狐狸充满自信地说道。

“不过眼下找到路出去不是最主要的，我看还是先洗个澡放松放松。”

说完他便向身边的地下河道走去，汉娜或许也正想搞一下个人卫生，因为之前身上被喷了那么多蝙蝠怪的黑水，虽然此时身上大部分的都已经在之前弄掉了，但是那股味道还有长期在地下的那股霉味，夹杂着汗臭味，让她也不禁想赶快找个地方能够清洗一下。

只是眼前的河流因为前方地形高低落差较大因此比较湍

急，两人沿着河向前走了一段距离后，身边的河水渐渐缓了下来，在寻找到一处水势相对平静的地方后停下了脚步，而且更合心意的是，这附近的水域里有许多可能是被河水带来的石头，此时正堆在河边围出了好多个半封闭的区域，这样的话更加有私密性，同时也验证了狐狸之前的想法：这里的水曾经因为某些原因漫到过很高。

“这儿倒是不错嘛，天然的浴场水质也好，可惜水不是温的。”

狐狸走到河边用手撩了一捧清水后伸出舌尖稍微舔了一下，确认水是否安全。

“好久没有洗澡了一身臭汗。你就在这儿洗吧，我去前面，不许偷看哦，否则……”汉娜扬了扬手中的格鲁鲁。

“美不死你了谁要偷看，自己洗还来不及呢，别走太远，否则万一有什么情况照应不到了。”

话还没说完狐狸便已经迫不及待自顾自脱起了衣服，汉娜见状脸上登时一阵臊红，也赶紧转身向前方不远处几块石头所围成的半封闭区域走去。几分钟后两人隔开几米远的距离分头开始搞起了个人卫生。狐狸的右手边是他们之前一路走来的河滩，因为没有任何遮挡所以视线良好能够一路看到很远。他一边洗着澡一边观察着周围的一切。说实话这山洞的环境真的不错，周围的岩壁上星星点点地闪耀着犹如钻石一般的光芒，将整个山洞点缀得有如天上银河一般璀璨。这条河虽然是地下河但河水并不似普通地下水一样冰冷，感觉有些温热，想必是刚从外面流入山洞还没来得及降温，根据水流速度能够判断出不远处的上游应该有一个通往外面的入口，只要找到那个入口就能离开地下。

“狐狸，你现在在干嘛呢。”一边传来汉娜柔美的声音。

狐狸反应是何等迅速，一听这话就知道是她在试探自己是不是还在原地洗澡，又或者躲在暗处偷看她，不敢怠慢赶紧回答道：

“这里环境还真不错，不过我现在要先等你洗完。”

“为什么要等我洗完？”

“这一方面呢是因为我要负责警戒，另外，你看你把上游的好位置给挑走了，我现在在你下游，洗下来的那些东西可全部跑到我这儿来了呀，所以要等你洗完才能洗呢，现在先泡着热热身子，好舒服啊。唉，对了，我们这算不算是一起洗过澡了啊……”狐狸嬉笑着问。

“你，你讨厌。”汉娜有些生气，但更多的是害羞。

“其实我这个人本来就很讨人厌，不过没办法，今天在这儿也是老天爷安排的，你和老天爷去说呀，不然你就算再讨厌也没用。”

听到对面此时突然没了声音，狐狸觉得自己话可能说重了点，赶紧又打圆场道，“我知道你和我说话是想干嘛，我是正人君子，不是你想象中的那种人，要趁人之危刚才我就……放心吧，那种事情我是不会做的。”

听他这么开门见山挑明了一切，汉娜这才继续和他聊了起来，两人开始从工作一直聊到兴趣爱好，一边在水里泡着，如果是旅游，这种环境这种氛围一定会是一个非常美好的回忆。

但是几分钟后，聊着聊着汉娜突然发现狐狸那边没了动静，叫了几下都没有反应，她知道一定有情况发生，立刻来到岸边穿起衣服，可没想到刚把内衣穿好突然一个黑影窜了出来从后面一把捂住了她的嘴巴并且往后拖去。汉娜知道那只手是谁的，以为是狐狸要流氓，赶紧用脚跟对准他脚尖用力一脚踩了下去。这一脚她可是使出了吃奶的力气，再加上地上都是鹅卵石，狐狸被这一脚踩得那是眼泪都快流了下来，只不过他仍然没有松开那紧紧捂住汉娜嘴巴的手，只是在她耳边说了三个字：“有情况。”接着伸出一只脚将地上的衣服向汉娜怀里一勾，再次将她连拉带拖带到了不远处一块巨石后方。

在做了一个不要出声的手势并且得到汉娜点头后，他这才放掉那只捂在她嘴上的手然后抱着脚在地上打起滚来。滚了几下后还抽空腾出一只手朝一个方向指了指然后继续打起滚来。

汉娜从大石头后面悄悄探出头借着洞内本来就有的点点星光向狐狸所指方向望去，就在刚才他所站位置下游方向距离五六米处水中出现了一个人形黑影，黑影此刻正在水中悠闲地游动着，看上去像个人但是却又更像条鱼。只见它慢慢游到了刚才狐狸站的地方停了下来并且在水中摆动了两次脑袋然后再次向上游方向而去来到了刚才她洗澡的地方，并且停留在一块大石头后面不动了，可从他们位置看过去什么也看不清。

狐狸慢慢将脑袋凑到汉娜边上轻轻问道："看到了吗？"汉娜点点头。

"我刚才一直不敢洗就是怕会出现什么奇怪的事情，看来这次真的是好的不灵坏的灵，看到那东西出现后赶紧从河里爬了上来，本来想叫你但是又怕惊动那家伙，所以才直接去拉你，我没别的意思。"

"对不起，还疼吗？"汉娜此时才意识到了刚才错怪了他。

"疼，不过不是脚，是心，我的好心被你无情地给踩碎了。刚才观察了一下前面不远处应该有个洞口，这条河是从那个洞口流进来的，只要沿着上游方向前进就能离开这里。这里并不是久留之地，待会儿等这家伙走远了早点动身。"

那东西一直躲在水下，而且此时被岩石遮挡住视线所以看不出到底是个什么东西，两个人不敢轻举妄动，只能在大石头后面等待并观察着。可黑影却一直没有离开，而是停留在刚才汉娜洗澡的地方，狐狸见状调侃道：

“你看吧，还说我，这东西简直就是色到了顶点，专挑你洗过澡的地方晃悠，我看八成是被你身上的体香给吸引过来的……”

话还没说完汉娜突然伸出两根手指做出钳子状扭向狐狸的手臂，这一夹那可是痛彻心扉，可又不能叫出声，他只得吃下这个哑巴亏。

黑影在水里徘徊了很长时间却并未离去，狐狸实在等不及了，刚打算掏枪把这家伙解决，却不料“哗啦”一声黑影突然从水里站了起来，它一直在石头后面移动此刻只能看到一个头看不到身子。出现在他们眼中的是一只很大的鱼头，黑鱼一般，满嘴都是尖尖的牙齿，头部以下被石头挡住，看不到它身体。不过这并不影响狐狸的主意，他慢慢在石头后面举起枪向大鱼头瞄准，刚准备扣动扳机突然从远处空中传来轻微“啪啦啪啦”声，听得这声音十分熟悉，他赶紧把汉娜一起拉回了石头后。

远处空中出现了两只黑影，慢慢降落在鱼头边的石头上。

狐狸一看，没错正是那些蝙蝠怪，没想到这个时候它们会出现在这里。自己手上只剩下了两发子弹，无法解决眼前三个家伙，联想起之前那几十只蝙蝠怪回巢时的场景，为了避免多生枝节只能按兵不动，先看着它们到底在搞什么名堂。

那只大鱼头上两只鱼眼正左转右转仿佛在动着什么坏脑筋，又好像在向其中一只传递着什么信息。没过一会儿右边的那只蝙蝠怪突然扑到左边那只身上开始撕咬起来，被撕咬的那只也并没有做任何的抵抗只是突然瘫软到了地上。狐狸看到那只倒下的蝙蝠怪身上的伤痕时立刻反应过来正是之前看到的第六只蝙蝠怪，此时不似之前那样斗气十足凶狠异常，而是完全没有了任何意识，仿佛被灌了什么迷魂药一样瘫软在地上，不多一会儿就被撕得四分五裂。

大鱼头见它已经被撕烂，使了个眼神，动手的那只好像得到命令似的拍了拍翅膀再次腾空而起向远处黑暗飞去，大鱼头则再次潜入水中，并且将被撕碎的蝙蝠怪也一块一块拖进水里，想必已开始享用起来。这一幕发生得那么突然又那么离奇，他看得目瞪口呆，立刻改变了主意。

“那东西看来非同寻常，我们现在暂时只能待在这里，不要轻举妄动。”

狐狸在汉娜耳边轻轻耳语道，虽然他不知道这东西用什么控制住了蝙蝠怪但是一定比它们更加厉害。所有一切古怪的事情的根源一定都在大鱼头身上。可是等待是漫长的，结果也未必是理想的，不知道那鱼头是胃口不好还是留恋汉娜身上的味道，等了一会儿后并没有从石头后游走。狐狸有些沉不住气了，这么等下去不是办法，而且不知那只飞走的蝙蝠怪什么时候会回来，又会带什么回来，他决定先去探查一下情况。

他从汉娜手中取过手枪作为后备武器，招呼她静静原地等待，然后开始摸索着打算绕到边上看看大鱼头躲在石头后面到底是在搞什么鬼。为了避免暴露行踪沿着下游绕了一个圈子后这才来到大鱼头下游，可没想到那些挡住它的石头是凹陷的，不得不慢慢走进河里去观察。一直走到接近河对岸岩壁位置这才勉强看到那大鱼头，只不过此刻出现在视线内的并不是想象中的一条大鱼而是一个人，没错，是一个人，一个赤身裸体的男人，此刻那个男人看上去非常痛苦，在那里扭曲着身体不知道在干什么。他借着岩壁上突出的石头一边隐蔽一边向前慢慢移动着，渐渐看得更加清晰：那个人身体外形和人类一般无二，只是皮肤的颜色是金色的而且上面有许多鳞片，两只手臂肘部还有些许鱼鳍。狐狸记得以前父亲曾经和自己说过这种东西，它们是一种存在于进化顶端的生物，但是因为当时太过于调皮没有怎么留意，只是知道有这么回事儿。眼前这个有着人类外表的生物应该正是大鱼头所变。父亲说过这种东西留在人间会危害一方，他悄悄举起了步枪。

准心已经对准了它的头部，只要扣动扳机就能为民除害。就在即将扣动扳机的瞬间，脖颈处突然被什么东西狠狠刺了一下，一分神子弹打到了一边的石头上闪出几颗火星，那东西听得枪响立刻一头钻进水中，可能是被打碎的石头所伤，狐狸清楚看见它钻进水后从水中冒出了血水。

偷袭失败他赶紧冲上去又朝水里补了一枪射出最后一发子弹，手中这杆陪着他一路行来的步枪光荣完成了它的使命，此时留在身边只能增加负重。他知道那东西被惊动必须离开这里，于是把枪往水里一扔，跑向大石头后面和汉娜汇合后拉着她快速向上游出口方向跑去。

两人跑过一段路，前方已经能够看到河流从洞口缓缓流入，外面便是阳光明媚的地上世界，可此时身后漆黑的下游处突然传来了啪啦啪啦的声音，想必是那些蝙蝠怪开始向他们追了过来，不过它们是喜阴之物，只要跑出洞口便能脱身。

前方出口便是生存的希望，两人已经离开它越来越近，此时身后的蝙蝠怪也已经慢慢追了上来。脚下是鹅卵石人在上面奔跑很困难而且容易崴脚，突然汉娜一脚踩空摔倒在了地上，蝙蝠怪见目标摔倒趁机加快速度冲了过来。狐狸知道如果停下脚步两人一定无法安全逃脱，而且汉娜在干尸城池救过他，两人同甘共苦一路走来，坚决不能扔下她。

他抽出手枪，一边开枪向那些蝙蝠怪射击一边拉起汉娜向出口处做着最后的努力。格鲁鲁的威力和准度无法和步枪相提并论，打在蝙蝠怪身上就好像是用拳头打墙壁一般。那些蝙蝠怪根本不买他的账，转眼便追上两人并且将他们团团包围起来。

狐狸见大势已去此刻能够做的只有一件事情，他紧紧抱住了汉娜，在她耳边轻轻说道："这回你恐怕吃不到我做的菜了，这顿饭就当欠着，下辈子还给你。"汉娜听他这么一说也立刻被逗得笑了起来，"好啊！你说的不许赖皮哦。"

逃生

两人紧紧相拥在一起，等待着最后那一刻的降临，对于此时的他们来说，死亡已经变得不再可怕。或许这才应该是面对死亡的真正态度。

突然意想不到的事情发生了，一阵“哒哒哒”的枪声从前方洞口传来，狐狸感到十分意外，那是他最熟悉的八一杠一，八一杠一此时正好像带着他的愤怒还有生的希望，怒吼着向那些怪物身上倾泻着子弹。蝙蝠怪也没有料到会突然杀出个程咬金而且火力极其凶猛，突然没了方向赶紧四散逃开，转眼间除了留在地上三四具被打得如同筛子般的尸体外，其他的立刻全部消失在了黑暗之中。

两人抬头发现十几米开外的洞口附近一个身影正站在那

里，但因为对方背后是洞口，光线太强只能看到大致轮廓是个男人。

“此地不宜久留，你们跟我来。”

对方转身便向洞口方向快速跑去。狐狸和汉娜此刻死里逃生而且再次听到久违的话语，这种感觉已经无法用言语来形容，所有一切都化成了一个深深的拥抱。狐狸赶紧扶起汉娜跟着这个男人离开了山洞。

来到山洞外发现原来这里别有洞天，出现在眼前的是一个规模宏大的山谷，远处有一个大瀑布，所散发出的水汽在阳光的照射下在空中画出一道美丽异常的彩虹，极高的落差使得上方的水流如倾泻般倒入下面的一个大湖泊内，整个湖泊被一个大圆一个小圆天然分成了两块区域，看上去有些像葫芦形状，瀑布上下来的水都通过那个葫芦口源源不断向山洞内输送而去，山谷中到处都是连看都没看到过的植物，好一派人间奇观。不过此时并不是观光赏景的时候，身边有受了伤的汉娜前面又有一个神秘人，虽然对方救了他们，但是之前一路上行来从没有遇到过任何人类，联想起之前的鱼头怪，这里面会不会有什么阴谋？又说不定会是个苦肉计，也有可能……

他搀扶着汉娜一边前进一边观察那个神秘人，可对方并没有因为汉娜受伤而放慢脚步，也并没有回头观察身后的两人是否跟上，只是一个人自顾自在树林内观察着周围的情况并且寻找隐蔽处向前而去。从这点可以看出他好像是在担心着什么，或许周围有比关注他们两个更加重要的事情，而最大的可能便是危险。

从神秘人的背影和一举一动判断，这人就算没有经过专业的训练，也肯定是在经过了长时间的摸爬滚打之后练就的这副脚力和这种观察周围事物的方式，这个人观察的时候只回头却不转身。一个正常的人通常具有两种反应：主观反应和客观反应，主观反应又称为意识反应，是一个人对周围环境做出了解后产生判断的行为，依靠的是人的思维；而客观反应是判断产生后大脑控制肌体执行相应动作的过程，依靠的是人的行为，一般情况下这两者之间存在着一定时间差。如果敌人突然出现，一个头部跟着身体做转向运动的人和一个只转头部而让身体保持原来状态的人，两者行动会产生一个极其短暂的时间差，这个时间差足以让敌人扣动扳机或者发动致命攻击。所以狐狸也是经常使用这种转头不转身的方式观察周围情况。

两个人紧紧跟在神秘人身后穿越了大半座山后来到了一棵参天大树前，这是一棵位置十分特别的巨树，因为从空中俯视时几乎是看不见它的。它生长在半山坡一个巨型大坑之内，这个大坑直径足足有二十多米，深十几米，除了缠绕在树干上的藤蔓外，这棵巨树周围并没有任何其他植物。大树树冠将整个大坑覆盖得严严实实，如果不小心从坑边上经过，很有可能直接从茂密的枝叶里掉落大坑一命呜呼。

那个人来到树根旁向周围张望了一下，狐狸只当是他要钻进树洞，但是出乎意料的是他仅仅在树前晃了一下，然后拉了一下树上垂下的一根树藤，这根树藤牵引着不远处地面上的一块土丘，此时一个半露地面的地下土洞入口出现在他们眼前。神秘人快速钻了进去，然后示意两人跟着自己，狐狸赶紧扶着汉娜跟了进去，没想到进洞后那扇门又自己关上了，大树下根本就看不出有任何的入口。

这是一个半人高的土洞，而且并不宽阔，只能容得下一个成年人弯着腰勉强通过，洞口后是一条几米长的通道，钻过后前方突然开阔了许多。整个土洞分为上下两层，下面一层像是起居处，一个看上去像炕一样的地方上面铺着许多干枯的树叶，还有一些盛水的工具被扔在了地上，炕边上是一个土台阶，就是在泥土中挖出一个一个坑可以顺着向上爬的那种，上面一层是一个能够容得下两人站立的小平台，小平台四周各开着一个小口子，隐约能够从中看到外面的日光，虽然不是很充足，但是也大致能够看到屋内的样子，当然这仅仅是对于狐狸这双特别眼睛而言，想必这个神秘人也是习惯黑暗的环境，此刻一举一动并没有因为光线的突然变化而产生什么磕碰。

神秘人进入土洞后第一件事情便是立刻沿着土台阶爬上平台，对着窗外仔细观察着，仿佛外面存在着什么天大的危险。就在对方认真观察的时候，狐狸注意到他的脸上有一条疤，黑漆漆的脸庞上这条疤显得十分注目，加上他此时正紧张地观察周围的环境，极其严肃的表情使得他看上去更加恐怖，狐狸推测这个人之前一定经历过什么剧烈的搏斗，才会留下这个无法抹去的印记。

向四周观察了一会儿后神秘人看上去已经不再像之前那么担心，他从平台上爬下来点了一支蜡烛，来到两人面前示意他们就座，然后开始慢慢褪下身上的装备。他身上除了一把八一杠一外还有一把弓弩一把尖刀，身后背着一个袋子，不过当他轻轻将袋子放在“床”上的时候，狐狸却是看到里面好像放着几个黑色像土豆一样的东西，这玩意儿换成是一般人就这些光线或许看不出是什么，但是这逃不出他的眼睛，那是几个美式手雷。能够在这里带着这些东西，看来这个人肯定不简单，说不定在他的身上发生过什么特别的故事。

“啊！”突然汉娜由于脚伤的疼痛一下子叫了起来，同时也将狐狸的思绪拉了回来，他赶紧将汉娜扶到一边坐下，只是地上那个木桩显然并不能让受伤的汉娜正常就座。

“就坐在床上吧。”男人开口说话了，那是一股充满男人阳刚磁性的声音，威严中带着点关爱。他将装满手雷的袋子挂到了墙上，将武器推到了床内侧空出来的地方。见狐狸将汉娜扶到床上，男人伸出手摸了摸她的脚踝，汉娜因为对这个神秘人抱有一定的戒心，突然显得有些慌张，可男人并没有停下手中的动作，狐狸知道他并没有恶意，对她点了点头。

“还好只是扭伤了脚，没有皮外伤，没事的。你们先休息一下，我先去弄点吃的。”

男人在汉娜脚上轻轻摸了两下后打算起身，但他的眼光突然无意中扫到了汉娜脖子上的那个挂件，注意力一下子被吸引住了。他紧紧盯着这个挂件看了许久，突然对着汉娜问道：“娜娜？”

听他这么说，狐狸和汉娜显得非常吃惊，两人紧紧盯着眼前这个陌生人。神秘人突然一把抓住汉娜的手，激动地说道：

“娜娜，是我，我是爸爸呀。”

男人一边说一边把头上的头发捋起来，并且从口袋中掏出一副只剩下一块破碎镜片的眼镜架到了鼻子上。汉娜看到眼前这个似曾相识的人，一时之间愣住了。

“爸爸！”汉娜扑倒在父亲怀中大哭起来。

见到这对久未见面的父女再次重逢，狐狸自然十分识趣赶紧退到了一边，不过既然是汉娜父亲，那也算是自己人了，他也不再那么拘谨，趁两人哭诉的时候来到了一边随便看看，却是发现前方一扇被糊满了泥土用树枝扎出来的盖板，不仔细看根本就看不出，在盖板的后面好像是一个空间。走到盖板前一翻，果然，后面是一个很大的空间，这空间比他们现在所在的地方还要大上三倍，看上去就像是个储藏室，只是从里面传出阵阵扑鼻的臭味，这味道和蝙蝠怪身上的很像，但是细闻却又有着些许不同。他猫着腰钻进洞内看到里面堆满了东西，但因为面积太大又没有任何光源漆黑一片，看得并不是很清楚，他打算找一个蜡烛之类的照明。

身边墙上有一个小坑，手一摸里面有个烛头，刚打算点火可身后突然传来一阵风将蜡烛吹灭。回头一看汉娜父亲不知什么时候已经站在自己身后。他冲狐狸摇了摇头然后拉起他向汉娜边上走去，并且再次爬上平台向外面张望了一下，此时已经是天色大暗，不知道他到底在观察些什么。

汉娜父亲再次从平台上爬了下来，招呼两人快速躲到刚才那个狐狸发现的土洞里紧紧盖上了那块盖板。就在狐狸纳闷的时候，突然脚下的大地开始震动起来，这震动来自地下，很像是地震，此刻头上的碎泥伴随着震动开始不断掉落到众人头上、肩上和身上。漆黑的土洞内三人紧紧靠在一起谁也不敢轻举妄动。

震动过后狐狸以为已经没事刚准备起身却被汉娜父亲察觉，一把拉了下来。不多久，远处空中传来一阵“嗡嗡嗡”的声音，通过大树的树冠又通过树干上的观察眼传到三人耳朵里。

这阵低频震动虽然并不响，但是却搅得三个人十分难受，头晕想吐，低频足足持续了几十秒钟后才渐渐离去。狐狸松了一口气打算准备再次站起来，汉娜父亲又再次一把拉住了他示意别轻举妄动，看来外面还应该会有什么事情发生。

过了一会儿，果然远处传来“啪啦啪啦”拍打翅膀的声音。狐狸听这声音有些熟悉但是却又有些陌生，很像是蝙蝠怪在空中飞翔的声音，但是耳边的这些拍打翅膀频率要比那个快了许多。那声音离大树越来越近，渐渐穿过树冠来到大树底下，听距离应该就是在附近不远处了，从声音可以判断出不速之客有两到三个，此时已经着地正在外面走动，并且在用一种奇怪的低频沟通着什么。它们沿着周围走了一圈后慢慢集中到树干边上，开始在那里讨论着什么。

正所谓好奇害死猫，狐狸的好奇心十分强，虽然之前一路所发生的事情都出乎他的意料，可并没有能够满足他的好奇心。白天所见告诉他这里是一个不寻常的地方，而且危险重重，但作为一个曾经的优秀侦察兵，任何能够了解敌人的机会都是不能错过，知己知彼百战不殆，因此他非常想去看看，而且那些东西在外面，自己轻手轻脚不会有任何差错，他趁汉娜父亲一个不留神起身轻轻拉开了木板，然后照着刚才汉娜父亲一样蹑手蹑脚爬到了二层平台。

探头向外一望，果然刚才沿着地下绕了半圈此刻正处于大树树干内部，此时外面天色已晚，但是仍然能够借助微弱的光线看到前方有三个黑影，正伴随着六个亮点转来转去，那是怪物的眼睛。从外形上来看这些东西和之前发现的蝙蝠怪非常相似，都是能飞能走的空陆两栖，可却又有着不同，从行动上来判断它们的重量和力量至少要比蝙蝠怪高一个等级。

三个黑影来到树干前后兵分三路散了开来，一个向左一个向右，另外一个则站在原地仿佛是在寻找什么东西，突然停在原地的那个好像发现了什么，开始向树干方向走来。“咚，咚”沉重的脚步离他越来越近，就像踩在他的心头，震得他有些心慌，看来这些会是非常难缠的敌人。

那东西向着树干一边走一边做着什么动作，看到这里狐狸隐约明白了是怎么回事，原来它们此时正靠嗅觉来感知着周围的环境。狐狸此时所在的地方虽然是树干但是他却忽略了一点，树干的四面都是有孔的，汉娜父亲正是通过这四个孔来观察外面，也正因为这四个孔使得树干内形成空气的流动。他因为急于观察却疏忽了这个细节，微风已经从他身后孔中吹入，将他的气味从前方的孔中送出传进了对方的鼻子里。狐狸反应过来时已经晚了，外面的怪物已经察觉到前方树干内隐藏着什么东西，正全力向他冲来。

这树虽然是参天大树，树皮粗糙厚实，但外面的那东西显然不是吃素的，跑过来后对着树干就是一掌，整个树干被立刻震得晃动起来，威力看上去不出十几下便会将大树拍断。这东西和刚才蝙蝠怪相比简直就是一个天一个地，估计蝙蝠怪遇到它也只有被拍扁的份儿，没任何还手之力。一掌未结束紧接着第二掌又再次到来。狐狸正打算故伎重演用格鲁鲁去射对方眼睛，突然一股恶臭从边上传来，转身一看，汉娜父亲手中拿着什么东西正站在边上，他用手轻轻推开狐狸后将巨臭的东西挂到了树洞洞口。

树干接着又剧烈震动了第三下，之后外面便没了任何动静，想必臭味产生了作用。狐狸这回学乖了，低着头一动不敢动，汉娜父亲也紧紧拉着他一动不动。半分钟后外面便没了动静，狐狸想探出脑袋看个究竟，却被汉娜父亲一把拉住，他摇摇头示意不要起身。又过了半分钟树干外才再次传来沉重的脚步声，这次渐渐远离了他们，紧接着“啪啦啪啦”，三只怪物展翅飞向了天空。

怪物离开后众人这才叹了口气，两人回到汉娜身边。

“现在没事了，它们已经走了。”汉娜父亲将汉娜带到床边。

“刚才那些究竟是什么东西？太厉害了。”另一边汉娜也用疑惑的眼神看着父亲。

“现在还不是知道这个的时候。对了娜娜，你和这个小伙子怎么会来到这里的？”汉娜父亲一边帮汉娜揉腿一边问道。

汉娜把自己跟踪狐狸两人一起掉落地下后屡次遇险的事情如实说了出来。

“唉，看来一切都是天意啊。”

汉娜父亲长叹了一口气，接着说道：

“我一直以为自己能够阻止这一切的发生，看来还是无法挽救一切。”

“爸爸，这到底是怎么回事？还有，你怎么会到这里来的？”

“说来话长啊。”

汉娜父亲向两人说出了许多和这个凶脉故事有关的渊源。

抗日战争之前，汉娜的爷爷就已经知道曾经有人找到过诸葛亮在山里所建造的隐蔽工事的实物线索，只是后来再寻时已经无迹可寻，无法进入其中破坏凶脉之源。偏偏老天有眼，抗日战阵爆发后，作为游击队长的他在一次袭击日本人的战役中，打退了前来寻找凶脉的影子部队，并且从他们留下的资料里发现了凶脉之源的线索，这才找到了进入地下工事的提示。只不过这些提示又带给他许多新的问题，所以直到离开人世的那天都没有能够完成心愿。他将汉娜父亲培养成为了一个考古学家，就是为了能够让他帮助自己完成心愿，替一方百姓除去祸害。从很小的时候汉娜父亲就已经接触到了不少他父亲留下来的资料，并且通过自己的知识不断收集和整理与凶脉有关的线索。

几年前邻县发现的古代墓葬中出土的文物让他从中找到了其中的秘密，经过几年的精心准备，本来已经打算出发破坏凶脉，却不料中途出现了那个利用汉娜靠近他的神秘人，之后用汉娜作为要挟让他帮着一起进山完成一个神秘仪式，以打开通往凶脉之源的道路。

“原来是这么回事，对了爸爸，我们找到了诸葛亮修建的塔状工事里传说中的那颗神石。”

“真的？”汉娜父亲听见女儿说找到什么东西，此时突然变得兴奋异常，“天意啊，快让我看看你们找到的东西吧。”汉娜父亲显然因为激动，声音显得有些颤抖。狐狸取出珠子交到他手里，汉娜父亲仔细端详着这颗神奇的珠子，可是看了一会儿后，他却摇了摇头。

“唉，可惜晚了……”

“怎么了爸爸？”看着父亲欲言又止的样子，汉娜觉得奇怪。

“这里的情况比你们想象中的要严重得多。”

“这，这到底怎么回事情？”听到这句话狐狸和汉娜都大吃了一惊。汉娜父亲低下头沉思了一会儿，说道：“这里的情况已经发生了变化，而且经过这段时间的观察，我想我知道了凶脉到底是怎么回事。”汉娜父亲沉默了一会儿，好像在想什么事情。突然他抬起头问两人道：“你们知道现在自己在什么地方吗？”

“在什么地方?”狐狸和汉娜对视了一下异口同声说道：“山里呀。”

“看来你们还不知道事情的严重性。告诉你们吧，我们可能已经不在原来的世界了。”

“这，这到底是怎么回事？”见汉娜有些不太相信自己的耳朵，父亲说出了他怎么会来到这里的整个经过：“几年前我被那伙人带进山后听到他们谈话中提到要去寻找一扇能够进入凶脉之源的大门，之后被带着走了好几天，他们参照地图来到一个奇怪的山洞后进行了一个神秘的仪式，可没想到仪式举行到一半却突然发生了爆炸，醒来后发现自己已经躺在刚才遇到你们的那个山洞口，当时我是被枪声吵醒的，睁开眼睛后看到他们和那些蝙蝠怪正进行着激战，许多人已经被蝙蝠怪所害，到处都是人的肢体和鲜血，我趁乱逃出了山洞。我并不知道这里是哪里，虽然地形和山里很像，但是走了许久却没见到任何人，这时候我才想起来你爷爷留给我的资料里面所说的很像另外一个世界是怎么回事。不过这样也好，那伙人再也不能回去找你的麻烦了，后来我就一个人在这里生活了下来。”

“没想到这里面竟然还有这么一个故事。可为什么当时会发生爆炸呢？”狐狸问。

“这个我不清楚，但是从他们口中得知，那些东西也是别人给他们的，至于是谁给的就不知道了。”

“怪不得这里的事物都那么不寻常，那些怪物，还有个大鱼头……”

“你们也遇到鱼头怪了？”汉娜父亲听到这里显得有些着急。

“对，之前我们洗澡的时候差点被它偷袭……”说到这里，汉娜突然发现自己说错了话顿时脸变得通红，好在里面光线昏暗并不怎么明显。

“没有没有，我们是分开来洗的，这么关键的时候你怎么不说个清楚呢。”狐狸瞪了汉娜一眼。

“那只鱼头怪会使妖术，如果再遇到它千万不要恋战。”

“妖术？”

“它能控制其他生物，具体怎么控制法不是很清楚，我想可能是心理催眠或者是其他什么，但不管怎样千万别靠近他。”

此时汉娜父亲仿佛回到了自己在山洞里从昏迷中醒来后的那一刻：那几个人本来正在朝着蝙蝠怪射击，但是当不远处鱼头怪出现后他们便开始互相残杀，虽然这一幕已经过去了几年，但是却仍然历历在目。

“怪不得之前的那些蝙蝠怪举止那么古怪，就算浑身是伤战斗力也要比其他的强上百倍，原来都是被鱼头怪给控制住了，想必它正是利用这种方法来为自己觅食，让食物寻找食物，倒是闻所未闻的奇事。”

“这里已经离开山洞很远了，鱼头怪应该不会出现了吧？”狐狸有些不放心，问道。

“刚才过来的时候你们有看到两个大湖么，像葫芦形状一样的，那里是鱼头怪的老巢，我曾经看到过，没有千只也有上百只，而且刚才你们也听见了，空中的那些声音……”

“说到这个我正好奇呢，那些到底是什么东西？”

“蝙蝠怪，这个你们之前已经见识过了，刚才天上飞过的那些还有刚才的那几只，要比山洞里的那些厉害几十倍，他们刀枪不入，遇见后只能躲没有第二条路可走。”

“那我们只能一辈子困在这里了么？”听到这里汉娜显得有些沮丧。

“应该不会，这棵大树已经生长了千百年，虽然巨大但是估计也快到头了，再加上刚才受到了冲击，过不了多久就会干枯死去，到时候我们就连藏身的地方都没有了。”汉娜父亲苦笑着说道。

“那怎么办才好呢？”

“或许这也是天意吧，让我能够在有生之年再次看到我的宝贝女儿，已经死而无憾了。”

狐狸在边上一边听着父女俩的谈话一边快速转动着脑子，突然，一个主意涌了上来。

“伯父，你刚才说他们在举行仪式的时候产生了爆炸，然后你们就出现在了这里，是不是这样？”

“是的，当时产生了爆炸，所有人都被气浪炸晕了过去，醒来时就已经在这里了。”

“那您刚才说这里的情况比我们想象中要严重得多，我听您这话，是不是说您知道到底发生了什么情况？”

“年轻人真聪明，是的我知道，可是以我们的能力根本就没有办法解决这个问题。”

“三个臭皮匠顶个诸葛亮嘛，只要是问题总会有解决办法的，不要放弃啊，说说看吧。”

见狐狸执意要求，汉娜父亲向两人道出了事情的整个真相：

“那好吧，我来告诉你们这里发生了什么事情。之前我曾经尝试从并不多的古代文献和数据中寻找凶脉之源线索，希望能够找出它的真相，可一直没有得到要领，虽然父亲告诉我这里是个凶脉，但是作为一个考古人员必须用严谨的科学考古态度去面对这一切。在看到那伙人举行仪式时我突然意识到这会不会是某种特别的能量，因为他们所使用的仪式在古代文化中多是用来召唤某种神秘力量的，如果用能量的概念去诠释的话，那么所有的一切就都能顺理成章，可到底是种什么能量，为什么会把这里变成这个样子而且产生这么多的怪物，在这股能量的背后还是隐藏着太多的秘密。”

“不管它是什么能量，只要是能量就都会消亡，这个只是时间问题。当务之急是先离开这个鬼地方。伯父，您之前提到过那伙人在举行仪式试图召唤某种神秘力量的时候产生了爆炸，我刚才也向您确认了好几次，根据我的判断，说不定这就是我们离开这里的一个突破口呢。”

“噢？为什么这么说？”汉娜父亲眼中闪现出期待的眼神。

“举行仪式的时候人一般都是在祭坛附近，如果是因为手榴弹或者是炸弹产生爆炸，您和那些人当时一定会受伤，他们也不可能在爆炸后去和蝙蝠怪战斗，据此推断当时的爆炸并不是武器引起的，而是来自于一种能量的突然释放。”

“有道理，接着说。”汉娜父亲突然变得十分兴奋，说不定眼前这个年轻人，正是能够带着他们父女俩离开这里的救星。

“既然是这样，那应该说明他们的仪式是成功的，虽然下场惨了点，不过没人会事先想到这里的情况啊。既然他们能够通过仪式打开进入这里的大门，那么我们为什么不也通过仪式离开这里呢？”

“对啊，我怎么没有想到呢。”汉娜父亲用手拍了拍自己的脑袋，可是他却又突然想起了什么，“可是，他们的资料都已经……”

“我想，您当时一定也很清楚地看到了他们所用的仪式吧，否则刚才是不会说出‘他们所使用的仪式在古代文化中多是用来召唤某种神秘力量’这句话，您是考古的，多少对这方面有些研究。”

“是的，我知道他们所使用的方法，但是我们现在根本就不可能完成这个仪式。”

“是不是因为我们缺少一个具有强大能量的事物？”狐狸反问道。

“年轻人，你怎么会知道这些的？”汉娜父亲对眼前这个年轻人的话突然产生了好奇，没错，狐狸所说的正是他此时心里在想的，因为这种仪式必须使用一个具有相当能量的事物来作为打开大门的钥匙。不过狐狸并不会这么轻易让对方知道自己的底细，他眼珠一转脱口而出道：

“我有个朋友就是研究世界各地民俗风情的，以前经常去他家玩，听他说这种仪式世界各地都有，可能很久以前是同一起源。根据我的判断，当时爆炸应该是他们所使用的那个用来打开大门的能量体，能量不稳定才产生了爆炸。说不定我们也可以通过这种方法离开这里。”

“你的假设很聪明，只是难度很大。”

“是不是因为伯父对仪式的举行没把握？”

“不，这个没有问题，我担心的是我们没有钥匙。”

“钥匙？”狐狸脑筋一转，其实之前他就已经想起了那颗珠子，这颗珠子既然被诸葛亮用来镇住凶脉之气这么久，其自身的能量一定很强，说不定可以用来一试。他掏出珠子笑着道："您看这个行么？"

"我觉得完全可以尝试一下，或许真的可以利用这个回到原来的世界。"

听到汉娜父亲这么一说，三人顿时一起兴奋起来。

"不过我先要好好整理一下头绪。你们早点休息，晚上让我再好好研究研究。"

汉娜父亲之前一直紧锁的眉头终于舒展开来，他并不是因为自己能够在有生之年还活着离开这里而开心，而是能够看到女儿并且带着她一起离开。汉娜见到久违的父亲自然是不肯去睡，一直陪在父亲身边，狐狸不想打扰他们，自己一个人躲到边上开始打起盹来，其实他心里早已经有了一个觉得稳妥的计划，到时候加上汉娜父亲的计划就是双保险，所以并没有想太多，渐渐进入了梦乡。

平静的夜晚过去了，外面的阳光穿过树冠洒落在树干上，可树干内依然是光线昏暗。狐狸的生物钟早已将他唤醒，他看到汉娜父亲鼻梁上架着那副已经碎掉一半的眼镜，仍然在那里研究着什么，汉娜躺在他的腿上睡得正熟。看到这一幕狐狸颇有感触，他想起了自己的父亲，父亲离开已经多时而且音讯全无，狐狸越想越难过，干脆眼睛一闭，愣是将那些夺眶而出的泪水给收了回去。

当汉娜父亲确认出最完美的方法时已经是快接近中午时分，因为疲劳和父亲温暖的体温好好睡了一觉的汉娜刚刚从梦中醒来。他向两人大致描述了一下仪式的举行过程以及可能出现的情况：

“回去的方法基本上已经能够确定，但是有一点必须面对的是里面存在着不小的风险。之前我听那些人说过太阴和太阳的地方都会影响到大门的打开，而整个山谷之内能够作为通道被打开的最合适的地方只有一处：那个洞口，就是我之前遇到你们的地方，那里正好地处阴阳之气融汇之地。可是……那里十分危险。”

“是因为我们必须经过那片充满鱼头怪的湖泊吗？”狐狸的本能告诉他这可能是汉娜父亲思考的问题。

“是的，不过你只说对了一半，因为湖泊内的鱼头怪问题不是很大，我们可以从山上绕过去避开他们，山洞里的那只鱼头怪才是我们的最大敌人。”

“爸爸，那只鱼头怪到底有什么特别的地方？”

“那只鱼头怪可能是池子里面所有鱼头怪的老祖，经过了数千年的生长恐怕早已经成精，它能控制山洞里的那些东西。”

提起这事儿，狐狸不禁想起了之前偷偷望见那只鱼头怪变化成为人身的情景。“不是恐怕，是已经成精了。”他向两人说起了自己之前所亲眼看到的一切。

“成精并不可怕，再怎么说它也是肉身，世界上任何事物都能够被一种东西给毁灭，那就是火。只可惜手上没什么厉害的家伙，下次再遇到它非把它给打成筛子不可，害我们吃了那么多苦头。”

“既然要离开这里，这些东西也没有必要再存着了。”

汉娜父亲钻进那个之前蝙蝠怪来袭时躲藏的小空间，几秒钟后提着两只沉重的袋子放在了狐狸眼前的地上。

“看看这些怎么样？”

狐狸拉开口袋一看，不得了，里面居然有配备榴弹发射器的M16、AK47，美制手雷、烟雾弹、闪光弹、弹夹，还有许多小型武器。他看到这东西就好像是老鼠掉进米缸里，一边把玩一边问道：“伯父怎么会有这么多好货的？”

“这些东西都是那伙人留下的。进山的时候他们带了整整几箱子，看来他们应该是有备而来，而且从他们口中可知他们是被雇来的，可是谁雇的却好像只有那个带头的知道，只不过他还没有说出来就断气了。”

“原来是这样，可到底是什么人派他们来这里的呢？”不过狐狸觉得这并不是此刻自己要考虑的问题，当务之急是先看看这些武器还能不能用。他拉了一下M16的枪栓，发出“咔哒”一声非常清脆的声音，听声音，绝对好使。

“谢谢你一路上保护着我的女儿，娜娜就交给你了。”

“爸爸，你说什么呀。”汉娜脸噌地一下红了。

“爸爸是把你交给他，让他带你出去呢。”汉娜父亲笑着说道。

“事不宜迟，我们赶快准备吧，等天黑下来那些巨型蝙蝠怪还会再次出现的。”

想起晚上那些犹如航空编队般从头上飞过去的巨型蝙蝠怪，狐狸不禁感到后怕，直觉告诉他这些巨型蝙蝠怪远没有想象的那么简单。三人赶紧匆匆收拾一番带着所有的东西离开了山洞。

此时虽然是下午，可天上的日头却并不旺，出树洞后汉娜父亲爬到树上观察了一下周围环境打算寻找一条既安全又能快速到达山洞的路。狐狸跟着走出了树洞，他并不担心汉娜父亲的判断，作为一个普通人，能够在这种地方生存这么长时间，足以证明他并非泛泛之辈，却倒是更加对晚上曾经在树干外面出现过的巨型蝙蝠怪产生了好奇。来到怪物曾经到过的地方一看，发现泥土上赫然出现了一个个巨大的脚印，那些脚印足足有他的两个脚前后加在一起那么大，每个脚印都成为了一个大坑，想必体重十分惊人。

汉娜父亲观察了一会儿后，从侧里找了一条相对安全没有危险而且不容易被发现的路，招呼两人一起向前赶去。狐狸并不对山里的情况有任何担心，可最怕的却是那只鱼头怪，因为他看到过被控制后的蝙蝠怪奇怪的样子，只是一直想不出鱼头怪到底用的什么方法控制其他生物。它将会是他们回到原来世界的最大障碍。

下山容易上山难，没过多少时间一行人便赶到了山洞口附近。

“你们先留在这里做准备我去探探路，看看那只鱼头怪在不在附近，如果不在我们马上举行仪式。”

“伯父还是我去吧。”狐狸请求道。

汉娜父亲拒绝了他的请求。

“你在这里保护汉娜不要让她分心，我把她交给你了。我相信你一定能好好保护她。我现在过去，如果十分钟内听到枪声，立刻回到大树洞再做计议，那里有举行仪式的所有资料，仓库里的那些干粮和武器应该能够让你们支持好几个月。”

说完他和汉娜做了一个紧紧的拥抱，这拥抱就好像是生离死别之前的最后一幕。汉娜的眼圈开始红润起来，狐狸看着这对父女笑着摇了摇头。

“拜托了！”汉娜父亲和女儿拥抱完毕后朝狐狸点了点头，提着枪向山洞而去，好在一路上并没有遇到什么危险，他提着枪在洞内仔细搜索了一圈，附近周围方圆五十米内并没有出现鱼头怪身影，这让他放下了心，返回后赶紧带着两人来到洞口，由狐狸负责警戒汉娜做助手举行起了仪式。

汉娜父亲将神珠放到了由鹅卵石所搭建出来的临时祭坛上，在那上面摆放着一块特别的圆形大鹅卵石，之后开始按照那些人所说所做举行了仪式，一边的汉娜负责将一些经过特别挑选出来的鹅卵石围绕在神珠边上，一圈一圈犹如旋转的涟漪般摆放开来并且口中不断念叨着什么。随着石块越拼越多，一个完整的圆盘出现在了祭坛中央，那颗珠子正好位于圆盘的中心。

周围渐渐暗了下来，风也开始变得越来越大，黑色的珠子开始在石头上自己转了起来，绕着中心旋转几圈后它再次滚动到大鹅卵石中心，此时突然大鹅卵石附近出现了一阵黑色，那黑色伴随着汉娜父亲的咒语开始变得越来越大，渐渐地在众人眼前出现了一个黑色的圆球。

“快，就是现在。”汉娜父亲抽空叫了一声后继续念着咒语。

狐狸收到信号赶紧从禁戒线撤回，拉起汉娜做好了随时进入回家大门的准备。十几秒钟后黑色圆球的大小已经能够容得下一个人进出，而且也开始渐渐变成了七彩色，见时机成熟狐狸拉起汉娜，可汉娜却依依不舍。

“你们先走，我随后就来。”

在父亲的再三催促下，汉娜终于依依不舍钻进了七彩能量球，狐狸最后看了一眼汉娜父亲后刚打算跟着钻进去，却不料突然山洞内传来了一阵骚动，他转头往山洞深处一看，只见天空中密密麻麻的黑色正向这里扑来，与此同时身后也响起了巨大的水花声，向洞口一看外面那些鱼头怪正如潮水一般铺天盖地向他们涌来，兴许是这开门的能量过于巨大让他们发现了三人的举动。

狐狸知道时间已经不多赶紧招呼汉娜父亲一起离开，可汉娜父亲却摇了摇头，因为如果没有人继续念咒语门便会立刻关闭，他没有想到神珠在经过了一千多年压制凶脉的消耗后能量已经不足，要保持这种能量必须一直念咒语。

七彩能量球开始变得越来越小，狐狸知道再不走自己也无法脱身，便也不再做过多纠缠，最后能做的便是冲汉娜父亲点了点头，以此承诺会好好照顾汉娜，汉娜父亲点了点头用眼神示意他赶紧离开。至此狐狸才转身快速钻进七彩能量球……

再入凶脉

zairuxiongmai

前情提要　狐狸和汉娜以为自己顺利回到了地面，但是却不想周围的一切比之地下更加凶险。而在天谴村一战之后两人陷入了穷途末路的境地，幸亏汉娜父亲及时赶到救出他们并且将他们送回了原来的世界之中。但狐狸却似乎依然对这一切耿耿于怀，那么他又会做出什么样的举动呢？

考古

醒来的时候两人正躺在一片草地上，身边熟悉的鸟叫虫鸣仿佛在告诉他们成功了。

狐狸轻轻推了推躺在身边的汉娜，汉娜借着月光看到一个身影，赶紧喊道："爸爸，爸爸。"

狐狸朝汉娜摇了摇头，汉娜的眼泪顿时流了出来，在那里大声叫道："爸爸，爸爸！"

这伤心的呼唤在大山中回荡，只可惜她的父亲根本无法听到。

"汉娜，冷静一点，你父亲虽然没有跟着我们一起回来，但是我相信他吉人自有天相，你能够安全逃出来就是他觉得最开心的事情，更何况，他一定不会希望你这样，振作点，你应该长大了，别再使小孩子脾气！”

汉娜忍住泪水，抬起头看着狐狸。

“虽然这些不是你能够改变的事情，但是你父亲一定是希望你开开心心，而不是这么愁眉苦脸。”

狐狸轻轻抱住汉娜帮她稳定了一下情绪，并且仔细观察着周围的一切。他怕之前两人爬出地下后发现陷入了另一个困境的情况会再次出现。不过这次他看到了山坳对面不远处，此刻正显示着星星点点的灯光，这地形和布局，正是他们的出发之地：逍遥村。

“汉娜，你看那里。”

汉娜擦干眼中噙着的泪花，向狐狸所指方向望去。

“那里就是逍遥村，现在我们终于回家了，别想那么多，一切等到了逍遥村再做打算吧。我看你这个小导游，当务之急还是先好好想想怎么和你的领导，还有游客们解释一下就这么突然人间蒸发了那么长时间吧。”

狐狸一边说一边拉着汉娜快步向逍遥村方向行去，没多久两人身影就消失在了月光下的茫茫林海之中。归家心切再加上汉娜对地形熟悉，才不过半个小时两人已经来到了之前让他们掉入地下的那个乱葬岗。此时乱葬岗看上去与之前并无太大差别，只是在地洞入口位置可以看到整块土地陷了下去并且将洞口给封了个严严实实。

这时他想起那根好东西龙筋还挂在那里，这东西老值钱了，可又不能让汉娜知道这东西的存在，否则等于是自打耳光，必须想个办法支开她才行。

“汉娜，停一下。”

汉娜听得狐狸突然在他身后叫了一声，停下脚步回头问道：“怎么了？”

“进洞的时候我东西落在那里了，给我几分钟去找找。”狐狸并不想让汉娜跟着，便编了这么个谎儿。

“这么黑灯瞎火的，我们还是先回去吧，等天亮了我陪你来找。”

“天亮了就算你来了也没用啊，你又不知道我丢了什么东西，再说了这山上小动物多，万一给拿走就不好了。”

“你告诉我丢了什么？我帮你一起找。”汉娜果然要和他一起去。

那怎么行？被她跟过去这事儿准得暴露，狐狸琢磨着还是得用用杀手锏。

“好不容易逃出来了我可不想再让你跟着我遇到什么危险。刚才那洞口，还记得吗？干嘛早不塌晚不塌，偏偏我说完就塌了？这里是啥地方，百无禁忌你别跟来，我去瞄一眼就回来，在这里等我啊，千万别乱跑，我对这儿不熟，跑没了我找不到你了。”

说罢他趁汉娜被侃晕的机会一溜烟儿快速向乱葬岗赶去，汉娜听得他态度坚决也没跟去。来到乱葬岗边根据自己的记忆狐狸借着月光低头搜索起那块捆绑龙筋的石碑来。那块石碑既然能够吃住他的体重想必根基比较稳当，再加上地处洞口，被塌陷的泥土一起拉进地下的可能性非常低，只要找到石碑便能找到龙筋。另外，龙筋虽然被埋在土里，但是因为材料特殊，周围很滑，即便是在土中，也只要用力一抽就能取出。

借着月光搜寻了大概半分钟后，他突然发现了什么，赶紧抬起头向天空中望去，这一看却是被他发现了一个意想不到的情况。虽然还需要最后确认一下，但是对他来说心里已经有了七成以上把握。又向前走了几米后一块倾斜的石碑出现在他前方不远处，石碑上绑着的正是他的那根宝贝龙筋，小心翼翼走过去从碑上解下龙筋绑到腰上后，转身乐呵呵地向汉娜方向赶去。汉娜看到他笑眯眯的知道有什么事情，问道：“怎么突然变得那么开心，又发现什么了是吗？”

“是啊，我是在替你高兴呢。”狐狸笑着说道。

“替我高兴？”汉娜听着，更是丈二和尚摸不着头脑了。

“这个月你的全勤奖不会被敲掉了。记得请我吃饭啊，哈哈。”

“到底怎么回事儿你？去乱葬岗跑了一圈就变成这副样子了？”

“这个现在还不好跟你明说，天就快亮了我们先回村子，到了再告诉你。”

此时两人离逍遥村并不远，说完他头也不回向逍遥村快速赶去，汉娜只得跟在他后面，到村子边上后两人发现村里此时仍然是一片寂静。狐狸用胳膊肘轻轻捅了捅汉娜问：“看那里，看出什么了没有？”

汉娜朝他所指方向望去，那里是一堆已经基本燃尽的篝火。

“是篝火。怎么了？”

“还没反应过来吗？”

狐狸看着汉娜，可她仍然不解地看着狐狸摇了摇头。

“这就是我刚才说你这个月全勤奖不会被敲掉的原因。好吧，不浪费你那宝贵的脑细胞了。我们这个团，是农家五日游对吗？”

“对。然后呢？”

“五日里面哪天是有篝火晚会的？”

“第一天晚上。”

“对，第一天晚上，我在你这个团进入大山的第一天晚上就溜出来了，换句话说，如果逍遥村要再有篝火的话，至少也要等到我这个团结束下一个团进来才会有对吗？”

“对，通常都是要等一个团离开后才进行打扫，然后再接下一批游客。”

“之前从掉进乱葬岗一直到你父亲帮助我们离开那个地方，你觉得过了多久？”

“嗯？最多两天吧，你的意思是？”

汉娜开始有些反应过来,狐狸继续说道：“换句话说，眼前这些睡在逍遥村的游客应该还是和我一个团的游客，而如果游客是和我一个团，又出现篝火的话……”

狐狸说到这里便没有再继续说下去。

“你的意思是我们离开逍遥村还不到一个晚上？”

狐狸点了点头，“对，应该就是这样。”

“可是，你是怎么发现这一切的？”

狐狸没有说话，伸出手指了指天上的月亮。

“月亮？”

狐狸再次点了点头，“对，刚才我去找东西时突然发现，天上的月光怎么和之前你在我身后突然出现的那个时候差不多亮？所以才想起来去观察，我发现就连月亮的盈亏度和那天也完全一样，而要有相同的盈亏度需要至少二十天的时间，而我们的经历满打满算也就两天，所以觉得可能根本就没有离开多少时间。”

“这个，实在是太匪夷所思了。”汉娜惊呼道。

“可是和我们遭遇到的那些怪物比这根本算不得什么，不是么？为了证实这一点待会儿只要看一下时间就可以了。”

狐狸带着汉娜悄悄来到了屋子边，汉娜走进房间取出手表一看，果然他们现在所在的时间是篝火晚会后的第二天凌晨五点，也就是说从掉进乱葬岗开始到现在仅仅过去了四个多小时而已。

“看来这凶脉里面所隐藏的秘密还有很多，可能多到难以置信，已经无法用这个世界的物理知识去衡量。时间不早了我们先回屋子休息一切等天亮后再做定夺。”

两人当即便道别各自回屋稍事休整，汉娜因为天亮后还要担任导游工作，或许只能睡上一个小时，但是聊胜于无，进屋后即刻便熄灯躺下了。可狐狸回屋后却是坐在床上快速转动着脑筋怎么也睡不着，因为他觉得自己好像是掉进了一个乱麻堆：自己来找古画中的秘密结果遇到了如此多的事情，掉进乱葬岗，遇到怪东西，而且遇到的东西越来越邪，要不是自己身手不错就算十条命也搭进去了。那里到底是一个怎样的地方？

传说中的凶脉到底是什么东西？那些地下毛球怪、干尸、蝙蝠怪、蚜虫、驮着塔状工事移动的巨型家伙，还有鱼头怪，怎么又会出现在这个和谐社会？难道都是因为凶脉而产生的吗？最奇怪的便是自己明明和汉娜一起一路浴血奋战了那么多时间，现在发现竟然才离开村子不过几个小时？这又到底是怎么回事？

狐狸越想越觉得头晕，不过在经过再三推敲后被他理出来一条重要线索，一条和凶脉有关的线索，那就是奇怪的时间差。时间差的出现让他陷入了沉思。他的思维方式本来就不同于普通人，不管是什么事情都能进行正反推敲，这一推敲果然推出了点新东西：四个多小时和三天的时间差，扣除他从晚上离开村子到带着汉娜从仪式中把她带回来的时间，还剩下三个小时左右。换言之，如果是出现了什么问题，那么肯定是在掉进土洞后的三小时之后发生的，也就是说之前自己正是从那里无意中走进了凶脉，只要找到这个关键所在，或许便能够窥得一些真相。

他仔细回忆了一遍掉进乱葬岗后遇到的所有事情，结合所见所闻终于推算出了最有可能让他和汉娜一起进入那个世界的一段旅程，就是破掉夺魂钩子阵后的那个看不见的机关：黑雾。这些黑雾难道并不是诸葛亮所为而只是当时被自己误认为是机关？这很可能是导致他们进入奇怪世界的关键所在。这也难怪，当时自己也是为了逃出生天而想尽办法，却不料最后是自己钻进了这个圈套，人算不如天算，原本以为自己有多足智多谋，唉……不过好在汉娜并没有悟透这些事情的能力，否则可是要被她糗死了。想到这里，他也是稍微安下了心，既然一直纠结的疙瘩被揭开了，心里的石头也算是落了下来，反正他是游客第二天就算睡懒觉也没有人会理他，极度的疲惫让他连衣服也顾不得脱直接向后往床上倒去。

“哦哟哇啦！”

狐狸一声大叫，他觉得自己躺到了一个坚硬无比的东西上面，那东西戳得他后背生疼，赶紧转过身一看可是床上啥也没有，这时才想起来身后还背着个包，取下包一看硌着自己的正是在天谴村里找到的那个雕像。

虽然已经离开天谴村，可是他却永远无法忘记在里面所经历的一切，而且这次旅程中这个天谴村也是一个谜团丛生的地方：首先是天谴村本身，那幅古画中所描述的情景和天谴村完全一样，说明这个村子的确曾经真实存在于这个世界上，但是却又为何会跑到那个世界里面的呢？另外村子在传说中是被诅咒的村子，可是到底是因为什么而被诅咒？是不是所谓的诅咒和这个凶脉有着某种关系？而且里面又有着如此可怕的蚜虫、蝙蝠怪和地下怪物，它们又是怎么出现的？画中的那个后来加上去的笔画到底又是怎么回事？

狐狸一边看着雕像，一边仔细回忆着自己在天谴村所看到的、遇到的所有事情，或许是因为之前过于疲劳体力有些透支，纵使绞尽脑汁也不得任何要领。窗外天空已经渐渐露出了鱼肚白，他将雕像再次收好后倒在了床上，这次没有任何东西阻拦他休息了，衣服也顾不得脱就这么沉沉睡了过去，这也是他对于一些难题的究极做法：养精蓄锐，然后一击必胜。

人从极度危险状态一下子进入安全状态后大脑会立刻陷入休眠的自我保护，他这一睡算是睡得昏天黑地，直到第二天下午有人叩响房门，才好歹算是醒了过来。狐狸摇摇晃晃跑到门口打开了门一看，汉娜正端着食物和饮料等在门口，一见狐狸的样子顿时笑了起来。

“早上好，汉娜。”狐狸迷糊着说道。

“还早啊，都快吃晚饭了，呶，这是你的晚饭，我怕你还没睡醒，干脆帮你直接拿过来了，鸟巢先生。”

汉娜笑着走进屋子将食物和饮料放在桌子上。

“鸟巢先生？谁是鸟巢先生？”狐狸问道。

“当然是你呀，还说呢，自己看看。”

汉娜将狐狸推到镜子跟前。狐狸一看，怪不得呢，原来他的头发因为运动出了许多汗再加上灰尘又经过他在床上翻来滚去的，此时简直比鸟窝还鸟窝。可也不知道是没睡醒呢还是狐狸这人并不是一个拘小节的人，他打了个哈欠又走回床边：“哦，这就是你说的鸟巢啊，还以为你看到什么了呢，还有其他事吗？我还想再睡一会儿呢。”

“嗯，没事儿，你继续睡吧。我是在想你早饭午饭都没吃，怕你肚子给饿坏了。那就不打扰你了，吃的东西我放在桌子上，你吃点再睡吧。”

“好的，我不送了，你把门带上哦。”

狐狸嘟囔着又回到床边上一头倒了下去，那边汉娜还没走出屋子突然又返了回来，说道：“今天晚上有集体活动，你也一起来，晚上八点准时到哦。”

“知道啦。”狐狸说完转了个身继续睡了过去。

“那我先走了，鸟巢先生。”汉娜离开房间后轻轻带上了门。

狐狸伸出那双刚才被身子压得有些麻木的手慢慢摸索着伸向闹钟，调好时间后再次睡了过去。汉娜为了能让他好好休息故意将游客带到了村子另外一个角落进行各种活动，周围很安静，他的这个回魂觉睡得那是相当舒服。

天色渐渐暗了下去，狐狸在闹铃响之前已经自然醒了过来，他关掉了闹钟的闹铃仔细洗漱一番，三口两口将桌上的食物和饮料吃完看了看时间还有大概半个小时，便再次从包内取出那个雕像研究起来。充足睡眠后脑子好使了许多，看着看着他突然想起一件事情，心里有了个主意。

八点刚过，汉娜就过来敲门了。

“狐狸，我是汉娜，准备好了吗？”

狐狸听到汉娜的声音立刻打开门让她进了屋子。

“看你睡得应该不错吧，看上去精神多了。”汉娜笑着说道。

“嗯，还好。对了，问你件事情。”狐狸带上门后来到汉娜边上。

“什么事情？”

“能不能帮我找个人。”

“找人？找谁？”汉娜有些好奇。

“一个你曾经和我提起过的人，就是你父亲那个在邻县工作的朋友，发现晋代古墓的那个。”

“找他干嘛呀？”汉娜不解地问道。

“想找他了解一些情况，刚才我想了一下，觉得他发现的那些曾经告诉过你父亲的事情里面，或许隐藏着什么和这个凶脉有密切关系的重要线索，不过这个只是猜测，另外他既然肯告诉你父亲那些事情，我想你父亲和他的关系一定很好，更何况他对附近的历史也非常熟悉，如果有他的帮助，说不定能够了解到更多的情报，从中理出什么头绪，现在只有他能够帮我们了。”

狐狸一边说一边试图用眼神说服汉娜。

“他和父亲从小就是同学，一起长大的，后来进了同一所大学学习和研究。我刚出生的时候他就抱过我呢。”

“那就好，麻烦你和他联系一下，改天约个时间我们见个面。”

“好的，没问题。”

“另外还有个请求。”

“什么请求？说吧我听着。”

“能不能把我们见面的地方选在你的家里？因为我也想同时顺道一起去看看你父亲在离开之前是不是留下过什么重要的线索，例如日记、工作日志之类的，行么？”

“这个没问题，父亲离开后房间内所有东西我都没有动过，也没有人进去过。”

“那最好。我明天先回去一趟。”

狐狸走到床边，汉娜发现他已经把所有的行李都准备好了。

“一定要明天就回去吗？”汉娜问。

“对，因为在和你父亲的朋友见面之前还必须做些事情。这个凶脉的背后隐藏着太多的秘密，拖的时间越长怕会有更多的变数，如果等到这个旅游团结束又要耽误掉几天时间。我们两个分头行事，你和他约时间，约好后通知我。我明天先回上海去办事情，到时候等你电话。”

“真的明天就回去吗？”汉娜犹豫了一下。

“尽快把这件事情给解决了吧，否则……”狐狸转过身望着窗外的大山，“还不知道到底会发生什么事情。”

“那好吧，明天我就打电话给他问问。那……今天晚上的活动？”

“睡了一天了都没动弹，晚上你们什么活动？”

“嘿嘿，先不告诉你，你来了就知道了。”

汉娜没说话拉着他就出了门，两人一起向不远处的活动现场走去。

第二天一早天没亮狐狸便起身离开了营地，汉娜一路将他送到了山路上，几分钟后狐狸拦上了一辆经过的面包车，上车后他见汉娜没有要回去的样子，便转身对她说道：“好了，我先走了，你回去吧。对了，我们所遇到的所有事情，先不要对任何人说，包括你爸爸的那个朋友，因为我有些事情要问问他，自己多保重。”

“嗯！”汉娜虽然说着，可是却仍然站在原地看着他。

“导游同志，你还有工作要做，你这样是属于开小差的行为，当心我去举报你哦。”见她不肯离开，狐狸坐在车上开玩笑地说道，“快回去吧，待会儿电话别忘了打，我这里的事情应该三天就能办好，你和他约在三天后任何时候都行。”

车子缓缓启动后汉娜看着车子的远去多么希望他能够从车窗内探出头看自己一眼，只是狐狸却一直没有探出头，车子带着汉娜的失落慢慢离开了。突然她见到狐狸从车窗内伸出右手向她挥了挥手，只不过因为这家伙并没有回头所以缩手时手敲到了车顶疼得他直摇手。看到这个动作汉娜顿时破涕为笑，心里想着：

“下次见到你，看我怎么收拾你。鸟巢先生。”

狐狸回到上海后赶紧根据事先想好的步骤操办起来，找了一个熟人拜托他帮自己做了两个想要的东西。没想到第二天上午就接到了汉娜的电话，说父亲的那个朋友知道狐狸想见他特地请了假，三天后会从邻县赶来。

狐狸算了一下时间，虽然有点紧但是应该来得及，回家后大致准备了一番带上了东西三天后按照约定的时间来到了汉娜的家。

汉娜家在西南某城市的近郊，一栋独立的二层楼房，房子紧邻着一座小山，远处望去这座小山直接连接着后面的大山山脉，算是一条分支，楼房前有一条小溪虽然规模不大，溪水却是清澈异常，可以说是没有任何杂质，应该是直接从大山内部流出来的纯净地下水。狐狸走过溪上小桥时仔细观察着周围环境，楼房前水后山，而且水活山灵，山上的植被也是生长得郁郁葱葱，全然没有任何植被泛黄或者漏泥迹象。（漏泥，指的是一座山内的植被分布不均匀，局部地方根本就不生长植物，远看上去呈斑秃状，能够直接看到山上的泥土。这种地方多数是因为泥土里营养分布不均匀所导致，这说明当地土质有问题。导致土地营养分布不均匀的原因多种多样，有些可改善，有些则无法改善。泛黄也是由于某种状况所导致。）单从布局上来看这里是一块绝佳的小家碧玉型风水宝地，居住在这里的人思维会比其他地方的人更加敏捷反应更快，而且最重要的这些人都会有一颗善良的心。

“为什么汉娜住在这里却怎么看也不像是土生土长的山妹子呢？或许是她父亲搬到这里为了进山工作比较方便，还是其他什么原因？难道她的家庭也有什么特别的地方？”

他思考着不知不觉来到了汉娜家门口，刚想伸手按下门铃大门却已经被打开，汉娜正穿着一条长裙站在他的面前。

“狐狸，你来啦，来，快请屋里坐。”汉娜将狐狸热情地迎进屋内，进屋后他立刻用眼睛扫了周围一圈，这并非是不礼貌，而是出于个人的职业习惯。

房间内放着一套很大的红木家具，经过他那双火眼金睛的检验，全部都是正宗老红木至少一百多年历史的东西，看得出汉娜家里是有些家底的，而且这些红木家具虽然很大，放在房间内却并不显得唐突或看上去比例失调，感觉十分匀称，再配合墙上微黄的配色，颇有一种宫廷的大气，想必屋子开始就是为了配合这些红木家具而设计的。

“家里比较乱，还希望别介意哦。”汉娜笑着说道。

“原来你们家里有高人指点，难怪，难怪啊！”当狐狸看到房间内的特别布局后不禁感慨道。

“来，快请坐！”

汉娜将他引到一张老红木椅子边后，赶紧去冰箱里取了一杯可乐递给他，坐在他身边问：“高人，什么高人啊？”

“你看，这房间的布局、装饰，这些是谁帮你们设计的啊，不错，颜色、比例，全部都是最好的。”

“啊？真的嘛？这些可都是爷爷亲手设计和布置的呢。”汉娜开心地说道。

“看来你爷爷一定是个风水奇学的高手。”

他琢磨着汉娜爷爷之前为了破凶脉，风水方面的东西一定没有少学少看，这东西只要接触多了便能融会贯通。之前他总觉得布局十分熟悉，本以为是无意为之，但是现在结合屋外所看到的一切来看，一定是经过了周密的设计才会布出这种防守布局。

一般在大山附近建造屋子，最怕的是山崩泥石流之类的天灾，导致山崩和泥石流产生最主要的一个原因就是土质。这里的山上因为并没有植被泛黄或者漏泥现象所以不会出现泥石流，至于山崩的话，如果有任何山崩的迹象则事先一定会引起地下水变混。这个也可以提前从门前清澈的溪水中窥得信息从而远离灾祸，此为外防守。而房屋内部的装潢和布局更是暗藏玄机，所有的房屋都是前后通风而且采光良好，这样就能够使得房间内空气流通，没有阴暗潮湿病菌也无法生存，更无法通过空气传播。虽然房屋地基属于长方形，但是所有房屋的分布却是一个凹字形，缺口正对着南面那条小溪，这是一种暗聚气布局，能够充分吸收太阳光照以及纯净溪水中的水分并且将来自北面大山中的阴冷之气化解掉，从而使得住在屋子内的人身体健康思维敏捷。

“对了汉娜，你怎么知道我什么时候来的？”

狐狸突然想到刚才自己还没按门铃汉娜就跑出来了，觉得非常奇怪。

“哦，我……”

汉娜犹豫了下，“我正好在楼上看到你走过来，所以才来开门的。”

说完汉娜赶紧转过身，看着门外道：“奇怪，刘叔叔怎么还没来？”

狐狸看到她这一不寻常的举动，其实也知道了是怎么回事，可是房间里就两人当下也不便明说，便接过她的话问：“你和他约了几点钟？”

“十点钟啊，现在都快十点了。”

汉娜看着大门口显得有些着急。

“快十点，又不是到十点。没事儿，我等他一会儿。”

可是他还没来得及坐下，就听到汉娜突然向大门口跑去，嘴里喊着：“刘叔叔，你来啦！”

狐狸听见刘叔叔已到，人家是长辈自己是晚辈，赶紧起身跟着来到了门口。汉娜带着一个六十多岁的男子走了进来，男子看到狐狸后朝他微笑着点了点头，狐狸也用微笑报以回礼。

“对不起，我来晚了。”

“刘叔叔，他就是狐狸，我跟你说过的那个，就是他想见您。”

介绍完狐狸，汉娜再次向狐狸介绍道：

“狐狸，这位就是刘叔叔，我父亲的同学。”

“刘叔叔好。”

狐狸向刘叔叔打完招呼后发现对方正对着自己的眼睛看。

“你是学五行八卦的？”看了一会儿，刘叔叔问道。

“对，前辈您是怎么知道的？”

“一般学五行八卦的人通常都对周围事物有特别的感觉，而且体内能量积聚也要比普通人来得高。刚才我进门后见你双目汇聚灵气，而且印堂发亮一番福态所以有此推论。”

“刘叔叔过奖了，请坐！”

“看来这个刘叔叔果然不是寻常之辈，看来这次是找对人了。”

狐狸一边琢磨着一边将刘叔叔引入就座。

“你叫狐狸是吧？”刘叔叔坐下后问道。

狐狸听到对方这么一问突然反应过来，潜意识告诉他还是不说真名为妙。眼前这人虽然是汉娜父亲的朋友，但是和自己没有任何渊源，如果汉娜问自己，他或许会说出来，但是换做这个看似平凡的小老头却是万万说不得。他琢磨着刘叔叔这么问或许是为了帮汉娜把关，看看眼前这个年轻人到底是好人还是坏人，而且更有可能的是在这个问题中还暗藏着玄机，那就是帮狐狸算命。因为凡是相信风水的人，他的名字里面一定会隐藏着某些秘密，遇到高手的话就能通过名字从中解密你这个人的某些信息，从而找出你的弱点。虽然狐狸还从来没有遇到过这样的人，但是这个刘叔叔仅凭自己的眼神就断定自己是研习风水的人，所以还是防着点好。

狐狸脑子一转，赶紧找了个推脱的借口："对，这是我的绰号，大家都这么称呼我。刘叔叔以后就叫我狐狸吧。若是不嫌弃，前面加个小字也可。"

狐狸笑嘻嘻地调侃着转过头看着汉娜，通过这一句话他成功阻断了小老头的发问。短短两句话中隐藏着一攻一守，当然汉娜是不懂得这些玄妙的，听他这么一说也只是在边上咯咯直笑，刘叔叔也被逗得笑了起来，不过狐狸看得出，他此时的眼神比刚才宽容了许多，想必对回答还是十分满意的，便也放下了心。

"年轻人看来你还挺幽默的。"

狐狸再次听出刘叔叔话中有话，便也只是装傻充愣，脑子又再次一转，回道：

"以前读书的时候老师告诉我们，不管是幸福还是痛苦，都要时时刻刻微笑着面对人生，所以我很久以前就开始培养这样的幽默感，虽然您是我的长辈，但是我觉得大家聊天不需要那么严肃，您说对吗？”

狐狸这次以守为攻不但顺利接过刘叔叔的招，并且一个太极给顶了回去。

“年轻人有你这样对人生深刻感悟的已经很少了，看得出你以后会成功的。”

“这还用你说。”狐狸心里琢磨着但是嘴巴里却客气地回道：“谢谢刘叔叔的夸奖。”他刚想继续发招，一边的汉娜却打了圆场：

“好了狐狸，你们两个就别再客套了，刘叔叔时间宝贵难得来一次，你上次不是说有什么事情要问他的吗？我也想听听呢。”

“是啊，汉娜说你有些事情想要问我，我和他父亲是世交，有什么尽管问吧，我知道的一定告诉你。”

听刘叔叔这么说狐狸便不再拐弯抹角，将之前所想了解到的事情一五一十问了出来。

“既然刘叔叔您这么说，那我也没什么好拘束的了，您在这附近工作这么久，有几件事情想请教您一下。”

“问吧。”

“都是一些考古方面的问题，听汉娜说您之前有联系过他父亲，打电话通知他发现了那个晋代的古墓，那我可不可以这样理解，您从很久之前起就已经知道了凶脉的事情？”

刘叔叔对他的提问有些意外，不过看了看狐狸后还是回答了他：

“对，我很早就知道了这个，而且，是汉娜的爷爷亲口告诉我的。”

“爷爷告诉您的？”汉娜也有些奇怪。

“是的，当时我和你父亲还是大学生，因为我经常来你家玩所以他把这件事情也告诉了我。起初还以为是老人家的封建迷信思想在作怪。狐狸，你也知道破四旧之后，这些风水类的东西都被归类成为了迷信，我们大学生接触的都是物质科学，根本就不会去相信这些什么凶脉的事情。”

“那么之后您又为什么会帮助我爸爸呢？”

“我要帮助的并不单单是你父亲，还有整座山里的人。”

“这又是怎么一回事儿？”

“这个要从我们毕业后说起。我和四眼，就是你父亲一起去考古，你知道那个时候我们都是抱着科学的态度进入发掘现场的，但是接触多了我倒开始慢慢相信起这些东西来，因为看不见的东西未必是不科学的，而在中国古代有很多的墓葬和遗迹里面，经常会发生一些类似的事情。”

“类似的事情？”狐狸和汉娜觉得奇怪，异口同声问。

“对，就是物质科学无法解释的事情，那个时候我开始慢慢接受了汉娜爷爷的东西，我的这方面所学也都是他教会给我的。”

“原来是这么回事，当时您打电话给汉娜父亲一定是因为在那个晋代古墓里发现了什么，到底是什么东西让您觉得那么重要一定要通知汉娜父亲呢？”

“说起那个晋代古墓，里面金银财宝并不是最重要，而是那本记载着古代许多堪舆奇术和事件的古书，汉娜爷爷告诉我们的那个关于诸葛亮在山里的传说也被记载进了书里。”

“哦？那书里是怎样记载这个传说的呢？”狐狸问道。

“书中记载的和汉娜爷爷所说的基本上差不多，只不过有两个情况有出入。”刘叔叔有些口渴，举起杯子喝了一口水，神情淡定地说道。

“两个地方有出入？是哪两个地方？”

“这本书虽然是从晋代古墓中被发现的，但是我觉得成书的时间或许要比晋代早许多。因为上面除了古文之外，还有许多的甲骨文。”

“甲骨文？”听到这里，狐狸皱紧了眉头。

“对，甲骨文。书里记载的内容根据我后来的研究发现，最早可以追溯到商朝，也就是说还要早上几百甚至上千年，因为里面有许多比较特别的异象一直延续着，有的甚至从商朝延续到了晋代，所以我怀疑这本书的作者对于书里记载的更多的是对历史的编撰和收集，这是第一个出入点。”

“慢着，那照您的意思，这个凶脉在商朝就可能已经出现了吗？”

“严格来说可能还要早，因为在商朝部分的记录中，对于凶脉的形容已经有了和诸葛亮所遇到的相同情况。你是学习五行八卦之人，如果我没猜错你会堪舆之术？”刘叔叔笑着看着狐狸。

“有过研究，略知一二而已。”狐狸这次没有推脱。

“那你也知道堪舆其实是一种对大自然能量的发现，大自然的能量变化没有成千上万年是无法改变的。所以我个人觉得，商朝的记载是完全靠得住的。”

“嗯，对，山要成形得脉至少也要几万甚至十几万年，那么也就是说在那么久之前凶脉就已经产生了。”

“这只是我的推测，但是在没有找到更好的解释之前，我完全有理由相信自己的这种推测。诸葛亮比较有名，因为他的遭遇使得大家知道这个凶脉的存在也并不是一件匪夷所思的事情。”

“那您刚才说还有一个地方有出入的，是什么呢？”

“传说中记载的是诸葛亮的先锋大将和他的贴身侍卫以及少数一些跟班进入山谷后失去了踪影，但书中记载的却并不是这样。”

“书中是如何说的？”

“书中是这么记载的……”

刘叔叔说到这里突然停了下来，眨巴着两只眼睛抬头望着天花板，可能是因为事情过去了好几年，需要仔细回忆和确认一下。

“书中是说当时诸葛亮带着部队一路开到了目的地，但是营地里的军官报告说先锋大将并没有来到这里，然后诸葛亮又派军队回去寻找，发现他们不知道出于什么原因走岔了路，所有人全部都失踪了，最后沿着行军路线一路寻找到了这里，后来才发现这山里有古怪。”

“原来是这样，怪不得……”狐狸说到这里突然打住了。

“怪不得什么？”刘叔叔见他话语古怪，赶紧问道。

“噢，怪不得诸葛亮会那么着急呢，那么多人都走丢了，不着急才怪。”

狐狸为什么会突然打这么个隔愣，自然有他的道理。他见刘叔叔说话的时候一直在努力回忆着什么，这一举动对于他来说并不自然。他是搞考古的，对这方面的事情应该十分熟悉，再加上从小一起长大的好朋友突然间为了这件事情失踪，再怎么也会对这件事情十分关注，人一旦关注某件事情印象自然会加深。另外汉娜肯定也和他说过自己的来意，既然是约出来了解情况，也无非就是这些，按照常理多少要做些准备，可眼下这表情到底是年龄大了记忆力衰退还是其他原因不得而知。不过和他刚认识汉娜时候一样，狐狸并不想让新认识的人知道自己的底，因此才把这个问题说了一半后突然收了回去，他这人不能说天生疑心病吧但总要比别人多个脑子。

“是的，诸葛亮知道这个凶脉的厉害，因此才会出动大力气去想办法除掉它。”

“那也就是说没有人知道将军的军队到底遇到了什么，唉。对了，书中有没有提到诸葛亮是怎么想办法除掉凶脉的？”

“这个书中倒是提过一点，说他引脉破凶，具体怎么个做法却是没有说，我想应该和传说中描述的差不多，毕竟这件事情一开始大家都以为只是一个地方上的传说，但是没有想到历史上确有其事。”

“嗯，其实这个世界上任何事情都有可能发生，就像这种凶脉的事情，对了刘叔叔您是本地的考古学专家，对这大山附近的所有历史应该都很熟悉吧？”

“不敢当不敢当，我从小也是在这座山附近长大，有些什么你可以直接问我。”刘叔叔摆手笑着说道。

“那好，向您打听个事儿，不过可能未必真的有这事儿。”

狐狸说完故意看着他停顿了一下。

“没关系但说无妨。”

“刘叔叔，您有没有听说过天谴村的故事？”

“天谴村？”

听到从狐狸口中蹦出这三个字，虽然刘叔叔并没有做出任何动作，但是从他眼神的变化中狐狸已经知道了答案，接下来就看他怎么回答了。

“你是从哪里听说这天谴村的呢？”

“您先告诉我有这个地方吗？”

狐狸明知故问，其实他很清楚既然他这么问等于是已经承认了知道天谴村的存在，不但知道，照他的反应来看还说不定颇有些了解。

“你先告诉我是从哪里听来的吧。”刘叔叔坚持道。

“是这样的，我曾经在古玩市场得到几个东西，那个卖家告诉我说是出自这附近的大山，对了，这东西还想请您帮忙鉴别一下真伪。”

狐狸一边说着一边从背后取过背包，从包里掏出一样东西递了过去。刘叔叔接过一看是个长方形的黑色木头盒子，上面所雕刻的图画里所有人穿着少数民族的奇装异服正围在火堆边庆祝什么，载歌载舞。

“这个盒子？是从古玩市场买来的？”

刘叔叔端详着盒子问狐狸。

“对，我对古玩很感兴趣，上次路过那里觉得挺好看就买了一个回来，那个卖我东西的小贩还很神秘地告诉我说这是什么天谴村里带出来的东西，我问他天谴村在什么地方，他说就在这山里，这回顺路就一起给带过来了，您给帮忙看看吧。”

刘叔叔戴上眼镜后仔细检查了一遍盒子，不过结局显然是令人感到有些遗憾的，他拿着盒子对狐狸说道：

“你被人骗了，这个盒子根本就不是天谴村的东西，是一个彻底的赝品。”

“赝品？”狐狸吃惊地问道。

“对，赝品，你看，这东西虽然做工不错，而且风格和天谴村的风格也几乎完全一样，却是一个彻彻底底的赝品。”

“那麻烦您再看看这个呢？”

狐狸打开盒子，里面原本放的那幅画已经被一个雕像所代替，这个雕像正是他从天谴村带出来的那个。刘叔叔仔细地观察着这个雕像，从上到下，从外形到质地，全部都打量了一遍，然后又放进了盒子。

“这个，我倒是没有见到过。怎么？老板告诉你这也是天谴村的东西？”

刘叔叔将雕像放进盒子后将盒子递还给了狐狸。

“对啊，他说这都是天谴村的。”

“呵呵，这老板倒是真的不厚道，看来我改天要去会会他。这个盒子是哪里买的？”

“就在上海的东台路，那里是古玩一条街，我经常去的，不过看来这回是吃到药了，回头我去找那老板，居然骗我。”

狐狸假装生气地将盒子放回到了身后。

“刘叔叔，那听您刚才这么一说，您肯定见过天谴村的真东西啰？”

“我，我没有见过。”

听刘叔叔那么紧张的回答，狐狸知道机会来了，赶紧追问道：“没有见过，那刚才您怎么知道这是个赝品呢？”

他笑嘻嘻地看着刘叔叔问。被他这么一逼，刘叔叔知道说漏了嘴想补救也补救不了，只能老老实实地说出了他知道的情况。

“好吧，狐狸你是个聪明人，我也就不瞒你了，天谴村的东西我的确见过。只不过那是在好久之前。”

“很久之前？”

“对，那是在一个考古现场。”

“考古现场？”狐狸疑惑地看着他，因为这个答案的确有些意外。

“那次发掘出来的东西的确是属于天谴村，但是很奇怪，那里却不是天谴村。”

“怎么说？”

“据我判断应该是有人从天谴村里把东西带了出来，天谴村是传说中被诅咒的村子之前只是耳闻，真正的所在没有人知道，所以起先我也不相信，但是发现那个东西后我相信了村子的确存在过，但却是一个谜一般的存在……”

刘叔叔站起身，仿佛回到了数年前。当时在发现了遗迹中存在的天谴村遗物后他就开始将重点放到搜寻村子的线索上，因为他本人也对于这个被诅咒的、后来突然消失的村子非常感兴趣，如果能够找出其中的真相，一定能够在学术界引起轰动，后来发现虽然没有实物例证，但是在一些古代文献中都曾经有过点滴的蛛丝马迹，只是所有的文献好像都不敢触碰似的，只是寥寥数字轻轻点过，如果不是他确信村子的存在，就算看到也会忽略那种记载。

人就是这样越是不了解的东西就越是想去了解，既然从古代文献中找不到线索，他换了一个角度开始从传说中去了解，世界上的传说虽然具有很大的夸张性，但是基本上都有现实依据，就算无法知道其所以然，也能窥得其中线索。刘叔叔因为工作关系可以接触到更多普通人不知道的资料和传说，因此在花了一段时间收集数据将得到的线索做了一些重点归纳后，基本上得出了一些端倪。

首先是天谴村的历史存在问题，经过他考证，天谴村的确曾经存在于这座大山之内并且在很久以前有过记载。其次是受到诅咒的事情，他发现村子被诅咒的传说也的确存在，虽然这个村子出现的时间无从考证，但关于村子受到天谴的事情曾经有过好几次记载，并且有的详细描述了天谴的场景，例如村子会经常平白无故受到雷电袭击又或者只有村子受到暴雨冲击周围却是晴空万里。至于天谴村的消失时间普遍没有记载，关于这一点他只能根据文献资料进行推测，其中有一个最晚的记录是说近汉朝时村子的人遇到人祸全部逃进了村子地下，之后就断了记载，整个村子就像是鬼魅一般突然从这座大山，从这个地球上消失了。所以消失的确切时间应该是汉代。

刘叔叔的这番话和狐狸之前的所见所闻以及推论完全相符，只是导致村子消失的真正原因他并不能确认，是不是那些蝙蝠怪还有那个怪物导致了村子的消失？还有一点百思不得其解的是，为什么村子会突然从大山里消失？因为不管怎样多少应该留下些许线索的。

“经过了这么长时间的收集和整理，我总觉得天谴村的消失应该和那凶脉有着某种特别的关系。”刘叔叔看着狐狸说道，“我是年纪一大把了，心有余而力不足，不知道有生之年能否看到凶脉被解除的那一天啰。”

想到这里刘叔叔深深叹了口气。

“您还年轻着呢，再说了您经验丰富，考古需要的就是经验，说不定不久后的某一天，被您找到了其中的秘密也说不定呢。”狐狸赶紧拍马屁道。

“而且，”刘叔叔转过头，看了看已经到厨房准备午饭的汉娜，压低嗓门说道，“汉娜的爸爸也因为这件事情而被坏人给带走，我很想帮她可是却又不知道怎么帮她。说实话如果不是汉娜介绍，我是绝对不会给你说这些事情的，汉娜这女孩子不错，你以后可要多照顾着点呢……”

狐狸一边点着头听他往自己耳朵里灌蜜，一边在快速转动脑子收集着线索。经过几秒钟思索后大致整理出了一个头绪，并且心里有了个计划。

“汉娜的父亲，怎么说呢，事情都发生了也没有办法改变，为了不再让这躲在暗处的凶脉害人，当务之急是找到凶脉之源除掉它以绝后患。”

“说得轻松，这凶脉之源又岂是你我凡夫俗子能够解决的事情。”

“诸葛亮当初建了工事引脉，不就是为了能够让后人破除凶脉嘛？”

“可是他的工事到底在哪里？谁又见过了？如果真的找到工事，那么也就能够找到凶脉之源了。”

刘叔叔盯着狐狸，他能够感觉到眼前这个年轻人绝对不是一个泛泛之辈，不过他并不知道眼前这个年轻人已经和汉娜去地下工事逛过一圈。而此时狐狸一边听着他说话，同时却是在思考着他所说的一字一句。之前他是想从刘叔叔口中探得更多关于凶脉的线索和天谴村的数据，因为已经能够断定两者之间一定有着某种联系，但是到底是哪种联系却无法得知。不管怎样凶脉是一定要除去的，眼下刘叔叔所说的一切，根据他进屋后的一举一动来看这个人肯定不简单，那么刚才所说的事情到底是真是假，可信度有多高，该不该相信呢？

“来了，开饭啰。”汉娜端着刚做好的饭菜来到了两人跟前。

“刘叔叔，狐狸，开饭了。你们两个人光顾着聊，肚子不饿啊？”

汉娜将手上的饭菜摆上桌转身再次走进了厨房。狐狸一看手表，不知不觉已经快下午一点了。

“狐狸，难得和你聊得这么投机，改天来我家里坐坐吧。”刘叔叔借开饭前的机会向狐狸发出邀请，狐狸自然是一口答应，因为他觉得还有些事情想要和他讨教。

“好的，您知道那么多，我还有很多要向您学习的呢。来，刘叔叔请。”

此时汉娜已经摆好饭菜，三人开始用起了午饭。刘叔叔见狐狸吃得正香，笑着问道：“狐狸，觉得味道怎么样?”

狐狸抬头看着刘叔叔，此时他无意中发现汉娜也正看着自己，可是汉娜见他抬头赶紧用最快的速度又悄悄将眼光转开了。

“嗯，别有一番风味，好吃。汉娜你的手艺真不错。”狐狸看着她笑道。

“好吃就多吃点。”

刘叔叔在边上乐呵呵地看着两人，汉娜看了看狐狸，又看了看刘叔叔，脸上渐渐泛出了绯红。三人在愉悦的气氛下吃完了午饭。

“这是我办公室的电话，如果有什么想了解的，也欢迎随时打电话给我。”

“好的，到时候我联系您。”狐狸接过电话号码。

“那什么，汉娜，我先回去了，你们两个年轻人好好谈谈吧。呵呵。”

刘叔叔并不想打扰他们这两个年轻人，知趣地走出了屋子，汉娜见状赶紧上前一直将他送过了小桥后才回到饭桌边。

“刚才做饭的时候你们谈了些什么呢？”

狐狸看着汉娜并没有吱声，而是再次从背着的口袋中取出放着雕像的盒子并且打开了它。

“刚才叔叔为什么说这个是赝品？这个不是你从村子里找到的么？”

汉娜看着雕像不解地问道。狐狸仍然微笑地看着汉娜没有说话，他双手在雕像上慢慢摸索了一遍后将两个大拇指往雕像底部用力一按，只听得“啪”一声，雕像竟然被他给掰开分成了两半。汉娜吃惊地看着他，此刻却又惊奇发现，雕像里面竟然还藏有一个雕像，两个完全一模一样只是里面的要小上一号。

“这，这是怎么回事？你怎么知道这个雕像能够被分开来的？”汉娜吃惊地问道。

“这个东西可是花了我不少的钱呢。”

狐狸看着汉娜笑道。原来当时他之所以要先赶回上海并且需要三天时间，就是为了做这个准备，他通过圈子里的熟人找到了一个专门制作赝品的高手用两天的时间赶制出了两个完全仿制品，一个是雕像，另一个就是此时拿在他手中的盒子。这个高手的手艺极其精湛，只是因为时间有限而且这东西材料特殊，三天时间充其量只能做形似，最后他干脆想出了在雕像外包外壳的方法，这样带起来方便而且分量、手感和实物相差并不大，唯一的缺陷是做出来的东西要比实物大上那么一圈，不过他知道全世界亲眼见到过实物的人除了他和汉娜就没别人了，至于那个盒子，因为那天闹了场小风波，但是妇人一直抱着盒子而且外面又有布包着，除了自己和妇人外也就那个老板和他老婆见过，根本不用怕被人认出来。他这么做就是为了探测一下汉娜父亲的朋友是否真的知道天谴村，因为这关系到一件很重要的事情。

“汉娜，待会儿你帮我个忙。”狐狸将雕像小心翼翼放进布套后放到盒子里。

“什么事情？”

“我打算下午进山办些事情，你能不能带我进山？”

“要进山？”汉娜看着狐狸，显然是对他的这个决定有些意外。

“对，想进山好好看看。顺便找一下凶脉之源的位置。”

狐狸整理好东西后微笑看着汉娜。

“可是凶脉之源……”

“只是去看看，我白天还没好好看过这座山呢，趁着白天进山，我想景色一定很美。”

“那好吧，要不我们现在就去，这样能够多走几个地方。”

“好的，谢谢！”狐狸将盒子寄放在汉娜这里，背着包先行起身来到门外。抬头望着整座大山，一边看周围的地形一边看天上的云朵。

狐狸现在所做的被称为观气，堪舆中的观气术分两种：地理和预测。世间生物都是有气场的，也即能量场。大山中的地气，森林中的阴气，天空中的风和云都各自有着自己特殊的能量场，并且影响着周围的环境，只要熟练掌握其中的规律就能对很多事情进行更详细的观察。狐狸这番绝学源自父亲的救命恩人法国神父，虽只得其一二然已经受用无穷。

他一边根据空中云朵的移动方向和速度测算风速，一边观察着森林中向上散发着的细微水汽。由于森林中所有植物水汽蒸发的速度是完全相同的，这些水汽在上升到空中之后会在空中产生出一幅类似于等高图一样的场景，不过这些画面没有天赋和特别训练的普通人无法看出。

此时在他眼前出现的便是周围森林的一个等高图投影，哪里树多哪里树少一眼就能分辨出来，想必越是靠近凶脉的地方，由于能量场特别植物生长应该也是特别稀疏或者特别茂密，只要沿着这空中的投影以及稀疏植物的延伸方向前进就一定能找到通往凶脉的路。因为这个凶脉十分特殊，通过这种方法只能寻到其下落但是要破的话还需要做其他的工作。这边汉娜稍微收拾了一下后带上了房门钥匙，便和他一起向山里走去。

之前狐狸已经大致找了条路，所以汉娜出来后直接带着她向刚才确认的路线而去。

“狐狸，看你怪怪的，是不是有什么事情瞒着我？”汉娜看着快步走在前面的狐狸问道。

“怪怪的，哪里怪怪的？”

“女人的直觉，你刚才不是说要让我带你进山嘛，为什么就见到你一个人急匆匆走在前面，而且好像是知道自己去哪里。既然这样，你又为什么要我陪你一起进山呢？”

狐狸听着她说话但是没有回答，只是加快了脚步在山中穿梭着。

“你倒是说话呀，再不说话我不走了。”

汉娜一赌气，停了下来。狐狸听到她那么一说也停下脚步，转过身看着汉娜。

“是不是有什么事情瞒着我？”汉娜生气地说道。

“好吧，既然你问了，我回答你，我要除掉凶脉。”

“除掉凶脉？怎么除？你知道凶脉在什么地方么？”汉娜问。

“不知道，但是我知道怎么进凶脉的方法。”

狐狸回家后利用短短的三天时间查阅了父亲和法国神父留下的所有数据，他本打算寻找一些凶脉的真相，却无意中发现了法国神父研究出来的一种能够进入另一个空间的方法，这是一种根据堪舆学原理引出另一个空间的方式来进行反向推论后得出来的结果。当他无意中看到这个时就已经做好了除掉凶脉以绝后患的准备，他不忍心看到凶脉继续肆意下去践踏这一片美丽的大山，时间拖得越久对这座山以及这里的人越是不利，仿佛冥冥中受着感召他就是那个诸葛亮一直在等待的人，只不过那只是个理论，并没有真正实践过，因此存在着很大的风险。

“我想我能进去。”

狐狸其实心里也没有把握，但是除此之外他没有其他选择。

“好，那我也和你一起去。”汉娜打算不依不饶地跟着他。

“听着，汉娜，”狐狸看着她语重心长地说道，“不要意气用事。”

“我没意气用事，我其实很早就已经做好了和你一起进凶脉的准备。只是，只是没想到你会这么快就决定。”说着说着，汉娜的眼睛突然开始红了起来。

狐狸伸出手握着汉娜的肩膀，说道：“汉娜，凶脉多存在一天，对这个世界来说就多一分危险，它就像是一个失去控制的定时炸弹，没有人知道什么时候会爆炸，而且我们之前所经历的那些，你也都看到了，里面的东西是多么的凶险。”

狐狸转过身看着周围的森林感慨道：“你看这大山多美，这里的环境多么美好，这样一个和平而美好的世界如果被凶脉给破坏，将会变成怎样一番景象？”

“那你为什么不肯早点告诉我，不肯让我跟你一起去，现在却又让我给你带路，你这不是在耍我么？”汉娜十分生气，抱怨道。

“我让你带路是有我的原因和苦衷，希望你能理解，而且我不希望你有任何事情。”

“我也不希望你有任何事情，我们两个一起去找凶脉，就像之前那样，相互照应。嗯？”

汉娜恳求的眼神望着他，狐狸抬头看了看天，此时天色虽然尚早，但若是再让汉娜跟着自己往前方翻过两个山头，那么她回家时天就要黑了。

“汉娜，别要小孩子脾气了。这可不是玩笑。”狐狸严肃地说道。

“没有开玩笑，我要和你一起进凶脉。”

狐狸见她态度坚决，暂时只能看着天空眨巴着眼睛。之前他和汉娜一起出生入死，要不是她，自己早就被干尸给做掉了，他也很怀念和她一起冒险时的一切，但是这只能是回忆，绝对不允许再次发生，更何况眼下根本不容得妥协，因为就连他自己也没有把握顺利找到并再次进入那个世界，如果失败自己可能永远都回不来了。这一切如果让汉娜知道了，她一定会拼命阻止自己，可如果不这么赌一把，凶脉的变化没有任何人能够预测，继续拖延下去恐怕这一片美丽的大山都要受到它的影响。

看到周围美好的一切，还有汉娜，狐狸更加坚定了决心。他伸出双手，扶着她的双肩望着她没有说话。此刻汉娜因为他的眼神反而镇定了下来，也用恳求的眼神望着他。沉默了几秒钟，狐狸深深叹了一口气：“汉娜，我不能带你去，原因我不能告诉你，但是希望你能够明白我的苦衷。我答应你，我一定会回来的，我一定会解决掉这个凶脉回到你的身边。”

汉娜没有再说话，只是静静地看着他。狐狸朝汉娜微笑着看着，此时无声胜有声。汉娜被这一片充满真诚而又柔情的微笑所打动，知道狐狸这次去意已决，轻轻点了点头。

“你答应我的，一定会回来的。”她的眼眶开始变得湿润，泪水流了出来。

“我答应你，我会回来的，一定。”狐狸充满自信地微笑着向她承诺。他伸出双手轻轻捏了汉娜肩膀。

“我想我知道你为什么要我陪你进山了，我会等你！”

汉娜此刻含着泪水微笑着看着狐狸的眼睛。

“好的，一言为定！”狐狸伸出手指，做出拉钩状。

“嗯，一言为定。”汉娜也伸出手指，和他钩了两下。

狐狸伸出双臂，轻轻将汉娜拥入怀中，几秒钟后，便转身向森林深处头也不回地快速跑去。“狐狸，我现在只有你了，你一定要回来……”

汉娜看着他背着包的身影慢慢消失在了树丛里，却是迟迟不肯离去……

意外

狐狸快速地在森林里穿梭着，抬头看着天空参照着那幅寻常人无法看见的等高图向前搜索而去。此时他已经进入深山，树林上方几乎已经完全被树叶遮蔽，只能看到通过树叶缝隙洒下来的一条一条日光，这并没有让他放慢脚步，他闭上眼睛再次回忆了一下刚才所见到的天空情况，然后对照着指南针继续快速向前移动着。慢慢地，他感觉到了周围开始传来一股轻微的寒气，便也渐渐放慢了脚步，一边对照指南针，一边用鼻子嗅着从身边堆积着的树叶下所散发出来的腐烂气味向前而去。这便是资料中所记录的寻找凶脉或者凶气之源的第二步"探"，之前他对照天空等高图的方法则是第一步"望"。

前面提到过，望气根本原理在于土地上的物体所散发出来的能量场，宇宙中只要是能量场就一定会对周围事物产生影响，因此能把这个作为寻找的线索，而凶脉之源因为具有极其强大的能量场，虽然它并不属于这个世界，却和这个世界有交点，通过这种方式找到那个交点，就一定能把它当成入口。

至于探，是利用工具进行探测，望属于粗探，能够找出目标大致位置，大致位置确定后就需要进行细探，择其重点进行突破，这时候探测工具就可以登场了。深山老林里由于植被众多视线狭窄，人的眼睛所看到的不是树就是脚下的树叶，用肉眼观看具有很大局限性，但是事物的能量场却并不会改变，更何况如此强大能量的凶脉一定会引起一个特别现象。

狐狸一边观察周围一边参考手上的指南针进行判断。我们都知道堪舆术中罗盘是非常重要的，可很多人只知道罗盘的作用是用来测方位，却并不知道它还有一个更加重要的功能：测磁场。凡是具有特别能量的事物，他们附近的磁场一定是很特别的。狐狸此时就是在用指南针侦测着附近磁场的变化。虽然凶脉之源躲了起来，但是它的能量过于强大会影响到附近的磁场，只要侦测到异常的变动就能抓住它露出来的尾巴。

果然，在附近转了两个圈走了不到二十米后，指南针的指针突然开始有些不太平起来。狐狸拿着指南针小心翼翼兜到了磁场异常的中心地带，向周围看了一圈后却突然无意中发现，前方不远处的草丛里竟然有个人躲在树叶堆里面偷偷观察着他。见到此番情景他被吓了一跳，定睛再一看才发现是虚惊一场，原来那里有棵树，树边上有一尊来历不明的雕像，上面覆满了树叶，刚才露出眼睛的正是这个东西。他来到雕像前确认没有机关后拨开了覆盖在上面的树叶，整个雕像犹如真人一般大小，脸部被刻画得栩栩如生，在它手上拿着一把宝剑，乍一看的确是犹如一个躲在树叶后的人。

狐狸见到雕像后不禁产生了好奇：怎么这里会有这么一尊奇怪的雕像呢？正在这时他的鼻子探查到了某些信息：那是一股味道，一股来自于地下那种潮湿而又阴冷的空气。顺着气味绕到雕像后面一看，发现几米开外的一块坡地上竟然平白无故凸起一座小土丘。他开始仔细研究起这个土丘来，因为这个土丘出现在这里显得有些突兀。查看了一圈后发现这里坡地上部分树的树根都裸露在外面，应该是受到了雨水的冲刷而成，而造成这样的结果的前提必须是泥土下方有着比泥土更加坚硬的东西。从整个山坡的形状来看，下面应该是存在着许多石头，而如果有大量石块堆砌在一起的话最有可能的就是下面存在着一个墓葬，联想起之前自己是在诸葛亮工事中渐渐走入那个世界的，看来眼前这个墓葬和凶脉也应该有着某些联系，要想打开凶脉之门就要先入墓。

“看来祖师爷的方法还真管用，可是为什么这么巧有个墓呢？”

站在原地琢磨了几分钟，他好不容易弄明白可能是因为凶脉之源属于极阴之地，墓葬也是阴地，两者具有相同属性，正是因为这样使得两者产生了共通。直接找凶脉之源肯定无法找到的，但是借着墓葬这一媒介就能顺利发现，这应该和游泳之前要将身体冲湿的道理差不多吧。

狐狸如此这般思考着，抬头看看天色已暗赶紧取下背包从里面取出工兵铲，大致选了一个薄弱环节后便挖了下去。墓葬表层泥土由于冲刷而流失了不少，加上他干这个是本行，没到一支烟的工夫坡上就出现了一个半米多宽的圆洞。站在洞边上划了根火柴扔进洞，探出脑袋向下面张了一眼，火柴进洞后并没有在空中熄掉，但却直接掉进了墓道里的水坑中“嗤”一下灭了。

看到下面的水坑，狐狸便放下了心。墓里有水只有两个可能：一是雨水，二是地下水。看这里海拔也不太像地下水，而既然雨水能够渗漏进去，那么这墓基本上没什么凶险，因为氧气也能大量渗透进去，不过为了安全起见，他还是在洞口躺了五分钟，顺便将耳朵贴在地面上听下面是否有什么动静。

这招叫作谛听术，是为了察觉古墓中可能存在的活动事物的技能。古墓中的活动事物一般可分为两种：生物和死物。生物也有两种：第一种是一些墓主故意养在墓中的活物，通常都是一些比较匪夷所思却能置人死地的怪物或者是毒物；另外一种是从某些洞口钻进去嗜好黑暗的野生之物，例如蝙蝠，不过蝙蝠吸食过尸体的血或肉的话，便会带有很多尸毒。尸毒是世界上毒性超强的毒物之一，而且无药可救。另一种是死物，死物也有两种：一种是墓主人设置在墓中的机括，由于机括运作需要驱动，驱动机关又在地下，这个能够通过谛听术探知；另一种死物比较诡异，是尸变后的尸体，科学解释是可能尸体被大量细菌侵入后造成的，也有一说是死者灵魂不愿意离开，因此驱动着死去的躯体在墓中游荡。不管怎样，生物也好死物也罢，只要遇到就是凶多吉少，必须先用谛听术去查探一番。经过确认并无任何危险后，狐狸这才打着手电筒小心翼翼下到墓中。

从前方墓道深处偶尔传来那些渗透泥土的水滴到墓道地板上的声音并且夹杂着呼呼的阴风，周围环境令人感觉有些人。不过狐狸并不感到害怕，因为这是许多古墓之内都有的正常现象。下到墓道中打着手电筒小心翼翼地向前方行去，脚下踩到积水后发出了啪嗒啪嗒的声音沿着墓道不断向前方深处传去。

走了没几步他发现眼前原来是一条向下倾斜的墓道，两侧没有岔路，看来是因为山脉发生过地壳运动后将水平的墓道压变了形，而中间一段受到下方力被顶了起来所以拱出了一个弧度。身边的阴冷之气开始变得越来越强，阵阵寒气犹如尖针一般直插入他的骨髓里面，手中的指南针也开始快速上下跳动并且旋转着，看来凶脉的入口就在不远处前方墓道内。

“应该快到了。”狐狸一手握着工兵铲一手提着手电筒慢慢向前探去，这条墓道比他想象中的要长，一路向前延伸而去，可是却并没有出现任何特别的情况。

“难道我找错地方了？”

正在纳闷时，突然从前方不远处墓道中传来了一下轻微的脚步声，没错，是脚步声，在寂静而又漫长的墓道中一下一下，犹如鬼魅一般突然左边出现又突然右边出现，之后整条墓道又再次恢复了沉寂。

狐狸打着手电筒向前慢慢探去，除了那些挂在墙上厚厚的蜘蛛网和天花板上的滴水之外什么也没有发现。来到刚才脚步声的源头，发现这里是一个Y字形的岔路，刚才的脚步声，根据判断应该是从右侧的那条岔路传过来的，可是从周围的环境来看不会有人在这里出现，这到底是怎么回事？

正在他打算转过身观察左侧那条岔路的时候，身后突然传来有人跑动的脚步声，他刚打算回头向身后望去，但是仍然晚了一步，猝不及防仿佛被什么东西击中了脑袋，只感觉头一晕然后便倒了下去。

也不知过了多久，当醒来时发现自己是被什么人从地上给拉了起来，狐狸想动却突然发现手脚被紧紧捆绑住，使不出半点力气。

“帐下所跪何人速速报上名来，我可留尔一个全尸。”

狐狸听得有人在叫，一抬头却发现自己竟然是在一个军帐之中，眼前那个人着装古怪，穿着古代衣服，一副大胡子，就好像是在唱戏，不过那双眼如杏、身材魁梧的仪态却是犹如天神下凡，在他左右站着好几个古代士兵握着手中的枪，看上去也是勇猛异常。

“我，难道我穿越了？”

他转头对周围一扫发现军帐角落处挂着一副巨大的紫铜盔甲，盔甲边上还架着一柄赤天神枪，此时突然明白了到底是怎么回事。

“呔，你这家伙好生大胆！将军问话竟敢不理不睬。来人，拉出去，砍了。”

“慢着！”

见对方要砍自己，他突然大声喊道，这一喊用足了丹田之气，喊得两个打算上前拉他的士兵竟然被震慑住了。

“将军，此人对你如此无礼，而且嗓门特大，一定是奸细，必杀之啊！”

边上走出一个军士如此说道，见将军并未有任何表情，赶紧一挥手，两名士兵又打算伸手去拖他，狐狸只得再次大叫一声：

“慢着！”

“你这厮好生无礼，将军面前竟敢大声喧哗，成何体统。”

“是啊，将军，此人着装古怪，必是他国派来的奸细。”

帐内之人你一言我一语地劝谏着大胡子将军快点动手杀了他，不过狐狸却是观察到将军并未做出任何表情，只是在上下打量自己。

“将军，此人见到您却并无任何恐惧之色，怕是知道事情已经败露，所以故作大义凛然状，此人危险啊。”

边上一个白胡子老头走到将军边上劝着他，不用说，看这样子定是个军师。狐狸听到他这么一说不禁立刻笑了出来，却仍是只字未言。

“将军！”白胡子老头再次劝谏着。

“帐下之人到底从何而来？为何而来？”

沉默了许久的大胡子将军终于开口问狐狸。

“将军别误会，我来此地是为了帮助你们。”

将军的目光自始至终从未离开过他，因为他看到眼前之人虽着装特异但是并无任何贼眉鼠目之相，而且凡奸细者必然会说许多话作解释和辩解，可眼前这个年轻人却是只字未提，并且这么有自信地看着自己，应该不会是什么歹人。看到这里，他心里也大致有了个底。

“帮我？为何而帮我？打算如何帮我？”

“如果我没说错，将军是诸葛卧龙麾下，对否？”狐狸笑着问道。

“将军你看，此人知道您的身份，必是可疑之人。必杀之啊！”

“必杀之！”“必杀之！”

周围其余将领听得军师这么一说立刻都围了上来对着狐狸怒目圆睁地吼道。将军慢慢站起身挥了挥手示意众人退回原位，然后走到狐狸跟前，看着他问道：“你，为何帮我，又如何帮我？”

“迷路之人需要指路人指引，这便是我来此的目的。”

“噢？好个迷路之人，指路之人，你且说说如何迷路又如何指引？”

“来自何方便将去往何处。将军，你在此地停留已久，有劳你了。”

狐狸说完便不再言语，静静看着他，将军听他这么一说双眼顿时犹如看到希望一般，只是并没有表露出太多，仍然不紧不慢问道:“你，究竟是何方神圣？”

“我乃卧龙使者，受诸葛先生派遣而来。”

听到他这么一说，手下将领众人立刻惊呼起来：“丞相终于派人来救我们了，丞相终于派人来救我们了。”

“慢，你说是丞相之人，有何凭证？”

白胡子老头似乎并不相信狐狸，突然问道。狐狸那脑子可不是寻常之人可比，他几秒钟前已经料想到对方可能会问自己这个问题，赶紧将准备好的答案道出：

“先帝创业未半而中道崩殂。今天下三分，益州疲弊，此诚危急存亡之秋也。然侍卫之臣不懈于内，忠志之士忘身于外者，盖追先帝之殊遇……”

狐狸就这么把整段《前出师表》给背了个遍，他一边背诵一边看着将军的表情，果然将军之前一直僵硬的表情渐渐消融开来，嘴角微微向上扬起，不住地点着头。

“嗯，不用再继续背了，的确是丞相出发前亲笔写的《出师表》，你既知道我军现状又知道丞相亲笔所写《出师表》，我且信于你。”

他走到狐狸边上亲手替他松了绑，然后将他引到帐中上座就座。

狐狸早已经打算好，如果背《出师表》没用，就将诸葛亮生平还有他的家底翻个遍，古代信息不发达所以能够说出诸葛亮所有家底的肯定只有他身边的人。因此不怕这帮人不相信，不过好在也是一击必中，当下心里在偷偷大笑道：“哈哈，我真是个天才。”

“卧龙使者请坐，刚才多有冒犯，还望海涵。”

帐内其余人等此时纷纷上前请罪，狐狸也懒得和这帮手下人啰唆，一挥手：“没事，没事，大家自己人。”

众人赶紧千恩万谢退了回去。

“请问使者如何称呼？”将军问道。

“叫我狐狸就行。”

“狐狸?”大胡子将军听到这个回答觉得十分奇怪。

“那是我的号，没事儿，叫我狐狸便是，对了，我是怎么会被将军带到这里的？”

“适才探子巡山，发现使者服装特异而且形迹可疑，以为你是其他地方派来的奸细所以这才……多有得罪，多有得罪。”将军抱拳以示道歉。

“原来这样啊，一场误会，大家都是吃刘家饭的，不知者不罪。”

狐狸一边说着一边转身四处寻找起自己的背包来。

“卧龙使者，您的行李已经被我们收起来，我这就叫人帮你去取。”

将军一挥手，一个士兵出了营帐不多时将狐狸的背包取了过来，他赶紧打开背包检查起来，还好里面的东西都在，一样没少，这才放下了心。

“这位将军！”

突然，边上有个声音凑过来叫道，转头一看，就是刚才下令要斩他的那个白胡子老头，狐狸立刻气不打一处来。

“我不是将军！”狐狸生气地说道，“叫我狐狸。”

“是，狐狸将军！”

老头听得狐狸此刻身份不敢继续造次，赶紧恭敬地加上将军两个字，这让狐狸顿时没了想法。

“有什么事情请直说，谢谢！”

狐狸转过头看着老头道。

“狐狸将军，此番丞相可是只派来了你一人？”老头问狐狸道。

“对，就我一个。”

突然，他仿佛意识到了什么，赶紧问老头：“怎么？莫非这里还有其他陌生人不是？”

“狐狸将军，如果丞相只派了您一个人前来的话，那么那个人就定是奸细了。”老头转过头看着将军道。

“那个人？到底是哪个？”

听到这里狐狸有些犯晕，这到底是怎么回事？莫非是汉娜自说自话也偷偷跟了进来？如果是的话那岂不是麻烦了。

“另外一个奸细，不，不是另外一个奸细，不，是奸细，狐狸将军不是奸细。”老头越说越乱。狐狸听他说话越来越没有条理便赶紧让他住了嘴：“得得得，你这老匹夫赶紧打住。将军，这到底是怎么回事？”

狐狸知道将军是个沉稳深思的人，应该能够从他口中探得消息。

“不瞒您说，在发现使者之前的几日，我们的确是在山里发现了另一个悄悄进山的人，当时此人趁夜潜入我军营帐被我巡逻士兵发现，后来费了我们好大劲儿才把他给抓住，之后对他审问多次却是屡不开口，所以打算在今日午时将他问斩。”

“噢？是不是原本打算审完我之后发现如果我是探子便将我两人同时问斩？”

狐狸坏笑着问将军道，将军不好意思地点了点头。从这一举动中狐狸看出他不但沉稳而且直率，不禁心生好感。

“将军如此以诚相待狐狸我十分感激。在下有个不情之请，不知当讲不当讲。”

“卧龙使者不必拘礼，有话但说无妨。”

“将军，此人，我能否亲自审他一审？”狐狸看着将军问道。

“卧龙使者，这个？”

将军看上去突然有些为难。

“将军是否不相信狐狸？”

“不不不，卧龙使者此言差矣，我是怕耽误您歇息，既然这样那就有劳了。”

说完，将军起身大声命令道：“来人，将那探子带上堂来。”

两个士兵走出军帐半分钟后，只听到门口传来一个男人大声喊叫的声音：

“干什么，我和你们说过我不是什么奸细，为什么你们不相信我，怎么这么拎不清，你们这是要带我到哪里去？放开我！我要见你们领导，这还有没有人权了？都说我们没人权，就是你们这种人搞出来的事情！”

狐狸一听发现这嗓门却是十分熟悉，赶紧向帐外跑了出去。来到营帐门口，却正和双手被反剪押进来的那个人撞了个正着，他一看不是别人，正是汉娜的父亲，此时他因为没戴眼镜而且正在用力挣扎，因此没有第一时间看出站在眼前的这个人是谁。

“伯父，您怎么会在这里的？”

狐狸赶紧让两名士兵将他松绑，然后亲自扶着他走进营帐。众人听到狐狸叫这个探子伯父，而且见狐狸对他如此恭敬，也赶紧让开一条路出来，更有识得脸色的已经搬好凳子候在那里。狐狸大致检查了一下，见他虽然精神状态不太好但身上并没有什么大伤便也放下心来。

“狐狸，你怎么？你们没逃出去？汉娜呢？她没事吧？”汉娜父亲听出了狐狸的声音赶紧问他。

“伯父放心吧，汉娜没事，我已经把她安全送到家了。对了，您是怎么流落到这里被将军抓住的呢？”

“唉，一言难尽呐。”

汉娜父亲向他道出了那天他们离开后他所遇到的离奇事情。

“那天你们安全离开后我看到那么多怪物扑过来还以为自己必死无疑，可没想到七彩球消失的瞬间山洞里所有的怪物都突然停止不动了，所以我趁机逃进了附近的一个台阶通道里，然后一直躲着直到晚上听外面没了任何动静，再次跑出通道时周围怪物已经都离开，我知道山洞不能久留本打算趁着夜色沿原路返回树洞，但是却在上山坡的时候看到了一件非常奇怪的事情。”

“奇怪的事情？什么奇怪的事情？”

狐狸好奇地问道。

“还记不记得那个葫芦状的湖？”

“记得，里面有许多鱼头怪，怎么，那湖有古怪？”

“不是湖有古怪，而是湖的后面。那里不是有一个大瀑布嘛，整个湖的湖水都是从瀑布下来汇聚而成的，那天晚上我无意中发现瀑布上方靠近山另一侧，好像有着什么特别的东西正在那里发出忽明忽暗的七彩霞光，这个场景我还是第一次见到，因为之前一到天黑是一定要躲起来的，天黑后我从来没有出过树洞。还记得那天晚上我们看到的那几只蝙蝠怪么？如果从方向上看，我想应该就是从那里飞出来的。”

“难道那里就是凶脉之源么？”狐狸自言自语道。

“这个我虽然不敢肯定，不过那里的确非常可疑。后来我见附近没什么动静打算偷偷跑近一点看个究竟，可不知道什么时候突然从远处飞来一群东西嗡嗡嗡的，我见势不妙撒腿就跑，没想到这些东西还缠上了似的一直追，追了好几天，等到摆脱它们时已经不知道怎么到了这里附近，后来我听到这里有动静以为也躲着什么怪物，但是一看却看到了营帐和士兵，联想起那个传说我觉得很有可能是他们，本想过来确认一下，却没想到才溜进来没多久就被发现了。我说了许多他们就是不听，唉！”

听到这里狐狸总算是明白了怎么回事。

“呵呵，伯父，您这回可真是秀才遇到兵有理说不清了，不过还好他们没有伤害您也算是不幸中的大幸了。对了，我之前来这里的时候在山里走了许久却都没有遇到什么可以吃的东西，你是怎么撑过来的呢？”

“吃？我刚到这里的时候也是忙着找吃的，但是后来发现这里根本没有吃的，熬了一段日子后本以为会饿死，结果发现在这里根本就不需要吃饭。”

“不需要吃饭？这到底是怎么回事？为什么不需要吃饭？”听到这里，狐狸也是疑惑了一下。

“呵呵，狐狸，这个你肯定也没有想到吧，有没有听说过虫洞？”

“有过耳闻，您的意思是说……”

“在你们离开后我重新对所发生的这些不可思议的事情想了又想，为什么会有这么奇怪的地方？我怀疑这个凶脉根本就是个存在于地球上的虫洞，而它的另一头，是一个和我们地球一样的平行世界。”

在我们所生活的这个美丽星球上，经常会发生一些匪夷所思的事情，其中就有一种是玄之又玄的：有时候明明你在和朋友一边走一边聊天，但是当你回头一看发现朋友突然不见了；有时候民航客机在云层穿梭时会发现二战飞机在自己身边飞翔；还有更离奇的是战斗机在快速穿越云层后会惊奇地看到自己飞行在一群翼龙之间，可当飞出云层时那些奇怪所见却又离奇消失了。如果用平行宇宙理论来解释的话就是他们通过某扇存在于地球上的“门”闯入了另外一个世界，可能是一个平行世界，也可能是一个异度空间。平行世界的时间和我们一样，但某些异度空间因为时空被某种巨大能量扭曲所以时间的流动速度和我们不同，而无意中闯入这样的空间后原来世界中的时间标准和其他概念就将会被全部推翻，之前狐狸和汉娜在地下所经历的那惊心动魄的几天，当返回后却发现这个世界仅仅过了几个小时便是最常见的表现。狐狸父亲所说的虫洞正是打开或者通往这种空间的其中一种途径，虫洞可能因为某种巨大的能量而产生，而那个凶脉之源正是导致这一切的罪魁祸首。狐狸听得汉娜父亲的描述意识到凶脉之源很可能就在那个瀑布后面，只是现在摆在他面前的还有一件事情，那就是到底是什么东西导致了这个凶脉的诞生。狐狸一边听汉娜父亲说话一边快速转动着脑子，当听到他提到“虫洞”这两个字后，心里依稀理出了一个头绪。

“只是我不知道为什么那些古物和仪式会产生如此强大的能量能将我们带入到这虫洞里面。对了狐狸，你又是怎么来到这里的？”

“这个说来话长了，那天……”

突然，狐狸发现他们两个人就这么旁若无人地聊着，而聊的东西又是那么深奥，将军和他的手下都愣愣地盯着他们看呢。他赶紧凑到汉娜父亲耳边，对他轻轻说道：“伯父，待会儿我说什么你附和我便是，其他不用管，这样最安全。”

汉娜父亲点了点头。

“是卧龙先生让我来的，我的目的就是来指引所有迷途之人。将军……”狐狸大声说道。

“卧龙使者有何指示？”将军在边上问。

“万事皆因凶脉而起，你们也是因凶脉而受困于此。”

“凶脉？什么是凶脉？”将军不解地问道。

“刚才我和伯父谈话中您应该听得，凶脉便是让将军迷途的敌人。若要离开这里，必先除去此敌，这也是诸葛丞相之心愿。”

狐狸一边说心里一边悄悄嘟囔道："诸葛亮啊，我今天可是拿着你的鸡毛当令箭了，不过除掉凶脉也是你毕生夙愿，我今天就代你将这命令转达了，若是能成功也算是了了你一件心事，给我多点灵感吧。"

"是诸葛丞相之令，我等定当效命。"将军充满自信地说道。

"那是最好，不过，对方并非等闲之辈，须得小心行事从长计议。"

狐狸见对方答应便也放下了心，不过他知道对方都是一些怪物，如果直接硬碰硬不但凶多吉少而且会惹上不小的麻烦。对于他来说当前有一件事情必须要先完成，那就是确认一下汉娜父亲所说的那件事情：凶脉之源是否真的在那个瀑布后面的山谷之内。

"我军也素来训练有素，若是不信，卧龙使者可随我来。"说完将军招呼手下帮自己穿上盔甲，此刻他犹如传说中的战神下凡，勇猛无比，光是看这身行头，便已经是让人心生怯意。听了狐狸的话，他觉得有必要让他先了解一下整支部队的情况。狐狸心想也好，反正先看看那些士兵如何，知己知彼方能百战百胜。

狐狸扶着汉娜父亲跟着将军走出营帐后看到这里位于森林

附近的一片开阔地，眼前出现的果然并非传说中那么十几人，而是整整一支部队，外面的营帐铺天盖地，看这规模少说也有几万人，气势恢宏喊声震天。虽然他们运气不好走进凶脉迷了路，却是因此而能够活到今天，现在看来仿佛一切都是天意。有了如此大军相助，破掉凶脉那简直就是三只手捏田螺十拿九稳。狐狸一边走一边琢磨着。

将军来到领操台前拔出战刀一挥，战刀划破天空，在日光的照耀下显现出一阵耀眼的光芒。正在训练的将士见到将军穿着盔甲出现，便立刻向领操台方向靠了过来。

“众将士听令！”

将军大声喊道。

“有！”

“列阵！”

伴随着隆隆战鼓声，将士们摆出了一个又一个阵型，狐狸一看果然是训练有素的一支队伍，摆到今天那就算不是王牌部队至少也能算得上是精锐部队，而且所布之阵看似简单其实都暗藏玄机。例如他们所排的第一个阵，便是大有来头的奇门遁甲阵，此阵一直流传至今，益智游戏中将九个数字填入九宫格，使得每个格子横竖斜相加都是十五的游戏便是来源于此。因为这样布局后只要主将位于最中间，敌人不管从哪个方向进攻，所遇到的防御士兵总人数永远都是不变的。这样的阵法没有任何弱点而且能进行灵活排列，当数个奇门遁甲阵进行排列组合后便能犹如八卦演化为六十四卦那般衍生出更多灵活的阵法。不懂奇门术之人就算是千军万马也未必能够敌得过此阵千人，想必他们都一定得到了诸葛亮亲自督传才会有如此玄妙，这比那些距离三国时期一千多年的英国法国那种仍然用人桩似的阵法是高级了太多太多。

正当他仔细揣摩和研究这些队伍演化阵法的时候，却突然无意中发现有几个士兵身上穿着十分奇怪，那些士兵虽然拿着长矛穿着布服可脚上穿的却不是布鞋或草鞋而是靴子。看到这里他赶紧让将军喊停，然后跑到那几个士兵跟前，对着他们脚上的靴子开始琢磨起来。

将军见他行为古怪，也赶紧跟着走了过来，问道：“卧龙使者，有何疑问？”

“这，这些靴子是从哪里来的？”

狐狸问将军。

“这些黑鞋是我赏与他们的。”

“是从哪里找到的？”

狐狸赶紧追问，将军见他如此紧张不敢怠慢，便将事情一五一十说了出来。原来几年前探子巡山的时候曾经遇到过一批说着怪话的人，但是因为对方人数众多不敢立刻行动，回来报告后将军派出部队去搜捕可却再也找不到他们了。而几个月前又无意中发现了他们的踪迹，不过此时对方人数已经少了很多，将军的手下去抓他们却不料被他们用一种神奇的烧火棍打死了好几个。一怒之下将军下令将他们全部就地处决，并且把留下的所有东西作为战利品收了回来，将军嫌那些人穿的黄皮子衣服实在太难看，只是拿了几双鞋子出来派发给有功劳士兵。

听到这里时，狐狸的眼睛顿时一亮，赶紧问道：“将军，那么其余的东西还在吗？现在在哪里？能不能让我看看。”

“都在营帐内收着，卧龙使者请随我来。”

将军将他引到了存放东西的营帐边上后说道：“卧龙使者，东西就在里面了，请！”

刚走到门口便闻到一股熟悉的味道，走进营帐内一看，果然里面堆满了各种各样的设备和器材，另外还有几个大小箱子，器材和设备因为太过于陈旧已经无法使用，于是便来到箱子前动手翻了起来，心想应该能从里面找到些有价值的东西。

他先打开了一个小箱子，出现在眼前的是一些档案。随便拿了几本出来一翻发现上面写满了日文，而且并没有记载部队番号的记录，看来应该是影子部队没错。这些档案中有好几本上面写满了密密麻麻的类似用来进行什么仪式的图文，狐狸看了看发现并没有什么价值又再次把它们扔进了箱子接着继续翻找了几本。突然，一本沾着血迹的日记出现在他的视线中，直觉告诉他这本日记一定会告诉他一些什么东西便赶紧取过翻看了起来，因为日记里夹杂着一些中文，凑合着大致意思，他一边看一边翻译起来。

3月15日

早上接到总部命令，派我们和特别组前往支那西南部寻找宝藏，我们将全程担当特别组安全保卫工作并提供一切无条件支持，上级给了我们许多武器和炸药，从来没有见过这么丰富的配备……

3月17日

下午在机场意外遇到了渡边，原来他们也和我们一样被安排担任另外一支部队保卫工作，他们将会和我们同时进山然后兵分两路，目的地坐标已经全部交给特别组，我无法从他们那里了解到更多此次任务的内容，也不清楚所要寻找的宝藏是什么，但是看到他们那些先进的仪器和设备，我想要寻找的东西一定比想象中的还要重要。

3月18日

部队下午在森林遭到不明来历武装部队袭击，战斗力比支那正规军强出不少，我们和渡边部队被打散，失去了他们的消息。

……

看到这里狐狸明白了，这支部队正是自己要找的那支，也就是直接被派往凶脉之源的军队，而之前在地下所遇到的那些变成毛球怪的肯定是日记里所记录的渡边部队，看来事情的真相就要被揭开了。想到这里他不禁顿时兴奋起来，赶紧继续往后面翻了下去。

3月20日

由于部分器材受到损坏使得搜寻任务被推迟，但是下午特别组仍然报告说找到了宝藏隐藏地，我很想知道我们要找的东西到底是什么，但是却差点被以叛国罪处决。幸亏他们还没有成功找到里面的东西，否则的话我应该已经被处决了。

3月22日

这两天行动组的人都有些神经质，没事就拿我们的人出气，手下都在向我抱怨。来支那本来就不是我愿意的，要不是他们是直属陆军部，这样对我的部下，我早就把他们给干掉了。

3月23日

几天都没有渡边的消息了，不知道他现在情况如何，有点替他担心。这几天周围所有的人都有些不太对劲，也包括我。虽然他们说找到了宝藏，但是没有看见特别组的人向外面运送任何东西出来，而且昨天阪田向我汇报说他在站岗时无意中看到特别组的人在附近树上绑符文一类的东西，结果被扇了两个耳光。我怀疑要找的东西根本就不是财宝，可到底是什么无法得知，希望他们能够早点找到，这样就能早日回家。

3月26日

这几天没有写笔记，是因为忙着做最后的清理工作，明天部队就要撤离这里了，总算可以回家了。

3月27日

今天部队遇到了袭击，一股很强的气流冲击了整个部队，所有的人都被击倒，不过好在都没有事情。我发觉特别组的人却比我们要显得更加恐慌，可能是发生了某些事情。

狐狸一页一页地翻着日记，越到最后越是凌乱，本来是每天写一篇的，后来干脆变成了周记。基本上就是记录着他们不知道为什么来到了这里，然后再也无法回去。

“现在另外一支部队的下落也找到了，看来他们的确是找到了凶脉之源，可是却没想到自己中了招，但这日记里也没有记录凶脉之源的真相，看来还是得要多费些周折。”

狐狸将日记扔回了箱子，大致翻了一番后他又将注意力停留到了最下面的那几个木头大箱子上，想看看里面还有没有什么有价值的好东西。掀开箱子盖，一股诱人的味道传到了他鼻子里，这味道刺激着他的嗅觉，更刺激着他的神经。

出现在眼前的竟然是满满一箱军火，光步枪就有好几十把，都是小日本的纯钢步枪，一旁还有许多子弹，他赶紧打开另外一个大小差不多的箱子，里面装的也是步枪，另外还有几把歪把子，而第三个箱子内的东西更加刺激，满满一箱子雷管和炸药，另外还有数个定时器，估计是用来开山的。狐狸见到这些东西就好像猫看到鱼一般立刻乐开了怀，大声笑道：“看来老天爷真是眷顾本人啊，有了这些家伙，再加上将军的部队，破除凶脉指日可待。”

当即转身问汉娜父亲：“伯父，您可有这里的地图？”

“家里的地图有，但是这里的地图却没有。”汉娜父亲扶了扶眼镜看着狐狸。

听到他这么回答狐狸有些丧气，不过再怎么说将军手下那么多人，要找那凶脉也不是什么难事，只是要多费些周折。此刻汉娜父亲仿佛察觉出了他的意图，立刻补充道："这里的地图我是没有，但是如果要找瀑布的话，我知道那地方怎么走。"

听他这么一说，狐狸顿时精神起来。

"之前我父亲教过我一个方法，不管什么情况下如果逃跑必须盯着一个地方跑，因为只要不改变方向，不管跑到哪里都能找到原来的路。我当时来的时候就是朝着一个方向跑着跑着到这里来的，只要沿着这个方向反着走，一定就能找到瀑布的所在地。"

"可是您怎么能保证不兜圈子呢？所有人的腿都有轻微差别，人在森林里奔跑一般是不可能跑出直线的。"狐狸疑惑地问道。

"哈哈，别看我是个戴眼镜的，可我从小在山里长大，东南西北找个方向是驾轻就熟，只要跟着树上长出来的蘑菇就能判断一个正确的方向，放心吧绝对没错。"

"嗯，那好，人也有了，枪也有了，位置也有了，接下来要做的便是……"

“除掉凶脉？”汉娜父亲问道。

“不，还不能贸然出动。”

“为什么？”汉娜父亲问他。

“知己知彼方能百战不殆，卧龙使者是否打算先行打探一番？”此时一直站在边上的将军突然说道。

“正是，我要先去侦察一番，看看那里到底有些什么东西然后再做打算。”

“我军营中探子众多，卧龙使者有何需要请尽管吩咐。”

狐狸摇了摇头，说道：“不，之前听伯父所言那天的行动一定是惊动了什么，此番前去探察还是小心为妙。而且那些蝙蝠怪我想你们应该还没有见到过，否则肯定早就打起来了。我和他们打过交道，我想还是一个人前去这样也不容易被发现。”

“可是你一个人单枪匹马……”汉娜父亲并不知道狐狸底细，只知道那里十分凶险，赶紧摇了摇头。

“尽管放心，我既然能够将汉娜带出去再回来，就有自己的把握。”

想他本就是侦察营营长出身，这是他的老本行，单独侦察自然不在话下，只不过他并不能跟汉娜父亲说这个。虽然他不是盗墓的，但是被这个考古的老头知道自己的底细，多少肯定会有些排斥的想法。

“卧龙使者果然胆量过人，佩服佩服。”

“我话还没说完呢。我去侦察，伯父和将军，你们两位可也不能闲着。”狐狸一边笑一边说道。

“有何安排但听吩咐！”

“伯父，我知道你深得汉娜爷爷的真传，所以想让您也帮个忙。”

“我虽然手脚不如你们年轻人利索，但是这把老骨头还能派上点用处。说吧，想让我帮什么忙？”

“对，正因为如此，所以想让您代为训练这些士兵射击，不知将军意下如何？”狐狸转过身微笑着等待将军的答复。

“我军将士愿意听候卧龙使者差遣。”

狐狸一挥手，将手指向外面那成百上千名士兵说道：“好，我们抓紧时间，成立一支专门为破除凶脉而训练的特别部队。”

根据凶脉内出现的敌人行动特征和个性，按照狐狸的构想，他决定将所有队伍进行如下布局：从部队中抽取五十名士兵组建成步枪兵，这五十名步枪兵全部交由汉娜父亲负责训练，届时将会发出第一波远程攻击，专门用来对付空中的蝙蝠怪以及离岸较远的鱼头怪；在步枪兵外围同时辅以长枪兵和弓箭手，借助奇门遁甲阵进行防御协同作战，这些长枪兵和弓箭手则由将军负责训练；同时抽调探子分成四组，每组五名共二十名组成侦察爆破小队，以便在敌方注意力被吸引之时进行潜入爆破工作。

真相

一番安排后众人便分头开始按照要求各自工作起来。但是狐狸很清楚，这只是初始计划，他并不清楚瀑布后的凶脉之源里面到底有些什么，只能根据之前看到的地形和敌人来进行布局。不过这些布局是有一定灵活性的，随时可以进行机动，而这些兵种却都是必需的，训练好后只要随机进行位置调动和布防即可。

经过一天的训练和整理，夜幕渐渐降临。当天晚上，正当狐狸在营帐里擦着他从箱子里挑选出来的两把手枪时，汉娜父亲从外面轻轻走了进来。

“忙着呢？”

狐狸见到汉娜父亲，赶紧停下手中的动作。

“伯父快请坐。没什么，在擦枪呢，为明天做准备。”

“嗯，不错。”汉娜父亲坐下后，微笑地看着狐狸，问道：“汉娜怎么样，现在好吗？”

狐狸将两人离开凶脉一直到他和汉娜告别，原原本本告诉了他，汉娜父亲满意地点了点头，之后便看着狐狸没有说话。狐狸被他看得有些不好意思，赶紧说道：“您放心，我们一定会安全离开这里的。”

“我相信你，对了，你以前是做什么的？我看你很不一般啊。”

听他这么一问，狐狸突然紧张起来，他知道这是开始来套他的老底了。

“我家是开古董店的呢。”

他一边说一边寻思着家里古董那么多，这也不算是欺骗老人吧。就算将来某天被他发现了真相，那至少也不算骗，也只能是善意的谎言。

“怪不得你的知识那么丰富。”

“喜欢看书而已，呵呵。”狐狸打趣说道。

“狐狸，你是不是以前当过兵？”

见对方道破也就无法隐瞒，狐狸将自己以前当兵的那些事儿给说了出来。

“伯父怎么突然问起这个。”

“刚才看你擦枪时候的认真样子，而且你的双手食指上都有厚厚的茧子所以随便猜的，没想到还真猜对了。你应该会使双枪吧？”

“是的，我喜欢摆弄这些东西，从小就喜欢，后来父亲把我送去当了兵，退伍后还是忘不了它们，所以一直去打靶场。我觉得这才应该是男人的玩具。”

他一边摸着手中的枪，一边陶醉地说道。

“对了，今天帮他们训练得怎么样了？”

“今天只是教了他们一些基本的握枪姿势和要领，明天就实弹练习，时间不够只能帮他们速成了。”

“名师出高徒，相信就算是速成，也能够打出好成绩。”

“呵呵，年轻人真会说话。你呢，说说有什么打算？”汉娜父亲问他。

“我打算先去侦察一下凶脉之源的位置和环境，不过……”

说道这里狐狸突然停了下来。

“不过如何？”汉娜父亲问道。

“我们必须做好两手准备。不瞒您说，之所以让您帮忙训练他们是有原因的。”

“什么原因？”

狐狸站起来，看着营帐门外的天空。

“这里只有我们两个人和那些东西打过交道，如果我去侦察没有回来，破掉凶脉的事情……”狐狸转过身看着汉娜父亲，“就有劳伯父了。”

“狐狸，我对你有信心，你一定会回来的。”

“伯父，这个世界上有很多事情不是我们能够控制的，我这个人就是这样，想去做一件事情就一定会做到底。除掉凶脉不仅仅是我个人的事，也事关整座大山中所有热爱生活的人，我不希望看到他们受到凶脉的侵害成为牺牲品，否则也不会再回到这里。我已经想好，如果顺利侦察返回后我会再带一支小分队去破除凶脉；如果前去侦察没有回来，那么你们就另想办法进攻凶脉之源。”

“你一定会成功的，我相信你，汉娜也相信你。”

“好一片豪言壮语。”

将军边说边从门口走了进来。

“将军，你怎么……？”

“我此番前来正是打算和两位商讨如何作战之事，不想无意中听到卧龙使者此番言语。实不相瞒，我也很明白部队现在的处境，不希望他们永远留在这个并不属于他们的地方。两位出现之前我并不知道到底发生了什么，现在我全明白了。卧龙使者，本将手下所有士兵，愿全部由你来调遣。”

“将军深明大义，请受狐狸一拜。”

狐狸双手抱拳想行叩拜之礼，却被将军扶起：“卧龙使者，这万万使不得，您是来营救我们的，应该是我代全体将士叩谢才是。”

“两位我看也别再互相谦让了，还是好好商议如何破除凶脉的细节吧。”汉娜父亲笑着在边上说。

“对了伯父，训练这些士兵，让他们完全掌握射击要领估计需要多少时间？”

“这个倒是说不出个准儿，一般没有摸过枪的人到熟练掌握射击，至少需要十几天，这是我算下来比较有把握的。”

“我军将士均是天资聪颖之士，今天我也试了试你们的烧火棍，我觉得，数日足矣。”将军在边上补充道。

“那好，就先定七日，七日之后大军向凶脉之源进发。”

接下来一个星期内，狐狸积极筹划着这次侦察行动的所有计划和所需事物，同时他也是二十名侦察爆破小组的培训官，负责教他们如何使用炸弹以及最新的侦察技术和窍门。将军负责带领其余军士进一步研习由狐狸提出的新组合阵法，以求在关键时刻实行最为完善的保卫。在汉娜父亲的辅导和培训下，被选中的五十名士兵枪法虽然不能说百步穿杨，但是也称得上精准，基本能够在百步之内击中树叶，这些都是狐狸的最低要求，他知道要击败蝙蝠怪必须直接攻击它们的致命弱点：眼睛。如果能够直接命中就能事半功倍，在最短的时间内击倒最多的敌人，从而为整个计划争取到更多的时间。三人就这样各自进行着培训计划。

时间过得飞快，转眼间到了原定的出发日期，这一天，三人和其他主将全部集中到了营帐之中。

“启禀将军，所有将士准备完毕，听候将军调遣。”

将军点了点头，一挥手军士退下。

“我训练的五十个士兵也能够拿得出手了，随时等候安排。”

“好！伯父、将军、在座各位，这段时间有劳大家了。我负责的二十个爆破组成员也都已经准备完毕，今天这次战前动员会有什么问题大家尽管提出来，我们第一时间把它解决。”

“我这里没有问题。”汉娜父亲说道。

“卧龙使者，我全军将士也准备完毕，听候卧龙使者调遣。”

“如果没有的话就按原定计划，大军明天一早出发，目标：凶脉之源。”

说完，狐狸立刻起身向两人请辞道：

“伯父，将军，那我就此先行一步，今天晚上出发，后面的事情就有劳两位了。”

汉娜父亲知道他的意思，可并不忍心点破，走上去紧紧握着他的手说道：“放心吧，你一定会回来的！”

“我带探子前去侦察后会在那个大树洞下等诸位，大军务必在白天到达，这样相对安全些。保重！”

说完他转身走出了营帐，已经等待多时的二十个黑影见他出来后赶紧跟上，趁着夜色潜入树林转眼便消失无踪。

一行人日夜兼程来到了那个大树洞所在的山坡上，可到了那里才发现大树已经整根从树干中部裂开倒在了地上，看痕迹明显是被重力猛击所致，一定是他们离开后蝙蝠怪到这里搜寻过。幸亏汉娜父亲被那些不明物一路追赶没有回到这里，否则肯定难逃此劫。这些蝙蝠怪似乎和之前自己想象的有不小差距：它们具有一定思维，必须要更加小心才行。由于是凌晨时分到达，此时还有一小部分蝙蝠怪在附近活动。狐狸知道这些蝙蝠怪昼伏夜出，决定先原地休息，天亮后再行动。

众人躲在大树枝叶下好不容易熬到天亮，伴随着阵阵低频声，那些蝙蝠怪开始从四面八方朝瀑布后面飞去，空中渐渐地恢复了平静。狐狸起身来到山坡上向瀑布方向望去，周围已经开始沐浴在温暖的阳光之下，看看差不多是时候了，而且身后倒下的大树树冠应该能够藏得下部队，便吩咐一旁的士兵道：

“将军他们会在两天后的白天到达，待会儿我会单独前往探查情况，在此期间如果你们听到一声巨响，那就说明我再也不会回来了，你们必须立刻按计划行事。然后回到这里，等大军到了就听我伯父的安排，记住，在没听到响声前不要轻举妄动，大家听明白了吗？”

“明白！卧龙使者小心！”

按计划二十名士兵被分成四组，其中一组先移动到鱼头怪所在的山洞洞口也就是葫芦湖口那里，如有动静第一时间炸毁洞口，因为里面躲藏着不少蝙蝠怪，如果将洞口堵住能少很多对手。另外三组则原地待命另有安排。如此吩咐一番后，狐狸这才背上炸弹提着歪把子钻进树林，和那一组兵分两路，一路沿着山坡向左一路沿着山坡向右而去。

他一边走一边观察着天空和远处的葫芦状湖泊，此刻差不多是早上九时，太阳已经高悬空中，周围没有了蝙蝠怪，只有葫芦湖泊中密密麻麻的鱼头怪在水面上。有的慵懒地打着哈欠，有的翻着肚皮在湖面上玩耍，数量之多密度之大令人叹为观止，就好像是一只洒满芝麻的烧饼，不过这些看上去并不像之前那只大鱼头，而是体型小了许多，想必还是些未成形的。

想起之前看到的那几只被控制的蝙蝠怪自相残杀的场景，他不禁再次心惊肉跳起来，赶紧下意识地加快了步伐。一边观察一边移动，沿着湖泊绕了好大一圈终于来到前方的一处峡谷边上，而这个峡谷，正是通往瀑布的必经之路。

此刻虽然是白天，但是峡谷上方是一线天，周围光线很暗。由于明暗反差太大，从外面根本看不出里面到底有些什么，必须走进去才行。

狐狸紧紧握着手中的歪把子，小心翼翼来到了峡谷边上。突然一股恶臭传入鼻中，仔细一看，发现峡谷底部和两侧竟然都是树林，这些树从地下和两侧岩壁上生长出来而且十分粗壮结实。上面一排一排都挂满了东西，仔细一瞧，正是那些巨型蝙蝠怪，远远望去就像是一只只晾着的袜子。由于这些粗壮的大树之间空隙比较大，有两三米间距，虽然能够通行可也十分危险。如果突然出现什么情况，只要走进去，以这个密度和间距自己根本就没有什么逃生机会。

狐狸吞了口口水稳了稳情绪，此时他想到了汉娜，想到了山里的百姓，一咬牙壮着胆子，跨入了这片黑暗而又可怕的蝙蝠怪丛林。他小心翼翼地向前走着，阵阵难闻的气味直钻他的鼻孔，把他呛得直反胃且还想打喷嚏，但是都被他给忍住了。地上到处都是蝙蝠粪便，不过他也顾不得那么多，为了避开蝙蝠怪只能踩了上去，渐渐地步子也慢了下来。好不容易走了很长一段路来到峡谷中间，回头望去已经深入了三十多米，可前方还有一半路程。就在这时突然从前方吹来一阵风，竟然将他身边这些巨型蝙蝠怪吹得开始摇晃起来。

这下可是屋漏偏逢连夜雨，狐狸跑也不是不跑也不是，为了避免碰到那些东西只能立刻蹲下等着这阵穿堂风吹过。风渐渐停了，他观察了一下周围，那些蝙蝠怪虽然被吹动但是没有一个醒来的，最上方有那么几只轻轻伸展了几下翅膀然后又沉沉睡了去，或许已经习惯了。周围恢复了平静，他站起身继续向前走去，可没走几步，那讨厌的穿堂风再次出现而且比刚才的那阵还大，他只得再次停下脚步蹲在地上，等着身边的那些吊死鬼一般的蝙蝠怪摇晃完毕才站起来。就这样又反复了好几次，终于艰难地迈出了树林来到悬崖边。此时位于他右手边的，正是那个大瀑布。

由于正值午后，阳光下瀑布边上出现了一道美丽的彩虹，那瀑布的规模并不比尼亚加拉大瀑布逊色分毫。狐狸抬头看着这壮观的景色，不禁惊叹道：“这么高的悬崖，要爬到猴年马月才能到上面啊。”

话虽这么说，他还是将手探上了悬崖上突出的一块岩石，还没怎么用力，这块石头居然掉了下来，看来这里的岩石十分疏松并不适宜攀岩。狐狸四处张望了一下，一边走一边试，最后发现能够顺着瀑布后面的岩壁一路往上，从那里爬还有个好处，即便发出些许声音也不容易被发现。他抓着一块石头轻轻一跃便上了一层，然后又抓住另外一块石头，就这样一层一层攀了上去。

几小时后好不容易来到瀑布下方，然后沿着岩壁向左侧山峰爬去。又经过几小时的努力，他终于登上了瀑布边上的一块小树林。可当起身后，一幅做梦也没有想到的宏伟而又诡异的景象出现在了他的眼前：

前方是一片面积至少有几平方公里的湖泊，整个湖泊呈圆形，这个圆形规则得令人感觉有些不可思议，好像是一口很大的碗，而他正站在碗的边上。湖中央有一个黑乎乎的东西，看上去十分巨大，只是在湖中央露出一个角，而这个露出的角被许多植物给包裹着，估计游到那里至少也需要半个小时，下半部分应该是直接探到了湖底深处，看上去十分诡异。看到这里他不禁被这个东西的宏伟和气势所折服，难道这个是真正的凶脉之源？它到底会是个什么呢？

此时身边原本不断向下流去的瀑布好像渐渐小了下来，他转过身一看发现瀑布的水面正在快速降低，这一定是整个湖泊内的水位在不断下降所致。可这么大的湖泊要想达到如此速度的水位下降，即便使用任何的现代工具也是无法达到的，因为排水量比几十艘航空母舰加在一起还要大，而且根本就不知道这些水被排到了哪里。

之前不知不觉爬了好几个小时，此时太阳已经开始西落下山。看来每到天色将暗时湖水会慢慢退去，而这退去的湖水一定和蝙蝠怪的出动有着某种特殊的联系。他不敢恋战，赶紧躲到了边上的树林里，开始仔细观察起湖中的变化。

远处的太阳正在渐渐沉下地平线，借着余光能够直接看见湖水退去的速度正在渐渐加快，半个小时后一半的湖水退去，原先一直躲在湖底的那个黑色东西也终于慢慢露出了它的真面目：一艘被覆满藤蔓和青苔的巨型飞船正静静躺在那里，没有人知道它为什么会出现在这里，也没有人知道它在这里到底沉睡了多久，几千年，几万年，还是几十万年？

看到这里他总算明白了凶脉之源的真正来历：很久之前一艘飞船因为某些原因突然坠落到地球上，巨大的撞击能量，或者是飞船内部原本自带的某种能量在撞击时不但在地球表面形成了一个巨大的圆坑，同时也产生了一个扭曲的时空。之后这个扭曲的时空就犹如宇宙中的黑洞一般开始慢慢吞噬附近的一切能量和周围的一切事物。这也同时解释了为什么世界上会存在如此巨大的凶脉能量，因为那根本就不是我们的能量，而是来自于这艘神秘的古代飞船。怪不得人类在它的面前显得那么渺小，那么被动，毫无还手之力且只有被降服的份。更加可怕的是这个凶脉一直静静隐藏在深山老林之内，稍有不慎便会误入其中，就好像是一个陷阱等待着猎物投入其中。

眼前的水已经大量退去，这正好给自己机会能够进入其中一窥究竟。这艘飞船可是好东西啊，已经在地球上停留了这么久时间，就算上面的一只螺丝钉带出去，那可也是值了天价的，更何况里面所隐藏的巨大能量，根本就不是现在或者将来几百年人类能够找到的能源。如果能够得到的话那可是……想到这里狐狸顿时来了精神，只是眼下水虽然已经排得差不多了，但是天已经黑下来，想必也该到那些蝙蝠怪出动的时候了，这东西白天被水覆着，只有晚上才出现。去还是不去？看来还是个问题。

犹豫再三后狐狸还是决定进去看看，因为他不是来旅游的，侦察才是他的任务。看这情况那些炸弹要摆平眼前这个大家伙显然不太可能，如果能够找到那个控制排水系统的巨大能量并且利用的话，相信能够彻底解决掉这个害人的凶脉。经过一番简单的思想斗争最后他还是决定毁掉它，想到这里狐狸也变得更加坚定，决定立刻出发，因为有件事情他必须面对，那就是这些水现在没了但是天亮之前肯定还会再次冒出来，天亮之前无法离开就只能做水下之鬼了。

狐狸看到附近还没有蝙蝠怪出现，便抓紧机会从树林里撒腿快步向飞船方向冲去。因为巨大的撞击使得地上出现了一个半圆的巨型大坑，虽然湖水消失，但是脚下都是淤泥和水下植物，要想快速跑动很不容易，再加上又有角度，只能半跑半滑向下冲去。下去的速度虽然不算慢待会儿回来时却要费上好一番工夫的，这个量必须提前计算在内，而且还要避开蝙蝠怪才能安全回到瀑布边上。不过这时候他也顾不得那么多了，备用方案就是湖水再次涨上来之前离开飞船，然后从湖面游回来，如果蝙蝠怪没有发现的话。

由于是倾斜着向下跑，速度开始变得越来越快，这使得他紧紧抓住装着炸弹的包包，但是这时候已经渐渐开始无法控制自己的平衡，突然脚下 滑摔了个屁股墩，然后就这么坐在地上犹如坐滑梯一路向下滑去。他不敢乱动，怕引起翻滚对自己造成的伤害更大，只能一动不动地听天由命，好在身下都是长年累积的泥，十分光滑，并没有什么石头之类的突起之物，否则小弟弟和两个蛋蛋必定不保。

就这样一边滑动一边看着那艘飞船在自己眼前变得越来越大，但是移动到近处时却突然发现这并不是一艘完整的飞船，一侧有一个翅膀不见了。这艘巨型飞船应该有四个巨大的翅膀，或者说是侧翼，如今对着狐狸的一面只有一个侧翼，另外一边那个的位置上侧翼不知道掉到哪里去了。

沿着湖底一路滑动来到飞船底下，他站起身摸了摸被磨得火烫的屁股，检查了一下背包和里面的东西，还好所有东西都在，蛋蛋也没什么损伤，便转身走到了飞船船舱的一个入口处。舱门已经被撞得不知道飞到哪里去，只露出了一个小洞。观察了一下发现周围并没有其他入口，由于时间宝贵，他稍微犹豫了一下后只得硬着头皮钻了进去。由于长年累月浸泡在湖底，飞船内部长满了青苔和水生植物。

沿着走廊一路向前行去，发现离尽头不远处有一扇打开的舱门，直觉告诉他这里应该是一处很重要的地方。走进去后，发现这里是一个控制室。

他打着手电筒四处张望着，此时墙上一些类似标记的符号出现在视线中，突然他想起了什么，赶紧从包内取出小刀将墙上的所有藤条和水草清理干净，眼前的情景联系起曾经亲眼所见的某些事情，经过他的整理后，两个曾经一直困扰着他、甚至困扰着许多古人和考古界的不解之谜，终于被他揭开了，那就是天谴村被诅咒之谜和天谴村神秘消失之谜：很久很久之前，一艘外星飞船不知何故突然脱离轨道冲进了地球大气层，并且在地球引力下快速向地球撞去，在经过大气层时由于受到大气层的强大阻力，使得飞船一个并不牢固的侧翼脱离了飞船，散落到了大山中的另外一个地方。

人类出现后由于地球运动产生过几次大的迁徙，其中有部分古人迁移到了一座大山里并且建造了一个村子，可他们并没有想到，这座大山正是那个脱落的侧翼坠落的地方，而更没有想到的是那个脱落的侧翼一直静静躺在他们村子的地下，这也是他们受到诅咒的原因。

由于地面下埋藏有特别的东西，雷电才会经常光顾这里，古人并不知道金属会吸引雷电的道理，更何况这并不是普通的金属，而是来自于其他星球的特殊金属：黄晶玉。

飞船主体撞击地球而产生的那个黑洞，千万年间因为里面的巨大能量正在不断扩张变大，而这里的黄晶玉也在不断和那个黑洞内的能量进行相互呼应，因此整个天谴村应该是最早被吸入黑洞的，可那里的人根本就不知道到底是怎么回事。

此时出现在他眼前的标记符号，正是在地下天谴村那堵巨墙上见到的，至于为什么凶脉里面充斥着怪物，狐狸觉得最好的解释只有一个，或许这也可能是揭开这艘飞船为何会坠毁地球的关键原因。不过当务之急是要找到飞船控制排水的动力系统，只要找到它，手中这些炸药就足以摧毁整个凶脉和凶脉带出的黑洞世界。

由于时间尚早，离天黑没有过去几小时，而那些定时器都是老式定时器，最长只能定时一个小时，这也就意味着必须在一个小时之内安装好炸弹并且从动力系统所在之处离开飞船，然后立刻逃离这个湖泊范围。这让狐狸面临了一个两难境地：只有晚上湖水才退去飞船才露出来，可是周围却有蝙蝠怪活动；白天虽然没有蝙蝠怪活动湖水却把飞船给淹了，没有配备专业潜水装置根本就无法下潜进入飞船内部。经过再三考虑狐狸做出了一个决定：由自己一个人动手亲自将这一切凶脉消灭，如果能够拯救那么多无辜的生命，即便是牺牲自己也在所不惜。

到第二天天亮之前他还有几个小时寻找动力系统，时间虽然很长，但是这艘飞船如此巨大，并不是很快就能搜索完的。他干脆停下脚步仔细思考起来，经过一番研究后决定向飞船的下方进发，因为水是往下流动的，如果飞船里隐藏着那个能够排水的东西，必定是在下方无疑。想到这里，他取出歪把子，一手握枪一手拿着电筒，立刻开始朝着飞船深埋进泥土的部分进发。

飞船下方经过了剧烈的撞击后外围走廊已经全部都变了形，许多植物的根系长进了舱内，出现在前方的是一条充满藤蔓的道路。这种感觉倒是和古墓墓道有些许相似，通道上方的植物根上正一滴一滴往下滴水，不时有几滴滴落到他的头上。

狐狸小心翼翼打着手电筒慢慢向前寻找着并且不断在转角和岔路口处做着标记以便退出时找到来路。搜寻了一个多小时后，耳朵听到前方隐约传来轻微的隆隆声，虽然不敢保证是大发现，但是看样子前面肯定有一些不寻常的东西。循着声音一路来到声音源头，这里是一扇舱门，一扇已经被挤压得变形弯曲的舱门，下面有个空间勉强能够容得下一个人进入。

他来到门前蹲下后打着手电筒向里面探查了一番，看到有一个半人高的箱子一样的东西像发动机似的正在那里发出隆隆的声响，刚打算钻进去，却突然发现那个箱子后隐约躲着一个人，只不过身体大部分都被发动机所掩盖，刚才手电筒晃过的时候照到了那个人的头部，因为没心理准备所以被它给吓了一跳。没有人会想到在这地方竟然会有人躲着。这个“人”到底是谁？为什么会出现在这里？狐狸就这么和那个黑影僵持了一会儿，他本打算先给对方一梭子，但是看到那个黑影一动也不动，便决定先进去一探究竟。

这扇舱门下方的空间要钻进去也是费了他好大的力气：必须先把包给取下，然后趴着钻进去。狐狸此时万分紧张，始终没有敢把手中的那柄歪把子松开，硬是拉着包钻进了门后。

进入后他一直没敢将手电筒视线和歪把子离开那个人影，

直到转到边上后总算是看清了那个黑影，而这黑影，却也是一个似曾相识的东西：这是一个约莫两米高的大个子生物，具有很像人类的身形轮廓，但是和人类却有着天壤之别，它的脸部有一种说不出的古怪，就像一个大鸡蛋，上面有两只硕大的犹如马一样的眼睛，眼睛下面便是嘴巴，严格意义上来说并不能算是嘴巴，只是一个很小的孔，只是从人类的角度去看的话可以那么称呼，没有耳朵，没有头发，没有鼻子，整个脑袋光溜溜，头部以下完全干瘪。它正跪在地上，一只手放在操作台上仿佛正要按动什么感应按钮，在双手手指之间有着和青蛙一样的蹼，下身赤裸但是没有人类性征无法分辨性别，脚和人一样只有脚趾而并没有蹼。看到眼前这东西狐狸想起了那些地下城里的东西，这简直就是那些干尸的翻版，不，或者应该说那些干尸是它的翻版，因为这东西一定比那些干尸要早存在于这个世界上。

狐狸举着歪把子对着这家伙瞄准了好一会儿，可这个东西仍然一动不动，便也是稍稍放下了心，并不是因为他不敢扣动扳机，而是在这样的环境下，避免可能出现的任何正面冲突才是良策。如果这东西正在睡觉或者是昏了过去，却被自己的子弹惊醒，这个就是粪坑边打灯笼——找屎（找死）。他并不敢放松警惕，轻手轻脚来到发动机边上开始研究起怎么打开这个东西，因为这个箱子四周密封而且是一体成型根本就没有缝隙可寻，唯一可能存在的缝隙应该是在箱子和墙壁的交界处。来到墙边仔细检查发动机的时候，突然身后传来一阵怪风，狐狸之前在走向发动机时已经想好了退路，而且歪把子一直拿在手上，他的右手侧就是钻进来的地方，此时听得身后有动静，赶紧握着枪向右侧就地一滚，起身后举起歪把子向自己原来身后的方向扫了过去。

身后袭击自己的正是刚才那个怪东西，那东西力量巨大，刚才正打算挥手对狐狸后脑一击，可是没想到被对方发现后扑了个空，此时狐狸身边虽然有退路，但是要爬回去已经没时间了，那东西速度极快，而且周围墙壁上都已经被挤压变形而且长满植物根茎，能够活动的范围就只有进门后这么一块。

怪东西扑空后再次转身向他扑来，狐狸举高歪把子对准它的脑袋就是一阵疯狂乱扫，许多绿色黏液从对方头部喷射出来，不少溅到了他的脸上，狐狸也顾不得去抹只是将手指死命扣着扳机并且对准怪东西的脸上三个洞轮番扫射着。那怪东西在脑袋被打飞了半个后终于消停下来倒在地上不再动弹。狐狸不敢怠慢，赶紧换了一梭子子弹后追上去对准它的颈部就是一阵乱扫，直到将一梭子子弹全部打完，直到那东西脑袋基本上都看不见了，这才坐在地上大口喘着粗气并且换上另外一个弹夹，又对那东西死命踹了几脚，这才罢休，回到了发动机边上。

周围充斥着怪东西脑浆所发出的难闻臭味，狐狸顾不得这个了，赶紧研究起怎么拆这个发动机来，可研究了老半天仍然没有任何头绪，突然他想起之前那个东西的手所放的地方，会不会是通过触控来操作的？这种一体化的东西，必定有个什么东西控制着，绝对是不可能做死的。

抱着尝试的心态，狐狸走到怪东西原先手放着的地方，抹开上面的泥土一看，果然是一个控制台，只是上面的文字和地下天谴村巨墙上的文字一般犹如天书无法看懂。他一边研究一边查看图像符号。东按一下西按一下后发现许多按钮都没有反应。他开始祈祷，祈祷控制发动机外壳的按钮千万不要没反应。就在按下最后一个按钮后，控制台突然自动打开，可就在他兴奋异常时，舱门内传来了警报拉响的声音。此时触控台上正在跳动着什么，一看，那些符号正是和巨型大墙上的一模一样。

“难道我启动了自毁装置？”

看着符号他不禁开始满头大汗。好在眼前这些符号跳动的速度比之前巨墙上的要慢许多，但是怎么估算也最多只有半个小时时间。

看来这回只能豁出去赌一把了，如果自毁了这些炸弹也就没意义了，干脆不如再帮它一程。狐狸赶紧将包里所有的炸弹倒在发动机上，然后拨动了倒计时装置，当然，是按照最长时间来设定的。

最多只有一个小时时间，能不能跑出去只能看天意了。钻出舱门后沿着之前做的标记快速从原路向外跑去，当来到入口处后看到前方已经出现了一阵亮光，钻出去一看，此时飞船上所有的应急灯都已经被点亮，这些灯散发出耀眼的五颜六色的光芒，将整个坑照得如同白昼。

周围空中原本有不少夜间出行的蝙蝠怪，但是碍于这一片耀眼的灯光都不敢靠近，只是远远地在空中盘旋着。狐狸看到有机可乘赶紧撒腿就跑。

由于灯的亮度很高因此热量也大，来时地上那光溜溜的泥浆水已经开始渐渐被烘干。狐狸忍住闷热，很快便跑到了半山坡处。只是离开飞船越远灯光强度也变得越来越低，空中几只胆大的蝙蝠怪看到有东西正在下面活动便立刻向下俯冲而来。狐狸一边跑一边躲开着那些东西的袭击，只是脚下开始变得越来越滑，行动也越来越困难。

一只蝙蝠怪看到他这样子，发觉有机可乘，乘着另一只从正面攻击他时从侧面悄悄发动了攻击，只能说狐狸命好，跑了几步后突然脚下踩到一片淤泥滑了一跤，向下滚了几米，就这样躲过一劫。那两只蝙蝠怪因为速度太快自己撞到了一起，连撞带滚向他冲来。

他听到身后有巨大响声，回头一看，发现两个大家伙正翻滚着向自己冲来，赶紧奋力向边上一转身躲过这两个大家伙。那两只蝙蝠怪被缠在一起滚得晕头转向不知东南西北。狐狸趁机转身对着它们脑袋就是每只一梭子将它们送上了西天。

另外四只见对方行动敏捷便干脆一起飞了过来，并且停到地上向他慢慢逼了过去。狐狸回头看了看，此时已经过去了十几分钟，如果无法在十分钟之内到达坑边上，这辈子是别再想离开这里了。

那些蝙蝠怪开始慢慢散开呈包围态势向他逼近，他一边观察一边试图从它们中间寻找一个好的空挡，一个好的战机。因为这里是斜坡，即便是被他逃脱，上坡所需要的时间也是来不及了。眼看时间一分一秒过去，身后的飞船即将爆炸，狐狸已经决定做最后一搏，他紧紧握着手中的歪把子，心想："就算老子留在这里，也要多找你们几个垫背。"

突然只听得轰隆一声巨响，那四只蝙蝠怪竟被全部轰上了天，这爆炸力正是从它们的脚下传出，此时那里已经出现了一个大洞，有好几个身影正向他跑来。刚打算开火，定睛一看，嘿，汉娜的父亲带着自己训练的爆破组跑了进来，他们身后的不远处更有阵阵此起彼伏的枪声。

“狐狸，你没事吧？”

汉娜父亲见到狐狸也是十分意外，提着双枪着急地跑了过来。

“你们，你们怎么来了？”

“我听探子说你一个人先来侦察怕你有什么意外，所以带着部队在附近树林里一直埋伏着，刚才看到这里闪出灯光知道有情况就赶紧过来了……”

“此地不宜久留，飞船就要爆炸了，快点离开这里。”

此时烟雾渐渐散去，汉娜父亲和众人也发现了眼前巨大的飞船，惊讶得呆立在那里说不出话来。狐狸赶紧将他一拉带着其余爆破组一起从这个洞内撤了出去。洞外面不远处便是狐狸之前经过的蝙蝠怪睡觉的树林，炸出这个洞让他整整缩短了好几个小时的路程。

“我怎么没有想到呢？”

狐狸跑过洞口的时候看着这个洞问自己。此时前方不远处已经是炸开了锅，大胡子将军正率领千军万马和那些蝙蝠怪以及鱼头怪做着殊死搏杀，见到他们跑出来后赶紧大声命令道：

“将士听令，速速助卧龙使者撤离！”

部队非常有秩序地从当中让开了一条道，汉娜父亲和狐狸一前一后向前快速跑着，爆破队则在后面扔出炸弹掩护两人撤退，他们此时列出的本就是奇门遁甲阵易守难攻，再加上有钢枪和炸弹助阵，威力无穷，几只蝙蝠怪看到部队让开路本打算跟在两人后面浑水摸鱼，却都被长枪队给打得落荒而逃，而有少数几只即便攻破了长枪防线，也是被弓箭手和枪兵给打得落花流水。

由于那些鱼头怪并不是夜间活动生物因此基本没有什么抵抗力，狐狸跑动的时候看到从它们身上正不断飞出一些不知名的小虫子，应该正是能够控制蝙蝠怪的那种。只不过这些并未成形，所以放出来的虫子就像蜜蜂一样虽然会蜇人且蜇得生疼，但是并无大碍，数量也并不多，形不成什么攻击力，对付它们简直如同切菜。此时狐狸突然反应过来，原来那天打算开枪攻击那个变成人的鱼头怪时，是这东西蜇了自己，看来是无意中飞进山洞的，不过想想也是后怕，如果那天被更多的这东西攻击叮咬，说不定下场就悲惨了。

众怪物虽然吃了亏却仍然不肯离去，一波又一波地犹如洪水一般向将军的军队冲来，那些鱼头怪此刻也被打得失去睡意开始醒来，因为狐狸他们明显感觉到空中那些蜇人的小虫数量开始越来越多，而且越来越疼。

“将军，飞船快要爆炸了，快让军士们撤退。”

狐狸顾不了那么多，赶紧对着大胡子将军大声喊道。

“卧龙使者，你们快走！这里有我们来对付。众将士听令！”

“有！”

“破除凶脉乃丞相之夙愿，今天我们便是要替他完成此夙愿。让那些鸟物见识见识我诸葛军队的厉害，和他们决一死战！”

看着眼前愈发激烈的战事，狐狸和汉娜父亲也是感慨万分。这些将士热血保家卫国，虽然无法帮助诸葛亮完成统一大业，但是此时却是在为拯救更多的人而殊死战斗。为了保卫家园战死沙场，是一个男人最光荣的归宿，眼前这些军士才是真正的男儿，他们的热血和执着，感动了狐狸，也感动了汉娜父亲。

“还有五分钟不到的时间了，赶快离开这里。”

只是话音刚落，只见一阵巨大的闪光从飞船方向散射出来，紧接着伴随一阵巨响，狐狸没来得及回头，只觉得自己被身后突然传来的一股强烈气浪犹如一只巨手般向前推去，掉进了十几米开外的树丛之内，最后的视线便是大胡子将军率领手下与怪物殊死搏斗的场景，之后便失去了知觉。

当他再次醒来时，发现正躺在一处陌生的山坡上。他站起来看着周围的一切，美丽的大山，温暖的阳光，小鸟的鸣叫，还有美丽的蝴蝶和坡上的松树，多么美丽的景色啊。狐狸一边走一边寻找着汉娜的父亲，两个人是在差不多位置被气流冲倒，因此汉娜父亲不会在很远的地方。找了一会儿可是并没有见到汉娜父亲的身影，他打算爬到附近最高的一棵树上四处寻找一下，可正在一边爬一边看的时候，突然头上被什么东西用力踩了一下。抬头一看，竟然是汉娜父亲的脚正踩在自己头顶上。

“伯父，您怎么会跑到上面去的？”

“咦，狐狸，你怎么也会在树上的，没想到这么巧。”

两人赶紧下了树，互相寒暄了一番。

“伯父，你没事儿吧？”

“没事儿，就是被震得突然晕了过去。醒来后就发现自己在树上，也不知道大胡子将军他们现在如何？”

汉娜父亲有些担心地问道。

“我想，他们应该找到了属于自己的归宿吧。虽然他们原本属于这个世界，但是毕竟不是现在这个时代的人，如果到了这里，也不知道会不会被现在的世界所吓着。”

“说的也对，对于他们来说，这个结局未尝不是一个好的归宿。至少，总比永远被封闭在那个恐怖的世界中要来的解脱。”

“是啊。对了，伯父，这里您应该认识的吧？”

“这里我当然认识，我们已经回来了，离家不远了，跟我来吧。”

说完便带着狐狸快速向家里走去。再次来到熟悉的地方，即将再次见到汉娜，狐狸的心却是突然变得紧张起来，这是一种从未有过的感觉，仿佛体内的某种元素正在让自己变得越来越害怕面对汉娜。

“狐狸，你去按门铃吧，汉娜应该在家的。”

汉娜父亲站在小桥上笑着说道，见他这么说，狐狸也不好意思推托，不过为了避免自己暴露出这种感觉可能带来的尴尬，他提了一个小建议：

“伯父，要不这样您先躲起来，我们待会儿给她一个惊喜吧。”

“好好，你小子，鬼脑子真多。”

汉娜父亲乐呵呵地笑着躲到了边上，只剩下狐狸站在门口紧张地伸出手，按下了汉娜家的门铃。

“叮咚——”

门并没有打开，屋内也没有传出任何动静，狐狸再次伸出手按了一下。

“叮咚——”

“来啦！”

突然，狐狸心理咯噔了一下，因为从屋内传出来的声音，是一个老妇人的声音。他抬起头看了看房子，没错，正是这个地方呀。这时门慢慢打开了，只见一个白发苍苍的老妇人正站在门后慢慢将门打开，门越开越大，狐狸看清了，那个老妇人正是汉娜。

“狐狸，你终于回来了，我终于等到你回来了。来来来，快进屋。”

老汉娜将狐狸迎进屋内，见此情景，狐狸登时犹如晴天霹雳一般，他只道自己进入凶脉才短短两个星期不到，上次进去了三天，现实生活中才过了几个小时，怎么这次去了数十天，却是过了几十年？

“你在这里先坐一下，我去帮你倒水。”

说完，老妇人便慢吞吞蹒跚着走进了厨房间关上了门。

“看来我这次被凶脉彻底耍了一次，唉。我想自杀啊。”

狐狸刚打算一头向边上的墙上撞去，突然厨房间门握把被扭动，紧接着门打开了，一个穿着老妇人服装的妙龄女郎出现在他面前，狐狸一看，正是汉娜。原来她刚才化了装。

“好啊，你个臭丫头，敢耍我。”

狐狸愤愤地说道。

“哼，看你以后还敢不敢跑开了。”

汉娜走到狐狸身边，看着他的眼睛，说道：

“你知道吗，你去的这十几天，我每天都站在你离开的地方等你，等你，我好怕我再也见不到你了。”

说着说着，汉娜的眼眶开始湿润，她伸出双手紧紧抱着狐狸，伤心地哭了起来。

“好了好了，没事了，我这不是回来了嘛。对了，看看外面还有谁。”

汉娜擦着眼泪向门口望去，一个模糊的身影出现在她面前。

“爸爸！”

汉娜冲上去一把抱住父亲。

“汉娜。”

父女两人紧紧拥抱在了一起。狐狸看着这感人的场面，不禁也眼眶红了起来，汉娜父亲见到狐狸的表情，笑着将他们两个一起拥入怀中。

尾声

几星期后，狐狸带着汉娜父女在上海游玩，三人一边漫步淮海路一边聊着天。

“狐狸，我突然想起来有件事情。”汉娜一边走一边问狐狸。

“什么问题？”

“你说，那艘飞船到底是什么原因而坠毁在地球上的呢？”

狐狸想了想说道：“可能是飞船内部发生了某些特殊的事情，例如某些特殊细菌的侵害，又或许是黄晶玉这种材料本身就带着特殊的细菌导致飞船里出现了变故才会坠毁到地球上的。也正是这些虫子，在来到地球后造出了那些地下城中的干尸吧。”

经汉娜提起，狐狸突然想起了另外一件事情，那就是这次历险的起因，也就是妇人的画。经过一番思考后，终于明白了这幅画、这个盒子和整个天谴村的来龙去脉，以及一段极其秘密的往事：其实天谴村村民在躲到地下时已经开始渐渐被凶脉所吸引。这也是村子里人和怪物会同时出现的原因，至于他们为什么会躲到地下，这个无法考证，但有一点可以肯定的是，盐贩子的故事可信度太低。或许天谴村村民之前就居住在地下而地上的村子才是复制品。古人对于有些大自然的现象会产生崇拜，例如雷，雨，当他们发现世界上存在着这样一个地方时，会感到恐惧，或者认为这样的地方能够保护他们免遭侵害。可是住到那里周围发生了怪事后，又开始感到恐惧，但崇拜和敬畏使得他们并没有下决心立刻离开那里，最后一切都晚了，他们唯一的希望是让村子里的一对童男童女带着他们的东西离开村子。这可能是试图告诉世人他们的遭遇。至于画中那座古怪的小山，其实正是指明了那座凶脉的位置。至于是谁画上去的，想到这里狐狸微微一笑，显然他已经知道了答案。

所有的谜底都解开了，他总算放下了心里的一块大石头，看来这幅画真的是无价之宝，它是这个世界上唯一见证凶脉存在以及天谴村历史的证明。妇人是他们村子的后人，改天还是物归原主比较好。

“你快看，那里有游行彩车。我们去看看吧。”

三个人站在马路边上，前面熙熙攘攘的人群将道路围得水泄不通，原来这一天是上海国际旅游节开幕彩车游行仪式。正当众人高高兴兴地看着一辆辆漂亮的彩车从他们眼前开过时，突然，眼尖的狐狸发现前方一辆彩车上面有几个人的身影十分眼熟，赶紧对汉娜父亲说道：

“伯父快看。”

汉娜父亲一看，果然，那几个站在彩车上表演的人十分眼熟。他们正穿着各种戏服在彩车上载歌载舞，带队的那个长着大胡子，双眼如杏、浓眉大眼，身材魁梧。嘿，不正是那个大胡子将军嘛，此刻他好像也看到了狐狸他们，正远远地向他们招手示意呢。

《遗迹》的故事到这里应该算是告一段落了，但故事真的结束了吗？谁知道呢。至少这段经历是很离奇的也是很精彩的，不是吗？将来还有这样的故事，我一定还会写成小说献给大家。地球诞生到现在有46亿年历史，而生命的诞生却只有短短几亿年。或许，在你我的周围，还有更多像故事中那样曾经的不速之客来过地球，而且，他们悄悄地留了下来，就在你我的身边……

陨石危机